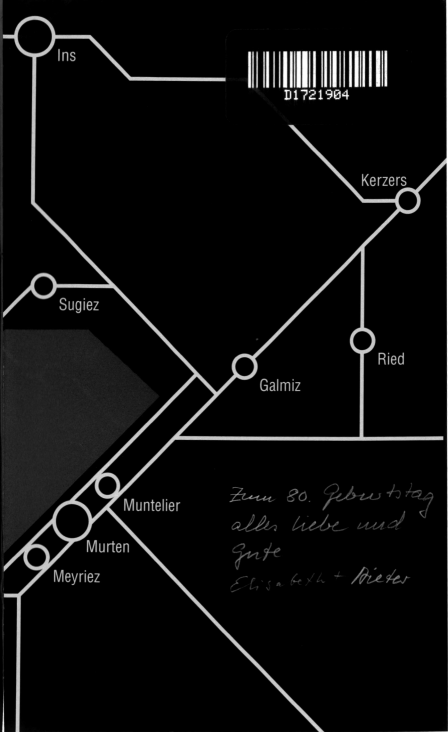

Werner Schmidli

Teufel und Beelzebub

Kriminalroman

Cosmos Verlag

Personen und Handlung dieses Buches sind mehr oder weniger erfunden, ich habe einiges weggelassen und anderes hinzugefügt, wie ich den «Murtenbieter» (fast) zur Tageszeitung gemacht habe aus Notwendigkeit. In schöpferischer Freiheit habe ich auch Landschaft und Örtlichkeiten verfremdet, oder auch nicht.

Ich danke der Stiftung Pro Helvetia und dem Fachausschuss Literatur Basel-Stadt und Basel-Landschaft für die Förderung dieses Werkes.

© 2002 by Cosmos Verlag, CH-3074 Muri bei Bern
Lektorat: Roland Schärer
Umschlag: Stephan Bundi, Niederwangen bei Bern
Satz und Druck: Schlaefli & Maurer AG, Interlaken
Einband: Schumacher AG, Schmitten
ISBN 3-305-00401-0

www.cosmosverlag.ch

Prolog

Gunten erwachte in dem Augenblick aus der Narkose, als die Frau anfing zu schreien und der junge Mann, achtzehn und zurzeit arbeitslos, erschrocken darüber ihr ein Kissen aufs Gesicht drückte.

Gunten brauchte so lange, bis er wusste, wo er war, wie der junge Mann brauchte, um der Frau das Kissen aufs Gesicht zu drücken, bis sie tot war. Aber das konnte Gunten nicht wissen, ebenso wenig, dass es auf diesen Tag genau ein Jahr her war, dass Martha, seine ehemalige Freundin und Wirtin vom «Hecht» in Muntelier, die Kellertreppe hinuntergestürzt war. Wenn er es gewusst hätte, auch dass die beiden Todesfälle zusammenhingen, so hätte er gesagt, das sei ein absurder Zufall.

Absurd – es war eines seiner Lieblingswörter geworden.

Er hätte sich mit Jean, seinem Freund, der bei der Kantonspolizei gewesen war, in der «Eintracht» in Murten darüber unterhalten, dann geschwiegen, über das Leben nachgedacht und das Alter.

In fünf Monaten würde er siebzig werden, so Gott es wollte – jedenfalls Gunten wollte es so –, und er hätte nach dem zweiten Zweier Vully gesagt: Das Leben besteht aus lauter Zufällen, ich könnte dir einige schildern, aber so absurd ist es dann auch wieder nicht. Aber Gunten würde keinen Wein mehr trinken dürfen, weder in der «Eintracht» oder im «Bain» am See noch auf dem Berg, der gegenüber seinem Haus auf der anderen Seeseite lag und dem Wein den Namen gegeben hatte: Vully.

Auch das konnte er im Augenblick nicht wissen.

Der überwaldete Mont Vully, an dessen Südseite sich die Rebstöcke hochzogen, erinnerte ihn an den Rücken seiner Katze, die er Cornichon genannt hatte, weil sie oft griesgrämig war wie viele Schweizer.

Auch die Katze war gestorben; über hundert Jahre alt war sie geworden, wenn man ihre Lebensjahre an denen eines Menschenlebens mass und aufrechnete.

Es war ein Freitag im April, flatterig wie sein Puls und sein Herzschlag, kurz nach neun Uhr morgens. Er lag alleine in einem kahlen Raum, in einem Bett aus Chromstahl unter einer Decke in der Farbe von verblassenden Sonnenblumen; das einzige Fenster war überschattet vom jungen Laub einer Blutbuche.

Er fror, er drehte den Kopf zur geschlossenen Tür und sah einen Monitor.

Puls: 82.

Blutdruck: 60/90.

Nun wusste er auch, warum und wie er hergekommen war.

Er atmete ruhig den Sauerstoff, der durch zwei Röhrchen in seine Nase geblasen wurde.

Ihr Herz, hatte der Chefarzt gesagt, hält Sie am Leben und gefährdet es zugleich.

1

Jean hatte sie beide für eine Fahrt Mitte April ins Elsass angemeldet. Eine Fahrt ins Blaue, sagte er und zwinkerte. Als krönender Abschluss Degustation in einem Weinkeller.

Absurd, erwiderte Gunten. Wir haben hier den Vully und der schmeckt uns.

Sie spazierten dem See entlang, der von einer leichten Brise geriffelt war; noch klirrten die Kabel nicht an den Masten der Segelboote, die im Hafen leicht schwankend vor Anker lagen.

Gunten war es etwas schwindlig, als er länger hinschaute, das konnte daran liegen, dass er schon um elf Uhr zwei

Zweier Vully getrunken hatte, oder an seinem zu niedrigen Blutdruck.

Du musst wieder einmal die Grenzen sprengen, Gunten! Du verkriechst dich in deinem Haus und trinkst zu viel.

Jean war vier Jahre jünger als Gunten, kahl bis auf einen grauen Flaum am Hinterkopf und eine Schuhsohle grösser. Seit seiner Pensionierung bei der Kantonspolizei hatte er zugenommen; er trug es mit Würde und kaschierte es mit salopper Kleidung, auf die seine Frau bestand. Er war trinkfest, geizig wie seine Frau und kameradschaftlich nachsichtig.

Das mag stimmen, erwiderte Gunten und wedelte mit der Hand.

Seit du nicht mehr Auto fährst, beschränkst du dich auf Ausflüge zum «Bain» und zur «Eintracht», hin und wieder nimmst du den Bus nach Sugiez.

Ich bin auch nicht mehr gut zu Fuss, sagte Gunten, er hob den Stock, auf den er sich im letzten Herbst noch weniger abgestützt hatte, viel mehr hatte er ihn dazu gebraucht, in dem herumzustochern, was so herumlag. Neugierig war er immer noch, das hielt ihn am Leben wie der Wein, und den Fernet brauchte er für seine Gesundheit.

Du fährst mit!, beharrte Jean und liess keinen Widerspruch zu.

Schliesslich ergab sich Gunten und lächelte; er schien sich darüber zu freuen, dass Jean ihn überreden konnte und er zugestimmt hatte.

Jean musste dann am Mittwoch, einen Tag vor ihrem Ausflug, absagen. Seine Frau, die einen Spezereiladen in Kerzers führte, war mit einer schweren Gallenkolik ins Spital eingeliefert worden.

Du wirst alleine fahren müssen, sagte Jean. Aber du wirst fahren!

Gunten versprach es.

So stand Jean im Laden, damit die auf Bestellungen frisch eingegangenen Waren nicht verdarben. Seine Frau hatte keinen Widerspruch erwartet und hätte auch keinen gelten lassen.

Ihr habt das doch nicht nötig, hatte Gunten einmal gesagt. Deine Frau kriegt den Kragen nicht voll.

Für ein paar Wochen gingen sie sich danach aus dem Weg, sie sassen im «Bain» oder in der «Eintracht» an getrennten Tischen, bis es Gunten zu dumm wurde und er sich entschuldigte, da Jean in diesem Fall nicht nachsichtig sein würde. Wir sind zu alt und kennen uns schon zu lange, um uns zu streiten. Es soll und muss jeder nach seiner Façon glücklich werden.

2

Es war Donnerstag, halb acht Uhr in der Früh, der Himmel war schleierig überzogen; es war zu warm und zu nass für diese Jahreszeit.

Gunten hatte unter der Tür seines Hauses gestanden und sich den Tag angeschaut. Der Mont Vully war gräulichgrün im Dunst und wie aus Papier geschnitten, der See glatt ausser den Wellen in Ufernähe, die die Haubentaucher mit ihrem Verwirrspiel beim Unter- und Auftauchen auf der Suche nach Futter machten.

Er hatte gefrühstückt, eine leichte Hose angezogen, ein kariertes Hemd und eine beige Sommerjacke; er trug leichte Lederschuhe.

Er ging zu Fuss zum Berntor hinauf, wo links, unter hellgrün belaubten Kastanien mit weissen Kerzen, der Bus stand. Die Steigung machte ihm seit einiger Zeit Mühe, sie schien ihm immer länger.

Ein wenig schwindlig war ihm, als er oben anlangte, er

schwitzte und musste eine Weile stehen bleiben, um zu Atem zu kommen.

Der Bus war zur Hälfte schon besetzt, Rentner etwa in Guntens Alter. Ihren Gesichtern und ihrem Gehabe nach freuten sie sich auf die Fahrt ins Blaue, und sie glaubten wie Gunten an einen schönen Tag, so leicht, wie sie gekleidet waren; ein paar Misstrauische hatten einen Schirm bei sich.

Gunten überliess seinen Fensterplatz einer Frau, sie war etwas dicklich, sie hatte Asthma und roch nach einer Hautcreme, die an eine Blumenwiese erinnerte. Sie verstand es, sich durch adrette Kleidung jünger zu machen.

Sie rutschte eine Weile auf dem Sitz hin und her, wie es Guntens Katze getan hatte, bis sie bequem sass, lächelte, sah Gunten aus hellblauen Augen an und sagte: Das ist lieb von Ihnen.

Gunten nickte, ein wenig verlegen, es war lange her, seit jemand das zu ihm gesagt hatte; Martha war es zuletzt gewesen.

Die Frau erinnerte ihn wegen ihren hellblauen Augen, die etwas an Glanz verloren hatten, und auch wegen ihrem ins Grau hinein nachgedunkelten Haar an Martha, sie hatte auch ihren breiten Mund und die starken Backenknochen. Und sie erinnerte ihn an seine Schwester, die ihm das Haus am See, in dem er wohnte, vererbt hatte.

Der Chauffeur, ein grosser, fester Mann mit rötlichem Gesicht, überzeugte sich, dass kein Platz frei geblieben war, schloss die Tür, stellte sich stehend vor, wünschte eine schöne und unterhaltsame Fahrt, setzte sich hin und startete den Motor.

Durch alle ging ein Ruck, als er anfuhr, vielleicht auch, weil sie sich nun entspannten für das Kommende.

Als sie auf die Autobahn einbogen und der Chauffeur beschleunigte, sass der junge Mann, achtzehn und stellenlos, seinem Freund, der Kellner war und fünfundzwanzig

Jahre älter, in dessen Wohnung am Küchentisch gegenüber. Sie stiessen mit Whisky an.

Sie hatten eben wieder geplant, zumindest sich vorgenommen, morgen die achtundsiebzigjährige Frau, die alleine lebte, schwer asthmakrank war, bettlägerig und die Wohnungstür nie abgeschlossen hatte, zu bestehlen, ohne ihr dabei Gewalt anzutun.

Der Kellner wusste, dass sie immer viel Geld in der Wohnung hatte und Schmuck an verschiedenen Orten versteckt war.

Der Kellner füllte die Gläser nach und schaute auf die Uhr. Sie würden am Abend nochmals alles durchgehen; eigentlich sollte nichts schief gehen.

3

Frau Donzé, wie sich Guntens Nachbarin vorgestellt hatte, eine Welsche aus Neuchâtel, machte die Fahrt nicht zum ersten Mal.

Aber ich werde mich hüten, Ihnen das Ziel zu verraten! Gunten stellte sich auch vor. Sie schwatzten, dazu die Scherze des Chauffeurs, einmal sang er, und da schien die Sonne noch, aber der Himmel bewölkte sich zusehends, als sie dem Jura entlangfuhren.

Gunten bemerkte selber, wie schön die frühlingshafte Landschaft war, jeder Baum in einem glänzenden Grün; er wusste, dass man bei Föhn vom Passwang aus die Alpen sehen konnte. Sein Erinnerungsvermögen funktionierte noch recht gut, wenn auch das Kurzzeitgedächtnis nachgelassen hatte. Er zog sich in sich zurück, lehnte den Kopf an die gut gepolsterte Nackenstütze und schloss die Augen.

Frau Donzé sagte, auf dem Passwang würde man einen Kaffeehalt machen. Um einen Fensterplatz zu ergattern, muss man sich beeilen. Übrigens war sie aus Môtier, das auf der anderen Seeseite lag, Guntens Haus gegenüber.

Gunten nickte und faltete die Hände über dem Bauch.

Sie bogen eben nach Balsthal ab, als der Kellner das Hemd zuknöpfte, die Schuhe anzog, die neue Lederjacke und mit den Fingern durchs Haar fuhr. Unter der Tür sagte er: Denk daran, Pat, wir müssen morgen einen klaren Kopf haben! Er verliess das alte Riegelhaus, in dem er zwei Zimmer mit Küche und Garten gemietet hatte, startete den Motorroller und fuhr durchs menschenleere Galmiz und darüber hinaus durchs Grosse Moos nach Kerzers, das war ein Umweg, aber es gefiel ihm, es war ein lichter Morgen. Einmal griff er an seine Brust und überzeugte sich, dass er das Geschäftsportemonnaie bei sich hatte.

Der Jüngling schenkte sich noch einen Whisky ein, aber einen kleinen, zündete sich eine Zigarette an und blies den Rauch zum offenen Fenster, überlegte, was er mit diesem angefangenen Tag sollte, sah zu, wie sich der Rauch auflöste und ein Bauer auf einem Traktor vorbeifuhr. Danach war es wieder still im Dorf, fast schmerzhaft still. Er beobachtete im Geäst einer Linde gegenüber eine Amsel.

4

Gunten kam es gelegen, dass er Frau Donzé den Fensterplatz überlassen hatte, er war gleich bei der Tür, als der Bus vor dem Bergrestaurant hielt, und einer der Ersten, die hinaustraten; es fror ihn, als er sich beim Aussichtspunkt ans Geländer lehnte. Der Tag hielt nicht, was er am Morgen versprochen hatte, der Himmel war überwölkt und so, wie es tröpfelte, sah es nach einem Dauerregen aus.

Als er das Restaurant betrat, winkte ihm Frau Donzé; sie hatte ihm einen Fensterplatz freigehalten. Er ergab sich seufzend und freute sich doch darüber. Er bedankte sich, rückte den Stuhl, bedauerte es, dass man keinen Blick auf die Alpen hatte, und bestellte einen Fernet mit einem Glas Wasser.

Frau Donzé war bei den Launen des Wetters und des Lebens, denen man ausgesetzt war, als er den Fernet mit Wasser verdünnte, dann kam sie zu den Umwegen, die auch ans Ziel führten, jedenfalls hatte sie nach diesen Voraussetzungen ihren Mann an der Seepromenade von Neuenburg kennen gelernt. Nach der Hochzeit waren sie in sein Haus in Môtier gezogen, in dem schon seine Eltern gewohnt hatten; eine Umstellung, das eher ländliche Leben.

Weinbau betrieben sie für den Eigenbedarf.

Das gefiel Gunten wieder.

Mein Mann führte ein Elektrogeschäft, sagte sie. Seit seinem Tod vor vier Jahren führte es ihr Sohn, der sie vernachlässigte. Sie blickte in die sich verdichtenden Wolken; ein paar letzte Sonnenstrahlen rieselten mit dem Getröpfel über Föhrenwipfel.

Sie war Witwe, Gunten hatte es vermutet; er konnte nachvollziehen, wie alleine sie sich zuweilen fühlte. Die Tage streckten sich himmelweit. Sonne, Wärme, der Blick auf den See im sich wechselnden Licht, Spaziergänge, ein paar Gläser Vully und Geschwätz füllten die Tage nicht aus, mässigten die Langeweile nicht und versöhnten nur oberflächlich.

Gunten erinnerte sich an Claire, seine ehemalige Freundin, die in Frau Donzés Alter war und Situation und als Kellnerin halbtags im Bergrestaurant auf dem Mont Vully hatte arbeiten müssen. Sie hatte gehofft, Gunten würde sie, nein, sie beide vom Alleinsein erlösen, indem sie zu ihm ins Haus zog.

Damit hätte er sich nicht abfinden können, zudem hatte er sich entsprechend seinem Alleinsein eingerichtet, und sein Tagesablauf war durch Gewohnheiten geprägt.

Das war das Ende der Beziehung gewesen, und aus der Bekanntschaft mit Martha, die damals noch im «Hecht» wirtete, in dem er Stammgast war, wurde eine tiefe Freundschaft. Sie liessen sich ihre Eigenwilligkeit, sie konnten sich aufeinander verlassen. Martha war eine resolute Person, musste es sein als Wirtin. Hin und wieder brauchte auch Gunten, wie sie sagte, eine starke Hand.

Gunten gab sich verdeckt und süffelte seinen Fernet, ein wohliges Gefühl durchströmte ihn, Wärme, nur blieb der Druck auf der Brust und ein leichter Schwindel.

Ist Ihnen nicht gut?, fragte Frau Donzé besorgt.

Gunten war noch nicht beunruhigt, brummelte etwas von Kreislauf und frischer Luft.

Sie kramte in ihrer Tasche und öffnete ein Fläschchen mit Pfefferminzöl. Ein paar Tröpfchen auf den kleinen Finger sollte er sich geben und durch die Nase einatmen. Meinem Mann half das immer, sagte sie. Aber er rauchte zu viel und starb an Herzversagen. Rauchen Sie auch?

Nach Marthas Tod hatte er es aufgegeben.

Der nächste Weg wäre ein Bypass gewesen, sagte Frau Donzé, der kürzeste. Mein Mann fürchtete sich vor Operationen und liess sich medikamentös behandeln. Er war gelernter Elektriker mit Meisterprüfung, und er sagte jeweils, der kürzeste Weg sei gewöhnlich der beste, so, wie er Leitungen verlegte nach dem Prinzip Widerstand und Verlust. Im Leben erwiesen sich Abkürzungen oft als verfänglich, man benützte sie aber doch, man wurde nachlässig durch Gewohnheiten, und dabei wurden sie zu Umwegen, auf denen man sich verlieren konnte.

Gunten konnte das nachvollziehen und ihr zustimmen. Er tat noch ein paar Tröpfchen des Öls auf den kleinen Finger, die nur kurzfristig halfen, und er meinte, er lebe mehr oder weniger auch danach, aber bevor er sich darüber auslassen konnte, scheuchte sie der Chauffeur auf.

Darüber müssen wir uns einmal länger unterhalten, sagte sie.

Er setzte sich dann auf den Sitz neben dem Chauffeur.

Als sie die Grenze zum Elsass bei Lucelle, auf der Höhe eines kleinen, dunklen Sees, überquerten, schaute Gunten kurz zu Frau Donzé.

Sie erwiderte seinen Blick und lächelte.

5

Wenn einer gesagt hätte, Gunten würde mit Frau Donzé eine engere Bekanntschaft schliessen, hätte er müde gelächelt und mit der Hand gewedelt.

Jean hätte bemerkt, so habe die Fahrt ins Blaue buchstäblich ihren Zweck erfüllt.

Und eigentlich war Gunten auch nicht so abgeneigt gewesen.

Er ahnte nicht, dass sie ihm einmal eine Hilfe bei gewissen Ermittlungen sein könnte, wie sollte er auch? Sie fuhren Richtung Altkirch, flache Hügel umwellten Wiesenland und Maisfelder, keine Hecken, dafür Inselchen aus Buschwerk, aufgereihte Kirschbäume und alte, mit Misteln überwachsene Apfelbäume, grau in grau alles. In den lang gezogenen Dörfern reihten sich hübsch hergerichtete Riegelhäuser aneinander. Und weit und breit kein Mensch.

Man glaubte bei einem kurzen Durchstich der Sonne eine Wolkenbank hinter sich zu haben, und dann baute sich gleich wieder eine neue auf; sie fuhren in die Überwölkung hinein oder wurden von ihr verfolgt.

Im Bus war es ruhig geworden. Gunten seufzte, Gustav, der Chauffeur, unterliess seine Witze, jetzt, wo Aufheiterung nötig gewesen wäre. Ich könnte die Strecke blind fahren, sagte er. Und niemals habe ich ein Glas Wein getrunken. Aber bei der Verantwortung...

14

Sie hatten in Hirsingue den Ill überquert und folgten seinen launischen Windungen, als Gustav meinte, ein Halt in Altkirch lohne nicht, ein Rundgang durchs Städtchen, die Strassen rauf und runter wäre den meisten zu mühsam. Viele sind ja nicht mehr so gut zu Fuss.

Gunten räusperte sich und Gustav schwieg, etwas verlegen.

Nach Altkirch öffnete sich die Landschaft, Weite wie im Seeland zwischen Murten und Kerzers, das Gunten oft zu Fuss durchquert hatte, lange her, später mit dem 2CV, bis er ihn letztes Jahr verkauft hatte; er wollte, zumindest auf der Strasse, kein Hindernis sein.

Lang gezogene, bewaldete Hügelketten setzten Feldern und Grasstreifen eine Grenze. Gunten schien, als würden die Wolken die Landschaft nachvollziehen. Auf den Feldern hatten sich Seen gebildet. Hin und wieder ein Raubvogel, der bewegungslos auf einem Baumast sass. Der Verkehr war mässig.

Gunten wandte den Kopf und schaute über die Schulter. Es fiel ihm wieder auf, dass mehrheitlich Frauen die Fahrt machten, selten Paare. Jean, das Schlitzohr, würde wohl sagen: Wozu meinst du, machen die Leute solche Fahrten? Um sich kennen zu lernen und nicht mehr alleine sein zu müssen.

Gunten lächelte, dabei wanderte sein Blick zu Frau Donzé; er nickte leicht und setzte sich wieder gerade hin. Sein Herz machte ein paar Holper und fand wieder zu seinem gewohnten Rhythmus, beängstigend fand er es nicht, dennoch würde er sich nächste Woche bei seinem Arzt anmelden; aber das hatte er schon vorletzte Woche gesagt.

Nach Burnhaupt-le-Bas bogen sie auf die Autobahn nach Colmar ein. Sie waren noch ein gutes Stück von der Route du Vin entfernt. Gustav beschleunigte auf achtzig, bei einer erlaubten Geschwindigkeit von hundertzehn. Er fuhr nicht nach der Stärke des Motors, sondern nach seinem Verstand.

Sie wurden in dem Augenblick von einem roten Citroën überholt, als der Jüngling auf seinem Moped zwischen Sugiez und Galmiz von einem silbergrauen Fiat überholt wurde. Er glaubte, obwohl er den Motor frisiert hatte, eine Weile stillzustehen auf der langen Geraden zwischen dem Grossen Moos und dem Chablais, dem dem östlichen Ufer des Murtensees vorgelagerten Wald.

Ums Spazierengehen war ihm nicht, der Föhn drückte und machte ihn ruhelos und reizbar, zudem begann sich der Himmel vom Westen her zu überziehen; bald würde es regnen.

In einem Fiat, den wünschte er sich, wäre er geschützt, schnell, er könnte allem und jedem um die Ohren fahren, weit über die Grenze hinaus und in Nachbarländer und alles hinter sich lassen...

Er hatte Galmiz verlassen, nachdem er noch einen Whisky getrunken hatte. Er hatte sich auf sein Moped geschwungen, das nur einen Gang hatte, und er war Richtung Murten gefahren. Zu laut war der Motor in der friedhofartigen Ruhe des Strassendorfes. Man sah sich nicht mehr um, man kannte ihn, den Freund des Kellners.

Er war vor dem offenen Fenster gesessen und hatte die Amsel auf dem Ast einer Linde beobachtet, wie sie sich in die Luft hob, himmelwärts flog und sich in gewagten Schleifen wieder der Erde näherte. Eine seltsame Unruhe und Sehnsucht überkam ihn dabei.

Er hielt es nicht mehr aus, auch der Whisky half nicht, zudem durfte er nicht zu viel trinken.

Er fuhr entlang dem See, umrundete ihn auf seinem frisierten Moped, und es war ihm doch zu langsam. In Bellerive bestellte er ein Bier, auf Französisch, viel mehr hinzu konnte er nicht.

Ein zweites Bier konnte er sich noch leisten: Morgen würden er und Conny, sein Freund, Geld haben, viel Geld, so hatte es Conny versprochen, und Schmuck, den sie verkaufen konnten wie beim letzten Mal, und sie würden sich wieder auf der Herbstmesse vergnügen, wenn das Geld so lange hinreichte.

Er schaute hinaus auf den See, über den die Wolken zogen und in dem sie sich spiegelten, und er hatte einen Kloss im Hals wie am Fenster in der Wohnung seines Freundes, als er der Amsel nachgeschaut hatte.

Er sah die Haubentaucher, die untertauchten und jeweils an einem anderen Ort auftauchten, wo man es nicht erwartet hatte.

Ein Boot auf dem See, ein Motorboot, noch besser ein Segelboot, auf einem See hatte man keine Eile, aber der See war klein, doch verbunden durch Kanäle mit dem Neuenburger- und dem Bielersee.

Im Kreis würde er fahren und wieder dort anlegen, wo er losgefahren war, ein Anfang, immerhin, ungebunden; aber das Geld, das sie morgen haben würden, reichte wohl nicht aus für ein Boot…

Und dann war er auf der Geraden zwischen Sugiez und Galmiz und der silbergraue Fiat überholte ihn, der ein paar gehörige Nummern zu gross war für ihn und es bleiben würde, oder auch nicht, wer weiss, und für den Augenblick hatte er das Gefühl stehen zu bleiben.

Er fuhr wieder durch Galmiz, das so ruhig lag wie zuvor, geschlossen war der Kreis, und er fuhr weiter bis Kerzers, wo sein Freund im «Löwen» arbeitete.

Der Freund deckte eben die Tische, die Kirchenglocken schlugen die elfte Stunde, und der Freund sagte: Was machst du denn hier? Der Jüngling hob bloss die Schultern. Einerlei, wo er jetzt eben war. Und statt eines Biers brachte ihm sein Freund einen Kaffee und sagte: Erinnere dich, was ich dir eingeschärft habe. Es soll nichts schief gehen. Morgen zu dieser Zeit sieht alles anders aus für uns. Und jetzt lächelte er und legte dem Jüngling kurz die Hand auf die Schulter. Er war oft wie ein Vater zu ihm.

Ein Gast winkte den Freund an seinen Tisch, er gab ihm die Hand und sie unterhielten sich eine Weile.

Sein Freund war beliebt bei den Gästen.

Er trank seinen Kaffee und sah dem Freund zu, wie er auftischte, gekonnt und ohne Hast und dabei immer ein Auge auf seine Gäste hatte.

Die Arbeit hätte ihm auch gefallen, die Gelegenheit, jeweils mit den Leuten sich zu unterhalten.

6

Nach Cernay komme man dann auf die Route du Vin, sagte Gustav, als sie die Autobahn verlassen hatten.

Gunten nickte, die Hände im Schoss, schwieg; so, wie Gustav alles benannte, verdarb er ein wenig die Fahrt ins Blaue.

Cernay bestand aus meist zweigeschossigen Häusern mit Giebeldächern und Mansarden, es war fussgängerfreundlich, die Kirche aus Sandstein und katholisch, der spitze Hut des Turms war aus Kupfer und bläulich grün. Im Bus blieb es ruhig. Als er bei Uffholtz abbog, rief Gustav mit singendem Unterton: Maintenant la Route du Vin! Viel Bewegung kam nicht in die Leute, sie räkelten sich, aber ihre Gesichter hellten sich auf wie der Himmel. Kein Rebstock weit und breit, die Landschaft schwamm nicht im Regen, sondern schien in ihm zu schweben, sanftgrau und unergründlich. Nach Wattwiler, das sie links liegen liessen, zogen sich plötzlich Reben hangwärts bis zur Bewaldung, die Sonne drückte die Wolken in die Senken der Hügelketten.

Die Stimmung wurde heiter.

Reben nun auch rechts, rundum nur Reben, Tausende von Stöcken, wie ein Raster über der dunklen Erde. Kein Haus weit und breit, dann ein Dorf im nebligen Dunst, wie mit Pastellfarben gemalt, von einem klar gezeichneten Kirchturm überwacht.

Es war schlicht beeindruckend, nicht zu vergleichen mit den Rebhängen am Mont Vully. Allmählich besserte sich das Wetter.

Das macht mich ganz melancholisch, sagte Gunten. Es erinnert mich an die guten Gespräche bei einem Glas Wein, aber auch an die vielen Gläser, die ich ohne Gegenüber getrunken habe.

Gustav machte mit dem Körper in den engen Kurven die Bewegungen mit und sagte: Sie haben ein empfindsames Gemüt.

Gunten sah ihn neugierig von der Seite an.

Ich komme täglich mit vielen Leuten ihres Alters zusammen. In dieser Landschaft und nach ein paar Gläsern Riesling sind sie wie ausgewechselt.

Nach Soultz bogen sie ab, weiter der Weinstrasse entlang, die nun eine Autobahn war; die Nebenstrassen führten in die Berge.

Issenheim liessen sie links liegen, Gondolsheim rechts, Richtung Colmar ging's.

Da muss man sich ja zu Hause fühlen!, sagte Gunten und lachte. Ich bin übrigens im Zeichen der Waage geboren. Empfindsam? Wohl schon, aber nicht so ausgeglichen, wie man es von Waagegeborenen erwartet.

Er lehnte sich zurück und verschränkte die Arme, er redete zu viel, wenn er Gelegenheit dazu hatte.

Letztes Jahr hatte ich einen Männerchor mit, erzählte Gustav. Es war auch im April gewesen, ein sonniger Tag, aber kalt. Der Mann sass auf ihrem Platz. Wegen dem

Überblick, hatte er gesagt und sonst nicht viel. Er war in ihrem Alter und hatte etwa die gleiche Statur. Er war fast kahl, er hatte schwere Hände und ein empfindsames Gemüt. Nun, wir kamen in Eguisheim an, dem jeweiligen Ziel unserer Fahrt und –. Er legte die Hand auf den Mund wie ein kleines Kind, das sich verschwatzt hatte.

Ich kenne Eguisheim nicht, sagte Gunten begütigend, das Elsass überhaupt nicht.

Gustav warf einen Blick in den Innenspiegel; im Bus war es lebhaft geworden. Die Sonne brach durch und ein paar Leute zogen die Storen herunter.

7

Die Wolken hatten Konturen bekommen und taten sich noch einmal kurz für ein paar Spritzer zusammen; es windete stark. Gunten hatte die Sonne auf den Beinen.

Pfaffenheim links, Herrlisheim rechts, dazwischen nichts als Rebstöcke in gleichmässigen Reihen.

Gustav hatte die Hände locker auf dem Steuer; der Verkehr verlangte nicht allzu viel Aufmerksamkeit. Gunzenhauser hiess der Mann, von dem ich Ihnen erzählen wollte, sagte er. Er schien Einzelgänger zu sein. Vielleicht sang er nur das Solo. Gustav lachte, wurde gleich wieder ernst. Jedenfalls setzte er sich von der Gruppe ab.

Er hatte eine Karte bei sich. Ich halte gewöhnlich in der Nähe des Hotels «Comet», da gibt's Busparkplätze und es sind nur ein paar Schritte bis zum historischen Teil des Städtchens.

Es bildeten sich Grüppchen. Man verabredete sich nicht, es war jedem überlassen, wohin er ging und wo er zu Mittag ass. Um drei sollten nur alle wieder versammelt sein. Gunzenhauser blieb zurück und studierte die Karte. Ich beobachtete ihn vom «Comet» aus. Ich habe dort meinen angestammten Platz. Eguisheim lohnt sich, es ist seine Überraschung wert. Es wäre ein Jammer, wenn man den Rundgang nicht machen würde, der empfohlen wird, aber nicht bezeichnet ist wie ein Wanderweg. Gunzenhauser studierte die Karte, schaute hin und wieder in die schmalen Gassen mit den hübsch hergerichteten Riegelbauten: kleine Kneipen, Wohnhäuser, Geschäfte und Weinhandlungen. Es war alles so miteinbezogen, dass es weder störte noch auffiel. Übrigens habe ich den Rundgang mehrmals gemacht, sagte Gustav, und ich bin, wie alle, jeweils überrascht …

Der Rundgang beginnt bei einem gelben Riegelbau mit weit vorgezogenem Dach und einer Töpferei im Erdgeschoss. Man hatte die Wahl, die Gasse zur Linken oder zur Rechten zu nehmen. Ich weiss nicht, warum, aber die Leute entscheiden sich immer für die linke.

So auch Gunzenhauser.

Gustav lachte und liess sich von einem Laster überholen, der Weinfässer geladen hatte.

Vielleicht weil wir Angst haben, alleine die Orientierung zu verlieren, meinte Gunten.

Gustav sah ihn aufmerksam an. So mag es wohl sein. Er bog das Mikrophon zu sich. Links, auf der Kuppe, wachen die Trois sœurs, sagte er.

Alle schauten zu den drei Schwestern: drei Türme, vielleicht Reste einer Burg.

Gunzenhauser marschierte also los, alleine in die schmale Gasse zur Linken. Hin und wieder berühren sich fast die Dachschrägen.

Die Gasse ist mit Kopfsteinen gepflastert, bombiert, kein leichtes Gehen, schon bald einmal tun einem die Füsse weh. Die Gasse verläuft eigentlich immer geradeaus, mit einer kaum merkbaren Windung.

21

Die Leute schauen zu den Fassaden, bestaunen die Riegel und die Erker, das wohl überlegte Fachwerk. Blumentröge stehen neben den Eingängen und vor den Fenstern. Eine andere Welt und geruhsam, da verliert sich die Eile, da achtet keiner auf den Weg, geht langsam, freut sich, staunt und merkt nicht mehr, wie die Füsse schmerzen. Verblüfft stehen sie dann wieder vor dem gelben Riegelbau, so auch Gunzenhauser. Er war so verblüfft wie die anderen, einen Augenblick auch amüsiert, er sah sich länger um, blickte links und rechts am gelben Haus vorbei in die Gassen und schüttelte den Kopf; er meinte wohl zu spinnen.

Aber es hatte alles seine Richtigkeit. Übrigens braucht man nicht länger als eine halbe Stunde für den Rundgang, wenn man nicht zu oft stehen bleibt. Gunzenhauser studierte wieder die Karte, schaute auf die Uhr und lief in die linke Gasse und blieb stehen. Schön geradeaus zog sie sich, mit einem kaum merkbaren Bogen.

Er war nach zwanzig Minuten wieder da, wo er losmarschiert war, schüttelte den Kopf, lief in die rechte Gasse und stand nach zwanzig Minuten wieder vor dem gelben Riegelbau.

Er setzte sich im «Comet» ans Fenster. Mir gegenüber, sagte Gustav, aber er beachtete mich nicht. Er studierte die Karte.

Es ging ihm nicht anders als den anderen, nur hatte er jeglichen Humor verloren, er begriff einfach nicht, dass er im Kreis gelaufen war, obwohl die Gasse praktisch gerade verlief.

Er hatte mir gesagt, fuhr Gustav weiter, er sei Gleisarbeiter gewesen. Auf den Schienen, die er verlegte, fuhren die Züge von A nach B und nicht im Kreis. Er ass nichts, er hielt sich abseits, er trank ein Glas Wasser und studierte die Karte. Rundum sass man ausgelassen beim Riesling, später beim Degustieren im «Vieux porche».

Gunzenhauser wartete vor dem Bus, die Karte in der Hand, wortlos, und stierte vor sich hin. Als ich ihn am Arm nahm, folgte er mir wie ein Kind und setzte sich auf seinen Platz und schwieg während der ganzen Fahrt. Die anderen sangen und lachten. Er verzog keine Miene und gab die Karte nicht aus der Hand.

Wir mussten ihn in Murten aus dem Bus holen, ihm schon fast Gewalt antun. Als ihm einer die Karte abnehmen wollte, hielt er sie fest, es gab ein Gezerre, bis die Karte riss. Mit der einen Hälfte in der Hand liess er sich wegführen.

Ich habe nie mehr etwas von ihm gehört, fügte Gustav hinzu, als er von der Autobahn abbog. Die Geschichte schien ihn aber immer noch zu amüsieren.

Hinter Eguisheim, auf dem bewaldeten Buckel, standen übersonnt die drei Schwestern.

Ich meine, Sie haben mich um eine Überraschung gebracht, sagte Gunten.

Gustav schüttelte den Kopf. Sie werden es ja sehen. Ich wünsche Ihnen trotzdem viel Vergnügen. Er parkte in der Nähe des «Comet», erhob sich, öffnete wortlos die Tür und wedelte mit der Hand; er schien plötzlich verärgert. Gunten erhob sich und ging wortlos an ihm vorbei.

Die Leute redeten erwartungsfroh durcheinander und es kam zu einem kurzen Gedränge vor dem «Comet», wie nach der schweren Eichentür, die in die Gaststube des «Löwen» in Kerzers führte, da alle stehen geblieben waren. Es war einer dieser Tage, wo alle miteinander kamen, als trügen sie eine Uhr im Magen oder folgten dem Herdentrieb.

Conny, der Kellner, hatte seine liebe Mühe, verlor dabei die Übersicht nicht, obwohl keiner, auch in der Küche nicht, mit der Gruppe gerechnet hatte, die die landwirtschaftliche Genossenschaft besichtigt hatte. Conny löste das Problem, wie er andere auch jeweils löste, zum Beispiel, wie er den

Kunstmaler beruhigte, wenn er betrunken war, ihn zur Tür führte und die Sandsteinstufen hinunterbegleitete zur Strasse; er schob zwei Tische zusammen.

Es gab drei Tagesmenüs, er nahm die Bestellungen auf, fand daneben Zeit für ein paar Worte darüber hinaus, einen Scherz, sammelte Suppenlöffel ein, brachte die Getränke und blickte hin und wieder zum Jüngling, zu seinem Freund Pat, der alleine am Stammtisch vor leerer Kaffeetasse sass und ihn mürrisch gelangweilt beobachtete.

Man konnte sich auf Conny immer verlassen, wenn Not am Mann war, vertraute ihm vorbehaltlos; es war schlicht unmöglich, ihn zu provozieren. Das schien zwar schlecht zum gängigen Bild eines Alkoholikers zu passen, aber solange er seine Arbeit zur Zufriedenheit tat, sah man darüber hinweg, dass er auf der Ablage neben der Küchentür immer ein Glas Weisswein stehen hatte, das nie ganz leer wurde. Er hatte nie zu Klagen Anlass gegeben. Aber auch Alkohol konnte nicht mehr Aggressivität freisetzen, als vorhanden war. Es fehlte ihm jenes Minimum, das den Menschen überlebensfähig macht; das nützte man manchmal aus. Er konnte nicht ausrasten, nicht einmal wütend werden. Nein? Er verstand das nicht, er verstand auch seine Gefühle der Mutter gegenüber nicht; er hätte sie doch hassen müssen nach alledem, was sie getan hatte. Aber er war bloss ratlos und traurig.

Für den Augenblick waren alle bedient und er verschwand kurz in der Küche.

Der Jüngling sass noch immer mürrisch am Tisch und drehte die leere Tasse.

Conny lief wiederum in die Küche und brachte ihm das Menü eins: Dorschfilet, Reis und Salat.

Der Jüngling schob den Teller mit dem Handrücken zur Seite. Er war nicht hungrig, er war übel gelaunt und sagte: Offeriere mir lieber ein Bier, Conny, und dazu einen

Schnaps. Den brauche ich jetzt. Mich kotzt's schon den ganzen Morgen an. Mir ist halb schlecht.

Du solltest heute nicht trinken, sagte Conny.

Und das sagst du? Pat lachte abfällig. Ausgerechnet du sagst das!

Du weisst, was auf dem Spiel steht!

Und ob ich nicht wüsste, dass es zur Sache geht!

Conny schob ihm den Teller wieder hin und blickte sich erschrocken um. Nicht so laut!

Man rief nach ihm. Er brachte der Gruppe noch einen Liter Vully, dem Jüngling ein Bier. Pat grinste zufrieden und nahm die Gabel auf. Ich bin der Spielmacher, sagte er. Und jetzt bringst du mir den Schnaps, einen doppelten Bäzi. Meinst du, ich weiss nicht, wozu du immer wieder in die Küche läufst, obwohl keiner was will?

Wo bist du gewesen?, fragte Conny. Hast du einen schönen Morgen gehabt?

Ich bin rumgefahren. Ich fahre ja immer rundum. Und jetzt bring mir den Bäzi!

Conny nahm einen Schluck hinter der Küchentür und warf einen Blick durchs Fensterchen auf Gesichtshöhe. Pat süffelte den Schnaps, nahm einen Schluck Bier, er ass ein paar Gabeln voll, immerhin.

Natürlich wird er der Spielmacher sein, wenn man es so nennen wollte. Pat hatte so seine Ausdrücke. Er war so, wie Conny in seinem Alter gewesen war. Er hatte, wie er selber, mit fünfzehn seinen ersten Rausch gehabt. Er musste nachsichtig mit ihm sein.

Conny übersah keinen Gast, auch den Jüngling nicht. Er hatte es immer allen recht gemacht. Er hatte zumindest Arbeit, auch wenn das Geld hinten und vorne nicht ausreichte, bei der Sauferei. Und er hatte Schulden. Das würde aufhören, morgen würde das aufhören. Sie mussten loskommen. Er lief in die Küche; der Nachtisch musste serviert werden.

8

Die anderen waren schon auf dem Rundgang, zumeist in Gruppen.

Gunten hatte sich, verdeckt vom Bus, abseits gehalten; nun stand er vor dem gelben Riegelhaus mit der Töpferei. Links oder rechts? Die Schatten lagen rechts, also links, auch wenn es wohl aufs selbe herauskam; die Sonne hatte ihm den Entschluss abgenommen. Das rötliche Kopfsteinpflaster war leicht bombiert, nass, man konnte ausgleiten; die Füsse taten ihm schon bald einmal weh in den Sommerschuhen.

Eigentlich wäre er nicht abgeneigt gewesen, wenn Frau Donzé sich ihm angeschlossen hätte, aber sie war schon unterwegs.

Ausgeklügelt war das Fachwerk, solide die Riegel und Erker, ein Haus verwechselbar mit dem anderen, wäre der Anstrich nicht unterschiedlich gewesen.

Martha hätte gewiss auch ihre Freude gehabt; sie fehlte ihm.

Weisst du, Gunten, hatte sie gesagt, wenn ich vor dir sterben sollte – lass mich bitte ausreden! Auch wenn du es nicht wahrhaben willst, wir sind in dem Alter, in dem jeder Tag ein Geschenk ist. Wenn du neue Wege gehst und es macht dir dabei etwas Freude, denke hin und wieder daran, dass es mir auch Freude machen würde.

Er ging geradeaus und doch in einem kaum merkbaren Bogen nach rechts, im Kreis; er achtete darauf. Was er zurückliess, hätte vor ihm liegen können. Hübsch alles, gepflegt und verführerisch.

Als er wieder vor dem gelben Riegelhaus stand, war er verblüfft. Er zuckte mit den Achseln, lächelte und überlegte, ob er rechts in die Gasse einbiegen und den Rundgang wiederholen sollte, als Frau Donzé auf ihn zukam. Sie sind wohl überrascht?, fragte sie. Es geht allen so. Sie war etwas atemlos, ihr Haar zerzaust, der Wind blies, aber es war warm geworden und sie trug den Regenmantel über dem Arm, in der Hand hielt sie eine Tasche.

Ich amüsiere mich, erwiderte er. Und es macht mich auch nachdenklich.

Sie sah ihn aufmerksam an. Sie war zurückgeblieben, um eine Terrine zu kaufen; sie kaufte jedes Mal eine Terrine, der Grösse nach aufwärts zu denen, die sie schon hatte, handgemalte, mit Deckel.

Sie sind an mir vorbeigegangen, ohne mich zu bemerken.

Ich war in Gedanken bei meiner Freundin. Sie ist letztes Jahr tödlich verunfallt. Sie hat länger in Muntelier gewirtet. Es hätte ihr auch gefallen.

Das tut mir Leid, sagte sie, zögerte und fügte hinzu: Sie sehen müde aus.

Zu dieser Zeit habe ich zu Mittag gegessen und lege mich hin. Es ist halb eins.

Man isst überall gut hier, sagte sie. Im «Vieux porche», im «La Granglière» und wie die Lokale alle heissen. Das «Comet» ist in der Nähe, abseits vom Rummel, und man bekommt ausgezeichnete saure Leberli. Was meinen Sie dazu?

Er war vielleicht bequem geworden, auch etwas unsicher, ja, und wann hatte das angefangen, letzten Herbst? Einverstanden! Sie hatte ihm die Entscheidung abgenommen und er bedauerte es nicht.

Die Leberli, an einer würzigen Kräutersauce, waren zart, die Bratkartoffeln nicht versalzen und der Salat war mit Sauce française angemacht. Die Tischdecken waren rotweiss gewürfelt, das Porzellan war elsässisch, Jagdszenen. Man hatte Raum zwischen den Tischen gelassen, Gegenstände aus Haus und Hof aus dem letzten Jahrhundert waren an den Wänden und auf den Schäften verteilt; rötlich beschirmte Lampen hingen an eisernen Ketten.

Der Kellner, ein junger Mann mit blondem Kruselhaar, war flink und ohne Hast, obwohl das Lokal gut besucht war.

Gustav sass an seinem angestammten Platz vor einer Tasse Kaffee; er hatte ihnen zugenickt und sich nicht weiter um sie gekümmert.

Gunten liess sich einen zweiten Viertel Tokay Pinot Gris bringen; der Gewürztraminer war ihm zu blumig, zu süss. Ich mag herbe Weine, sagte er.

Zum Kaffee, den er schwarz und ohne Zucker trank, nahm er einen Marc. Sie sah ihn an, rührte ihren Café au lait und sagte: Mein Mann trank den Kaffee auch schwarz. Auf die Dauer hat das seinem Herz geschadet. Sie seufzte. Als er auf mich hörte, war es zu spät.

Er lächelte, sie war darüber irritiert, und er legte ihr die Hand auf den Arm, an dessen Handgelenk sie den Goldschmuck trug. Sie konnte ja nicht wissen, dass sie ihn an Martha erinnerte.

Er vergass seine Hand auf ihrem Arm. Es war ruhig geworden in der Gaststube, zwei Uhr vorbei, der Kellner mit dem Kruselhaar setzte sich seitlich des Buffets, wo er den besten Überblick hatte, zum Essen hin, als der Jüngling seinem Freund, dem Kellner, rief.

Er hatte eben seine Portion Dorschfilet in der Küche geholt nach einem Griff zum Glas, zwei Uhr vorbei, es war ruhig geworden in der Gaststube; er stellte den Teller auf dem Buffet ab.

Du hast mir ein Bier versprochen.

Das habe ich wohlweislich nicht! Du gehst jetzt nach Hause, Pat, dort wartest du und rührst kein Glas an. Um fünf kommt meine Ablösung. Danach trinken wir zusammen ein Bier und reden.

Ich kann geradeso gut hier warten und dann gehen wir zusammen. Es ist doch egal, ob ich hier oder mit dir oder sonst wo sitze. Und jetzt bring mir das Bier. Bitte! Oder du leihst mir zehn Franken, dann gehe ich.

Er musste nicht nur nachsichtig mit ihm sein, er musste auf ihn zugehen, ihn als Erwachsenen behandeln und ihm doch sagen, wo es langging. Vieles verband sie über das Saufen und Plänemachen hinaus. Alleine ihre Herkunft. Und morgen zu dieser Zeit würde alles anders aussehen und überstanden sein.

Ich kontrolliere auch nicht, was du jeweils hinter der Küchentür machst, sagte der Jüngling und schob ihm das leere Glas hin.

Conny sah auf ihn hinunter, schluckte, nahm wortlos das Glas und zapfte ein Bier. Wenn sie getrunken hatten, wurden sie versöhnlich und auch zuversichtlich. Inzwischen war sein Essen lau geworden. Er setzte sich an einen Tisch bei einem Fenster und schaute zwischen den Bissen hinaus auf den Platz. Das brachte etwas Abwechslung, nicht viel, aber immerhin, auch wie die Wolken sich umformten.

9

Der Himmel hatte sich überzogen, der Wind sich gelegt, gleich würde es regnen. Ein Bus hielt gegenüber dem «Comet». Die Leute gingen in Mänteln, alleine oder in Grüppchen hinein in die Gassen, sie waren ohne Eile, alle Zeit vergessen; sie schauten.

Warum werden die Leute ruhig und haben Geduld und Musse, wenn sie sich Altertümer anschauen, fragte er sich und merkte nicht, das seine Hand noch immer auf Frau Donzés Arm ruhte.

Jetzt waren Sie weit weg in Gedanken, sagte sie.

Er erwiderte ihr Lächeln. Ja und nein. Er bestellte noch ein Glas Tokayer.

Ihre Freundin, wie hiess sie bloss wieder?, fragte Frau Donzé.

Gunten erinnerte sich nicht gleich, dass er ihr den Namen gesagt hatte, er war nach dem Essen geschwätzig geworden. Martha Schärer, sagte er. Sie war Bernerin. Ihr Mann war von Muntelier.

Ich weiss um das «Bad Muntelier», sagte sie. Mein Mann hat dort die elektrischen Leitungen erneuert.

Der «Hecht» hat ihr gehört. Ihr Mann starb kurz nach der Geburt ihres Sohnes. Roland, ein Einzelkind. Er wischte Brosamen vom Tisch. Sie hat ihn alleine aufgezogen, die Wirtschaft geführt und als Dank – Sie kennen das ja von Ihrem Sohn! Der Kellner brachte den Wein. Als Dank hat er dann seine Mutter aus der Wirtschaft geekelt. Sie war ihm aber gut genug, zum Rechten zu sehen, wenn er auf Urlaub war, oder als Aushilfe.

Immerhin hatte er ihr das Wohnrecht auf Lebenszeit zugestanden.

Und er hat es wohl bedauert, als er zum zweiten Mal geheiratet hat. Die Frau ist fehl am Platz. Kinder wollten sie keine, jedenfalls sie nicht. Sie hatte wohl andere Pläne. Gunten nahm einen Schluck Wein. Sie könnte noch leben, Martha meine ich, wenn Roland nicht in Mexiko gewesen wäre mit seiner Frau.

Ein Zufall hat auch mein Leben verändert, sagte sie.

Das Leben entwickelt sich daraus weiter, erwiderte er. Gunzenhauser fiel ihm ein. Es ist so unerklärlich und unvorstellbar, meinte er, wie sich zwei Geraden in der Unendlichkeit treffen können oder zwei Eisenbahngleise.

Sie versuchte es sich vorzustellen.

Er überredete sie zu einem kleinen Marc.

Auf die Degustation muss ich dann verzichten, sagte sie. Und jetzt ist das «Vieux porche» sowieso überfüllt. Sie sah ihn fragend und unsicher an.

Wir haben es ja angenehm hier, sagte er. Wir sehen unseren Wein auch vor der Haustür heranwachsen und reifen.

Ich darf keinen Wein trinken, sagte sie, wegen der Galle, oder sollte es zumindest nicht, meint mein Arzt. Schade, wo wir doch eigene Reben haben.

Gunten erzählte ihr, dass sein Arzt ihm auch davon abgeraten hatte und ihm jeweils seine Unbeherrschtheit vorwarf. Er ballte die Faust. Man hat den Gallenstein erst gar nicht bemerkt, so gross ist er gewesen.

Sie neigte den Kopf leicht zur linken Schulter und lächelte; sie glaubte ihm nicht so recht.

Doch doch, so ist's gewesen, letzten Sommer. Ich vertrage den Wein wieder, dafür macht mir der Kreislauf zu schaffen. Meine Schwester litt auch an Gallensteinen. Ein Allerweltsübel und bei uns liegt's in der Familie. Aber daran ist sie nicht gestorben. Er lehnte sich zurück, schloss kurz die Augen und schüttelte den Kopf.

Gustav sah von der «Nouvelle Alsace» auf, blickte auf die Uhr und bestellte noch einen Kaffee.

Sie hat sich betrunken, fuhr Gunten fort. Sie hat sich auf dem nächtlichen Heimweg, dem See entlang, nicht mehr ausgekannt, und sie ist bei einer Baustelle ins Wasser gestürzt und ertrunken.

Sie lebte alleine, versoff im «Hecht» ihre Rente und erzählte von Christophero, der ein Grotto geführt hatte und den sie hätte heiraten können. Sie konnte auf dem Ölbild, das er für sie malen liess, «Gandria im Frühling», jedem sein Haus zeigen, das auch das ihre hätte sein können. Martha hatte das Bild im Säli aufgehängt; jeder sollte sehen können, dass auch sie eine Geschichte hatte. An jenem Abend wollte sie einen Trinkspruch anbringen. Auf Christophero, sagte sie, er liegt inzwischen unter der Erde. Wir haben nicht geheiratet, weil im Wünschen Erwartung ist und kein Versagen. Darauf hatte sie noch eine halbe Flasche getrunken.

Übrigens ist die Baustelle nicht von einem Tag auf den anderen da gewesen, sagte Gunten. Das war kein Zufall, das war Selbstverschulden. Fahrlässig. Mit Marthas Unfall ist es anders. Rolands Frau hatte bei einem Preisausschreiben, bei denen sie regelmässig mitmachte, eine mehrtägige Rundreise durch Mexiko gewonnen, für zwei Personen, Partner nach Wahl. Was lag näher, als sie mit ihrem Mann zu machen. Die Abreise fiel genau auf den Tag, einen Donnerstag im April, an dem Martha für ein paar Tage zu ihrer Schwester ins Emmental fahren wollte. So war es abgemacht; sie hatte es immer aufgeschoben. Und an dem Tag, das heisst in der Nacht, verunfallte sie auf der Kellertreppe.

Frau Donzé machte ein bekümmertes Gesicht, dann nahm sie ein Schlückchen Marc und sagte: Ich glaube mich daran zu erinnern, ein tragischer Unfall. Ich habe den Nachruf auf sie gelesen, im «Murtenbieter». Mein Mann hatte ihn abonniert, aus geschäftlichen Überlegungen. Und ich habe ihn nie abbestellt. Man will doch wissen, was rundum geschieht.

Den Nachruf hat ihr Sohn verfasst, sagte er. Was dabei stimmt, was er nicht leugnen konnte, war, dass sie die Wirtschaft geführt hatte, umsichtig, sie hochgebracht und die Familie zusammengehalten hatte, eben das, was allen bekannt war. Der grosse Rest, was sie ihm und seiner Frau bedeutet hatte, ist Heuchelei. Ein Betrieb wie der «Hecht» ist schnell heruntergewirtschaftet, vor allem, wenn einer auf Stammgäste und Vereine angewiesen ist.

Gunten nahm den letzten Schluck Tokayer. Für ihn war Martha nicht einfach gestorben. Er sagte nie: Seit Marthas Tod gehe ich nicht mehr hin. Er sagte: Seit Martha verunfallt ist. Oder: Seit Martha nicht mehr da ist.

Frau Donzé erinnerte sich jetzt nicht bloss an den Nachruf, sondern auch an den Artikel, eher eine Notiz, auf die dann nicht weiter eingegangen wurde, dass Frau Tanner, geborene Schärer, möglicherweise durch Fremdeinfluss sich den Sturz auf der Kellertreppe zugezogen haben könnte. Aber wahrscheinlich war dem nicht so gewesen. Ich hätte es nicht in Erinnerung behalten, wenn ich mich nicht darüber gewundert hätte, dass sie, anscheinend gleich nach dem Tod ihres Mannes, wieder ihren ledigen Namen angenommen hatte.

Gunten sah sie an, nickte, er drehte das leere Glas mit dem ziselierten Stiel und schwieg. Es war alles wieder in seinem Kopf und seine Augen wurden schmal. Er hatte schon so oft über die Umstände von Marthas Unfall nachgedacht.

Ich habe doch nichts Falsches gesagt?, fragte sie und berührte seinen Arm.

Nein, gewiss nicht. Er rief den Kellner. Sie sind mein Gast. Er beharrte darauf. Er vergass dann, ihr in den Mantel zu helfen, aber er nahm ihre Tasche, als der Jüngling den Deckel von der Blechbüchse nahm, die sein Freund letztes Jahr auf der Herbstmesse in Basel gekauft hatte. Die Büchse war mit Leckerli gefüllt gewesen; eigentlich war es eine kleine Trommel, gelb, mit aufgemalten Schnüren und dem Wappen der Stadt. Fürs Haushaltgeld, später, hatte der Freund gesagt.

Sie lachten. Da waren sie schon nicht mehr nüchtern gewesen.

Die Büchse stand gewöhnlich hinter den Dosen mit Kaffee und Tee, einerseits damit sie sie nicht dauernd vor Augen hatten und sich daran vergriffen, andererseits war sie so vor Dieben gesichert.

Auch darüber hatten sie gelacht.

Vierzig Franken sollten ausreichen; er würde das Geld morgen zurückgeben, wenn sie redlich geteilt hatten.

Man muss ein soziales Gefüge haben, hatte sein Freund gesagt.

Von wegen! Wenn er daran glaubte. Auf jeden Fall war die Büchse oft leer.

Es war kurz nach drei, der Himmel bedeckt, er startete sein Moped, fuhr Richtung Murten und zog die Kapuze seiner

Jacke über die Stirn, als es ausserhalb von Galmiz anfing zu regnen; den Helm hatte er an der Lenkstange.

Es gefiel ihm, im Regen zu fahren, vielleicht weil er an den Abend dachte, und dann war er ja geschützt; die Luft roch gut.

Er kaufte zwei Portionen Lasagne, die assen sie beide gerne und musste nur in den Backofen geschoben werden. Salat dazu und drei Flaschen Merlot del piave, der passte dazu.

Er wollte seinen Freund überraschen und wusste, es würde ihn versöhnen, und wenn er das Geld wieder in die Büchse tun würde, wäre alles in Ordnung. Sie würden den Wein trinken, das Fenster offen lassen und reden; es fiele ihnen schon etwas ein.

Er legte alles auf den Küchentisch. Er wusch die Hände, kämmte sich, setzte sich an den Tisch und war guter Laune, nachdem er noch einen Whisky getrunken hatte. Eine Flasche Whisky zu kaufen hatte er vergessen, oder nicht daran gedacht, oder doch daran gedacht und es gelassen, weil dann nur noch ein paar Franken in der Büchse übrig geblieben wären.

Er ersetzte das letzte Glas Whisky mit Wasser in der Flasche; Conny würde es nicht merken. Er lachte. Er hatte ihm einmal ein Glas Schnaps durch ein Glas Wasser ersetzt und Conny hatte es nicht gemerkt, so betrunken war er gewesen. Sie waren beide betrunken und auf der Karte eben in Lissabon angelangt und überlegten sich, ob sie nach Nordafrika übersetzen wollten.

Draussen sass die Amsel wieder auf ihrem Ast, vielleicht war es auch eine andere, das tat nichts zur Sache, die eine war wie die andere. Pat trank seinen Whisky und schaute zur Amsel. Sie sass bewegungslos da, pfiff hin und wieder und legte kurz den Kopf ins Gefieder, sie tat sonst nichts, sie war einfach da, und das schien ihr zu genügen und zu gefallen, auch wie es regnete.

Gunten hatte sich im Bus wieder zu ihr gesetzt, nicht weil er das Gefühl hatte, sie erwartete das nach dem gemeinsamen Mittagessen; er mochte sie einfach, sie konnte zuhören, und das gefiel ihm.

Er hatte seit Marthas Unfall nicht mehr so reden können oder wollen, nicht einmal mit Jean, der zu allem hin ein schlechter Zuhörer war. Sie hatte nichts Falsches gesagt; er wurde immer wieder an Marthas Unfall erinnert.

Seit sie nach Ste-Croix auf die Autobahn abgebogen waren und Richtung Mulhouse fuhren, regnete es; der Ausgelassenheit tat es keinen Abbruch.

Guntens Füsse waren angeschwollen; hochlagern wie zu Hause hätte er sie müssen, aber das ging hier nicht. Er musste sich nun wirklich beim Arzt anmelden.

Ein Grüppchen hatte angefangen zu singen; einige mehr fielen in den Refrain ein und der Chauffeur musste nicht zur Unterhaltung beitragen. Nichts konnte die gute Stimmung vermiesen, zudem in Basel noch ein Aufenthalt eingeplant war.

Ich möchte mich noch einmal herzlich bedanken, sagte sie.

Ich darf Ihnen danken!

Ich wollte Sie nicht erinnern. Es tut mir Leid.

Es geschah ja nicht absichtlich, beruhigte er sie und legte ihr kurz die Hand auf den Arm. Ich habe damit angefangen über Martha und meine Schwester zu reden.

Sie nickte. Sie hatte wirklich keine Ahnung gehabt, dass Martha, die Wirtin vom «Hecht», seine langjährige Freundin gewesen war.

Das Ölbild «Gandria im Frühling», das durfte erst abgenommen werden, wenn die Wirtschaft verkauft wurde. Schon kurz nach Marthas Tod hatten Roland und seine Frau versucht, einen Käufer zu finden, aber ihre Forderungen waren unrealistisch.

Den Nachruf, den der Pfarrer vom Blatt gelesen hatte, hatte Gunten in der Zeitung nachgelesen und im Zorn zerrissen. Der Artikel, die Notiz, wie Frau Donzé bemerkt hatte, lag bei amtlichen und anderen wichtigen Papieren in einer Stahlkassette.

Er machte sich Gedanken darüber, was es mit den möglichen Fremdeinflüssen auf sich haben konnte. Anscheinend war da übertrieben worden.

Die Untersuchungen seien nicht einfach im Sand verlaufen, wie Jean ihm mitgeteilt hatte. Sie genügten eben nicht für weitere Abklärungen. Marthas Sturz war ein Unfall durch unglückliche Umstände gewesen.

Sie starb nicht an den Brüchen, die sie sich beim Sturz die vierzehn steinernen Stufen hinunter in den Keller zugezogen hatte, sondern sie erstickte am Blut, das ihr in die Lungen eingedrungen war.

Jean, der noch gute Beziehungen zur Kantonspolizei hatte, hatte ihm ohne Abweichungen immer das Gleiche erzählt.

Im «Bad Muntelier» feierte an diesem Freitag bis in die frühen Morgenstunden des Samstags eine Gesellschaft, die immer wieder Wünsche hatte, auch an die Küche. In den Pausen stand der Koch am Fenster, rauchte, schaute in die Nacht hinaus und einmal auch länger hinüber zum «Hecht». Er wusste, dass das Wirtepaar nach Mexiko verreist war und Martha erwähnt hatte, sie würde bei dieser Gelegenheit ihre Schwester im Emmental besuchen. Nun brannte im Keller, der zwei halbmondförmige und vergitterte Fenster hatte, das Licht schon die zweite Nacht; tagsüber war das nicht aufgefallen. Der Koch war beunruhigt und rief die Polizei.

Martha lag am Fuss der Treppe. Sie war, so der Befund, in der Nacht zuvor zwischen neun und zehn Uhr ihren Verletzungen erlegen.

Sie hätte vielleicht eine Überlebenschance gehabt, wenn sie früher gefunden worden wäre. Die Kellertür stand offen, als man sie gefunden hatte.

Vielleicht war sie durch ein aussergewöhnliches Geräusch geweckt worden – ihr Zimmer lag ein Stockwerk über dem Keller zum Garten hinaus –, sie dachte an Einbrecher und war dem Geräusch nachgegangen. Licht hatte sie im Haus nicht gemacht, die Strassenlampe leuchtete ihr den Weg; sie hätte sich auch im Dunkeln zurechtgefunden. Im Keller hatte sie wohl Licht gemacht, vielleicht gerufen, aufgeregt und verängstigt war sie im Augenblick sicher gewesen, unvorsichtig, und das zog den fatalen Sturz nach.

Für Einbrecher sprach nun, dass die Flügeltür aus Blech an der Hinterseite des Kellers länger offen gestanden haben musste.

Es hatte geschüttet wie aus Kübeln, der Kellerboden war noch nass. Die Flügeltür hatte kein Schloss, sondern einen durch ein Blechstück raffiniert verdeckten Riegel. Es war einfach, die Flügel zu öffnen, sofern man um den Riegel wusste oder nach ihm suchte.

Martha hatte keinen Grund gehabt, die Flügel zu öffnen, weder von aussen noch von innen; sie wären ihr übrigens auch zu schwer gewesen. Das konnten also Anhaltspunkte für Einbrecher sein, sie hatten Martha erschreckt, und diese Fremdeinflüsse, wenn man so sagen konnte, hatten zu ihrem Sturz geführt.

Übrigens war der Mechanismus der Tür nur den Wirtsleuten, den Lieferanten und dem Personal bekannt. Möglicherweise hatte einer einmal, ohne sich dabei etwas zu denken, über die Tür ohne Schloss geplaudert, dabei hatten sich alle amüsiert. Unter einem der Zuhörer könnte der Einbrecher zu finden sein. Eine wohl kaum lösbare Aufgabe. Nein? Zwei Flaschen Bäzi hatten im Keller gefehlt. Aber die konnten noch in der Aufregung und dem Durcheinander vor der

Abreise der Wirtsleute heraufgebracht worden sein, das ersparte eine Arbeit bei der Rückkehr, nur erinnerte sich keiner mehr so genau. Auf dem Buffet in der Wirtschaft war jedenfalls ein rechter Vorrat; der Bäzi war sehr beliebt.

Im Haus war nichts aufgebrochen oder durchwühlt worden, es fehlte nichts und die wertvollen Sachen standen an ihrem Platz. Es wäre eine Farce gewesen, Fingerabdrücke zu nehmen, zudem trugen Einbrecher Handschuhe.

Es könnten Einbrecher gewesen sein. Aber wie lässt sich ein Einbruch erklären, wenn nichts fehlt? Die Flügeltür war geöffnet worden. Vielleicht hatte einer ein paar Flaschen Wein geklaut, das war leicht zu übersehen bei dem Vorrat, und er wurde von Martha gestört. Eine Unachtsamkeit konnte ihn verraten haben, und Martha ging, resolut wie sie war und besorgt, nachsehen. Das fehlte gerade noch, wenn man ihr Nachlässigkeit hätte vorwerfen können.

Also doch Einbrecher!, wandte Gunten jeweils ein. Sie hätten Schuld an Marthas Tod. Es käme einem Mord gleich.

Man war allem nachgegangen und hatte alles geprüft, man hatte getan, was man tun musste und konnte.

Es kann eine Verkettung von unglücklichen Zufällen gewesen sein, fügte Jean jeweils hinzu. Wir werden es wohl nie erfahren.

Gunten dachte nach und schwieg.

Eine Verkettung unglücklicher Zufälle – der Tod wurde anscheinend auch durch Zufall bestimmt.

11

Gunten hatte sich nach Marthas Unfall für Tage im Haus verkrochen, er las nach, was er eben in sein gelbes Heft geschrieben hatte; es hätte das vom Vortag sein können. Er ass wenig, trank zu viel roten Vully, er half nicht, er machte ihn nicht einmal müde. Er sah, wie die Nacht kam, er blickte über den See zu den blinkenden Lichtern gegenüber; sie gaben ihm kein Zeichen.

Er trauerte um Martha, wie er um seine Katze getrauert hatte, mit der er sich auch hatte unterhalten können, und fragte sich, was er den nächsten Tag über tun sollte. Er würde zu Hause bleiben.

Es war Jean, der ihn herausholte und sagte, so könne es nicht weitergehen, und ihn zurückführte in seine Gewohnheiten; Gunten wusste es ja selber. Er hatte an Heiterkeit verloren und an Zuversicht. Und er trank zu viel.

Er wusste auch jetzt nicht, wo er nicht unzufrieden war, wohl durch die Bekanntschaft mit Frau Donzé, was er morgen tun würde. Gewiss würde er sich an die Fahrt ins Elsass erinnern. Aber wenn er das Haus verliess und Jean traf, würde er sich immer davor fürchten, dass er ihm etwas anderes zu berichten hätte als bis anhin.

Unvorstellbar! Absurd! Er hatte seine Neugier nicht gänzlich verloren, er war bloss müde geworden. Er würde es sich aber nie verzeihen, wenn sich eines Tages herausstellen sollte, dass es kein Unfall gewesen war und er der Sache nicht selber nachgegangen war.

Er liess die Hände auf die Rückseite des Vordersitzes fallen, rüttelte daran, es schüttelte ihn und auch den Vordermann, der sich nicht umsah; die allgemeine Heiterkeit machte ihn nachsichtig.

Sie hatten die trostlosen Vorstädte von Mulhouse hinter sich gelassen, die Sonne schien und es ging einen Augenblick, bis Gunten wusste, wo er war.

Und wenn er nun aus seiner Scheu und Angst heraus einverstanden wäre mit der Ansicht der Polizei, sich damit zufrieden geben würde? Er liess sich zurückfallen und schaute ins lockere Gewölk, als könnte von dort eine Antwort kommen; sein Blick streifte Frau Donzé, die ihn abwartend anblickte.

Sie waren wieder weit weg!

Er nickte bloss.

Man tut sich schwer. Sie zögerte. Es geht mir gleich, wenn ich an meinen Mann denke. Sie atmete tief ein und wieder aus. Wenn ich wieder einmal in Murten bin – vielleicht ergibt sich zufällig die Möglichkeit, dass wir uns begegnen. Sie lachte. Ich mache jeden zweiten Samstag Besorgungen, danach treffe ich im «Schiff» eine Bekannte. Nicht immer…

Sierentz liessen sie links liegen, ein kleines Nest; noch zehn Kilometer bis Basel.

Ich komme mit dem Wagen.

Sein Lächeln nahm sie schon als Zusage.

Man kann ja dem Zufall nachhelfen, meinte er. Das «Schiff» ist mir zwar immer zu vornehm gewesen. Aber warum sollte es mir nicht gefallen? Man kann seine Meinung ändern. Von meinem Haus brauche ich eine Viertelstunde zu Fuss, sagte er entschlossen.

Wie lange war es her, seit er in Gesellschaft dem See entlangspaziert war?

Samstag in einer Woche?, fragte sie.

Er war einverstanden, ohne zu zögern. Um vier im «Schiff», bei jedem Wetter.

Der Tag heute würde ein Neuanfang sein.

Seit Ste-Croix hatte sich die Landschaft nicht verändert, offenes Flachland, Waldbänder dazwischen, als Horizont, im Dunst, Hügelketten, keine Reben, die Häuser in den Dörfern drängten sich zusammen, als müssten sie sich in der Weite der Rheinebene Schutz geben.

Im Bus war es ruhiger geworden, sie würden gleich beim Zoll halten und fast jeder hatte Wein über das Erlaubte eingekauft. Es bestand kein Grund zur Aufregung, sie würden pauschal abgefertigt.

Sie überquerten den Rhein, der Chauffeur wies aufs Münster, aber sehr aufmerksam waren sie nicht. Einer sang:

Schön ist es am Rhein zu sein! Da fuhren sie eben Richtung Bahnhof und standen dann, kurz nach fünf, im Stau.

Sie hielten gegenüber einem Bankgebäude, einem riesigen Pilz, bei dem man den Hut vergessen hatte. Er musste die Schuhe noch binden, er bekam einen roten Kopf und atmete schwer. Sie standen dann nebeneinander in der Gasse. Ihr Deuxpièces, nachtblau mit goldfarbenen Knöpfen, gefiel ihm an ihr; er sah sie an, als würde es ihm erst jetzt bewusst.

Sie folgten einer Allee zum Aeschenplatz; zur Altstadt mussten sie links abbiegen.

Als er wieder stehen blieb, nicht weil ihm das Atmen schwer fiel, sondern die Füsse weh taten, sagte sie: Sie dürfen das nicht länger anstehen lassen.

Sie standen auf dem Aeschenplatz, wo sich die Strassenbahnen kreuzten und die Autos stauten, den Leuten im Weg, ratlos eher, weil er litt und doch weitergehen wollte.

Sie blieb beim nächsten Geschäft stehen, um ihm eine Verschnaufpause zu gönnen, aber auch weil sie sich die Auslage ansehen wollte; sie hatte einen Flair für Schmuck. Ich komme nicht daran vorbei, ohne ihn anzuschauen.

Die Schaufensterkrankheit! Er lachte, obwohl ihm nicht darum war. Man sieht sich die Auslagen an, um nicht zeigen zu müssen, wie einen das Gehen schmerzt; man betrügt sich selber. Ans Flanieren habe ich gedacht, und nun bin ich ein Anhängsel.

Aber nein!, widersprach sie.

Einer verkehrsfreien Einkaufsstrasse entlang ging es dann, die Hausfassaden waren aus dem letzten Jahrhundert, die Geschäfte im Erdgeschoss zeitgemäss, und schon wieder sah sie sich Schmuck an.

Sie hatte einen guten Geschmack, und was ihr gefiel, hatte seinen Preis.

Er hatte seinen Wein, seine Hefte und er würde sich wieder eine Katze halten.

Als er in einem Laden die Blechbüchse sah, die eigentlich eine kleine Trommel war, gelb, mit aufgemalten Schnüren und dem Wappen der Stadt, gefüllt mit Leckerli, erinnerte er sich, dass Jean sie gerne ass; seine Schwiegertochter brachte sie ihm jeweils mit.

Sie war nicht umgekehrt, weil sie meinte, er wolle oder könne nicht mehr weitergehen. Sie musste sich die Auslage in der Nebengasse nochmals anschauen. Ein goldenes Armband gefiel ihr besonders, es würde zu ihrer Halskette passen. Der Preis war reduziert. Sie rechnete, aber so viel Geld hatte sie nicht bei sich und er zu wenig, um auf den Betrag zu kommen.

Vielleicht lässt der Besitzer mit sich reden?, sagte Gunten und zeigte auf das Schildchen: An- und Verkauf von Schmuck und Wertsachen.

Und dann sah er den Kopf, den er zuvor in der überladenen Auslage nicht bemerkt hatte. Ein Kopf an einer silbernen Kette, so gross wie sein Daumennagel; er erkannte ihn sogleich und erschrak. Eine einmalige Handarbeit. Nickel. Er schloss die Augen, öffnete sie wieder und schüttelte den Kopf. Sprachlos für den Augenblick griff er nach Frau Donzés Arm.

Sie sah ihn verdutzt an, nahm in ihrerseits am Arm und sagte: Mein Gott, ist Ihnen nicht gut? Sie führte ihn zu einer Bank, die die Stadt aufgestellt hatte.

Sie setzten sich in dem Augenblick hin, als Conny, der Kellner, in die Küche trat, so gegen halb sechs, und verwundert stehen blieb, dann lächelte und Pat, seinem Freund, der am Tisch sass, die Hand auf die Schulter legte.

Ich glaub, ich spinne!, sagte er.

Ich wollte dich überraschen.

Der Tisch war gedeckt, der Salat gerüstet, die Sauce angemacht und die Gläser waren mit Wein gefüllt.

Ich muss nur noch die Lasagne in den Backofen schieben, sagte Pat, nahm einen gehörigen Schluck Wein und leckte sich die Lippen.

Er war angetrunken, aber sein Freund machte ihm keinen Vorwurf diesmal, zudem hatte er selber ein paar Gläser Weissen getrunken und unterwegs noch einen Bäzi.

Conny setzte sich, hob sein Glas und sagte: Ich möchte mich bei dir bedanken.

Der Jüngling machte eine grosszügige Geste. Ich dachte mir, warum soll ich ihm nicht auch einmal eine Freude machen? Wir trinken jetzt zuerst ein Glas, essen und reden später. Es tut mir Leid wegen heute Nachmittag.

Jetzt machte sein Freund eine grosszügige Geste.

Sie lachten beide.

Ich habe in die Trommel gegriffen, sagte Pat. Vierzig Franken. Du bist mein Gast. Morgen tu ich sie wieder hinein. Ich bin kein Dieb.

Jetzt prusteten sie vor Lachen.

Sie schwiegen dann eine Weile, jeder in Gedanken. Der Kellner schenkte nach, der Jüngling erhob sich und sagte: Ich mache jetzt den Ofen an, das dauert. Du bist sicher auch hungrig. Man kann nicht nur saufen. Fisch hält nicht lange hin.

12

Sie hielt seine Hände, sie waren kalt, aber er hatte wieder Farbe im Gesicht. Sein Atem ging etwas schnell und er hatte die Augen geschlossen wie einer, der angestrengt über etwas nachdachte, das er nicht einordnen und nicht begreifen konnte, oder Schmerzen hatte.

Ein paar Leute warfen einen flüchtigen Blick auf sie, eine Frau lächelte und von einer nahen Kirche schlug es sechs. Sein Puls ging schnell, wie es oft bei ihrem Mann gewesen war.

Jetzt öffnete er die Augen und sah sie an, als wäre sie eine Fremde. Der Kreislauf?, fragte sie.

Der Kopf! Ich verstehe das nicht!

Das ist der Föhn. Ich bin ihm auch unterworfen, aber nicht in dem Mass wie Sie.

Der Kopf im Schmuckladen, sagte er. Wie kommt er dorthin? Sie wusste nicht, wovon er redete. Sie hatte Schmuck gesehen; ein Armband hatte ihr besonders gefallen. Sie musste sehr rücksichtsvoll mit ihm sein, so erregt und verwirrt, wie er war. Es machte ihr Angst.

Er war aufgestanden, er lief los, ohne sich nach ihr umzuschauen.

Er war nicht rücksichtslos, nur mit dem Kopf den Füssen weit voraus; vor dem Schaufenster holte sie ihn ein. Was hat es Besonderes auf sich mit dem Kopf?

Er sah sie von der Seite an, als müsste er sich zuerst erinnern, woher er sie kannte. Links hinten, sagte er und klopfte gegen das einbruchsichere Glas. Neben den Uhren. Sehen Sie ihn?

Der Kopf lag auf rotem Samt, der etwas verstaubt war, im Geringel einer silbernen Kette.

Sie standen wortlos nebeneinander und sahen ihn sich an.

Eine Maske, vielleicht, aber keine Fratze, aus silbrig-grauem Metall. Niedere Stirn, kein Haarschopf, aber Fransen. Die Augen, mit stecknadelgrossen Pupillen, lagen in Ringen, die zugleich Brauen und Falten waren und sich zur Nasenwurzel und weiter bis zu den Mundecken zogen. Die Nase war breit und flach, der Mund leicht geöffnet, die Oberlippe streifte die Nasenspitze, das geriffelte Kinn war gespalten. Das Gesicht eines alten Mannes, der alle Freuden und Leiden eines Leben hinter sich gelassen hat.

Die Augen zwangen hinzusehen; sie hatten einen eher starrenden als starren Blick, der dem Gesicht einen schmerzhaften und erschrockenen Ausdruck verlieh, nicht drohend oder gewalttätig. Das Gesicht gab sich dem Betrachter hin und fing ihn ein mit einer Frage, die er sich wohl selber stellen und auf die er auch selber die Antwort geben musste.

Sie war fasziniert.

Ich habe ihn damals in Nouméa gekauft, sagte er, ging zur Tür und in den Laden und sie folgte ihm. Ein heller, nachhallender Glockenton meldete sie an; es war angenehm kühl und roch nach Sandelholz.

Er hatte sich beruhigt.

Der Mann, der sogleich aus einem abgedunkelten Nebenraum kam, war klein und gebeugt. Er hatte einen grauen Haarkranz und ein schmales Schnäuzchen, das in sein blasses Gesicht ein Lächeln zeichnete.

Was kann ich für Sie tun?, fragte er und stützte sich auf dem Ladentisch ab, der eine Glasplatte war und nicht verstaubt.

Der Kopf, sagte Gunten und wies zum Schaufenster.

Frau Donzé hielt sich im Hintergrund, aber sie war gespannt aufmerksam.

Der Mann lächelte nun wirklich. Er war in Guntens Alter und hatte im unteren Gebiss zwei gleichmässig versetzte Goldzähne. Das ist mir eine Ehre!, sagte er und nahm den Kopf behutsam vom Samt; er hielt ihn auf der offenen Hand unter eine Lampe, die Kette hing zwischen Mittel- und Zeigefinger herunter. Ein einmaliges Stück!

Handarbeit, erwiderte Gunten. Nickel. Ich habe damals fünf Dollar dafür bezahlt.

Der Verkäufer lächelte einnehmend und legte den Kopf aufs Glas.

Er hat nun seinen Preis, sagte er.

Fürs Erste interessiert mich, wo Sie ihn herhaben. Er hat eine lange Reise hinter sich.

Sie waren auf Neukaledonien?

Vor gut vierzig Jahren, für ein paar Tage. Und da habe ich ihn gekauft. In Nouméa. Eine Kette war nicht dabei. Es verwundert Sie nicht, dass ich meine, es ist der Kopf, den ich in Nouméa gekauft habe?

Ich wundere mich über nichts mehr.

Sie haben wohl etwas mehr als fünf Dollar bezahlt?

Der Mann nickte. Frau Donzé wunderte sich, wie ruhig Gunten plötzlich war. Vielleicht lag es daran, dass er nun erfahren würde, wie der Mann zu dem Kopf gekommen war.

Vierhundert, sagte der Mann, inklusive der Kette.

Die passt nicht, sagte Gunten.

Der Mann hob die Schultern.

Ich kaufe ihn. Sie werden mir eine Quittung ausstellen. Zuvor werden Sie mir erzählen müssen, wie Sie zu dem Kopf gekommen sind. Er hat eine lange Reise hinter sich, wie gesagt. Von Nouméa über Australien und Murten bis hierher nach Basel in Ihr Geschäft. Absurd!

Gunten liess dem Mann Zeit, um nachzudenken.

Letztes Jahr boten mir zwei Männer – neben einer Kette und einem Armband – den Kopf an. Ich hielt sie für Vater und Sohn. Der Vater war um die fünfzig, der Sohn noch keine zwanzig.

Goldschmuck?

Ich dachte, Sie interessieren sich für den Kopf und wie er hergekommen ist? Übrigens: Der Schmuck ist verkauft. Der ältere sagte, seine Frau sei gestorben und er wüsste nichts mit dem Schmuck anzufangen.

Wann?, fragte Gunten.

Anfang Oktober, ich erinnere mich daran, weil Herbstmesse war. Es hatte alles seine Richtigkeit und ich machte einen fairen Preis.

Beschreiben Sie mir die beiden!

Der Mann atmete kurz mit offenem Mund, umfuhr mit der Linken seinen Haarkranz. Es ist lange her.

Gunten liess ihm wiederum Zeit.

Frau Donzé wurde, so interessiert sie auch war, nervös. Der Bus!

Mittelgross waren sie beide, schlank, dunkelhaarig, etwas nachlässig gekleidet. Und sie hatten eine Bierfahne. Meistens redete der Vater. Der Sohn war anfangs nicht einverstanden gewesen mit dem Preis. Wir verschenken nichts, hatte er gesagt, nicht einmal besoffen, weil uns auch keiner was schenkt. Da fällt mir ein: Es war ein warmer Tag, föhnig wie heute. Der Vater hatte die Hemdsärmel hochgekrempelt und kratzte sich hin und wieder am rechten Ellenbogen. Ein Tick wohl.

Und weiter?

Weiter nichts.

Sie haben nicht gefragt, wie er oder seine Frau zu dem Kopf gekommen sind? Sie sagten doch, es sei ein einmaliges Stück.

Der Verkäufer sah ihn verdutzt an, zugleich kam ein Anflug von Spott in seinen Blick. Hätte ich das tun müssen?

Ich wäre zumindest neugierig gewesen.

Der Vater sagte, der Schmuck sei aus einer Erbschaft, die seine Frau gemacht habe. Übrigens wollte ich den Kopf zuerst für mich behalten, aber irgendetwas sträubte sich in mir.

Der Verkäufer schrieb die Quittung; er hatte nicht mit sich feilschen lassen. Er bettete den Kopf in eine kleine Schachtel, die mit Samt gefüttert war und die dunkle Bläue des Meeres hatte.

Es fällt Ihnen nichts weiter mehr ein?

Der Mann schüttelte den Kopf; das Lächeln, mit dem er sie begrüsst hatte, war wieder in sein Gesicht gezeichnet.

Frau Donzé musste den Betrag aus ihrer Tasche auf die vierhundert Franken aufrunden.

Ausländer waren sie nicht, sagte der Verkäufer. Vielleicht Aargauer?

Gunten schwieg nachdenklich, schob die Schachtel in die Innenseite seiner Jacke, nickte Frau Donzé zu und sie gingen zur Tür.

Der Mann wünschte einen schönen Abend, öffnete ihnen die Tür und schaute ihnen nach; der helle Glockenton hallte auf die Strasse hinaus.

Und, sind Sie zufrieden?, fragte sie.

Ich schulde Ihnen hundert Franken, sagte Gunten, und die, die den Kopf verkauft haben, schulden mir eine Erklärung.

Sofern Sie sie finden. In einer Viertelstunde geht der Bus.

Im selben Augenblick legte Conny seinem Freund die Hand auf den Arm und hielt ihn davon ab, die dritte Flasche Merlot zu öffnen. Wir müssen alles nochmals besprechen und dazu brauchen wir einen klaren Kopf. Der Jüngling riss sich los, murrte, gab aber nach.

Morgen Abend, wenn alles vorbei ist, öffnen wir die Flasche, beharrte Conny, erhob sich und öffnete das Fenster.

Mich friert's, murrte der Jüngling.

Die frische Luft tut uns gut. Was wir jetzt brauchen ist frische Luft.

Von wegen, erwiderte der Jüngling und legte die Arme um sich.

13

Gustav stand vor der offenen Tür und der Motor lief; alle schienen verärgert zu sein, als hätten sie etwas zu versäumen.

Eine Viertelstunde gebe ich jeweils hinzu, sagte Gustav, schlug die Tür zu, setzte sich ans Steuer und wartete nicht mit dem Anfahren, bis sie beide an ihren Plätzen waren.

Sie war so atemlos wie er. Haben Sie gesehen, wie er uns angeschaut hat? Sie lachte. Was meint er eigentlich! Er ist immer verärgert, wenn sich zwei zusammentun.

Gunten war etwas brüskiert, aber es gefiel ihm doch, was sie gesagt hatte.

In seinen Witzen sind immer die Frauen die Dummchen und Abgeschlagenen, sagte sie. Seine Frau hat ihn betrogen und er hat sich scheiden lassen. Sie lehnte sich zurück und fügte hinzu: Er ist ein guter Fahrer. Und jetzt freu ich mich darauf, nach Hause zu kommen.

Daran wollte er gar nicht denken. Er würde im Kreis gehen und seine Gedanken in ein Heft schreiben, wach liegen oder im Sessel sitzen und dem Nuscheln des Sees zuhören und es nicht erwarten können, bis es hell würde, und sich zugleich davor fürchten. Mit Jean sollte er reden, aber der stand hinter dem Ladentisch.

Er war Frau Donzé eine Erklärung schuldig. Es war das eingetreten, wovor er sich gefürchtet hatte. Er war seit Marthas Unfall im Kreis gelaufen, wie er in Eguisheim im Kreis gelaufen war.

Im Bus war es ruhig; sie waren alle müde und freuten sich heimzukommen. Es war kurz nacht acht Uhr, der Himmel leicht überzogen.

Sie fuhren eben die Rampe hoch zum Bölchentunnel. Er hatte eine Weile alles hinter sich lassen können, er hatte sich wohl gefühlt, bis er sich durch seine Geschwätzigkeit einholte. Ich mache mir zu viele Sorgen und Probleme, dachte er. Ich fürchte mich vor dem nächsten Tag, vor Krankheit. Einkaufen macht mir schon Sorgen, ob das Geld reicht, ob ich den siebzigsten Geburtstag erlebe und gut zu Fuss bleibe. Und dann lösen sich die Probleme von selber, und die Sorgen waren unangebracht.

Ich bin zu sehr auf mich selber bezogen, sagte er, als sie in den schlecht beleuchteten Tunnel hineinfuhren. Wir haben den Schmuck nicht angeschaut, für den Sie sich so interessiert haben.

Das ist nicht weiter schlimm, erwiderte sie. Sie haben etwas Mühe, ich meine, Sie kommen zu wenig unter die Leute.

Sie hatte Recht, er nickte, aber schwieg.

Mir ist nicht klar, warum Sie sich so für den Kopf interessieren, sagte sie. Ich verstehe das nicht, ich meine, ich verstehe schon, dieser Zufall... Sie haben mich ganz schön erschreckt.

Er suchte nach einem Anfang, er legte sich die Worte zurecht und sie bereiteten ihm Widerstand.

Sie fuhren eben hinaus aus dem Tunnel in einen freundlichen Abend.

Ich habe von Neukaledonien gehört, half sie ihm, aber ich weiss nicht, wo es liegt.

Östlich von Australien, mitten in einem grossen Korallenmeer.

Die Engländer hatten es erobert. Die Sträflinge, die sie danach hinschickten, machten es sich bequem und wurden rasch einig mit den Ureinwohnern. Es fiel den Franzosen leicht, die Insel in Besitz zu nehmen. Na wenn schon, dachten die Engländer, bis die Franzosen Nickel fanden. Das ist der Reichtum der Insel. Das alte Lied.

Ausser einem Ausflug ins Hinterland, fuhr Gunten fort, hockte ich meistens in Nouméa herum, trank Bier im Schatten und liess die Zeit dahingehen; es war heiss und feucht. Auf einem Abendspaziergang fiel ihm der Kopf in einer kleinen Auslage neben einer Holztür auf. Der Mann, der ihm die Tür öffnete, war so alt wie das Gesicht des Kopfes. Und ganz aus dem Häuschen, als Gunten nach dem Kopf fragte. Er sprach Französisch, er deutete ins Dunkel hinaus, die Nickelgruben, dort hatte er gearbeitet und den Schmuck in seiner Freizeit gefertigt, eine wohl mühsame Arbeit. Fünf Dollar verlangte er, eine lächerliche Summe. Er drückte immer wieder Guntens Hand. Seine Herzlichkeit, zusammen mit dem Händedruck, tat körperlich weh, und der Alte schaute ihm nach, bis er in eine Gasse abbog, die einen Umweg zum Hafen bedeutete.

Ich bin noch keine dreissig gewesen, sagte Gunten. Ich habe keinen Gedanken daran verloren, dass etwas schief gehen könnte. Ich war für alles geöffnet. Er hörte eine Weile dem surrenden Geräusch der Reifen nach, dem Motor. Frau Donzé sah ihn an und wartete.

Ich bin vorausgefahren. Meine Frau sollte nachkommen, sobald ich Arbeit gefunden hatte. Er hatte seine Ersparnisse abgehoben und mit dem, was seine Eltern ihm hinzugaben, sollte er für ein Jahr hinkommen. Er war in taumelnder Laune, als er zum Schiff zurückkehrte, und als sie am Morgen ausliefen, lehnte er sich an die Reling und glaubte das schmale Haus des Alten zu erkennen, dem er den Kopf abgekauft hatte für fünf Dollar.

Meine Frau sollte ihn tragen, sagte er.

Etwas anderes konnte er sich nicht vorstellen; er hatte ein gutes Gefühl. Ein Haus mit fünf Zimmern kaufte er, billig und auf Abzahlung, möbliert, und er liess ein Schild malen: Rooms to let.

Gekocht hatte er immer gerne, das kam ihm nun gelegen; er musste zum Frühstück auch Nachtessen geben.

Boardinghouse nennt man das, sagte er. Es war Zufall, dass es ihn nach Melbourne verschlagen hatte. Er hatte in Sydney keine Arbeit gefunden und die Idee mit dem Boardinghouse kam ihm, als er auch in Melbourne keine Arbeit fand. Seine Frau war gerne mit Leuten zusammen; mit ihrem Fleiss hinzu bewirtschafteten sie das Haus. Sie hatten Kinder, zwei Mädchen, Zwillinge. Sie hatten sich eingerichtet und an Heimkehr dachten sie nicht. Die Kontakte wurden lockerer, als seine Mutter und gleich darauf sein Vater starb; seine Schwester blieb noch, ihr schrieb er hin und wieder einen Brief.

In einem nassen Winter, er war inzwischen über fünfzig, erkrankten die Zwillinge an Hirnhautentzündung; sie starben innerhalb einer Woche. Sechzehn waren sie geworden. Im Jahr darauf verliess ihn seine Frau mit einem Schafzüchter aus Neuseeland.

Als wäre ich für unser Unglück verantwortlich gewesen!, sagte Gunten. Ich habe darauf bestanden, dass sie mir den Kopf aus Nickel zurückgibt.

Wenig später starb seine Schwester. Er fuhr zurück nach Murten und wohnte fortan in dem Haus am See, das sie ihm vererbt hatte, und arbeitete bei Jeans Bruder, der ein Rollladengeschäft hatte.

Jean wurde sein Freund, und aus der Bekanntschaft mit Martha – er ass im «Hecht» zu Mittag – entstand auch eine tiefe Freundschaft.

Sie heirateten nicht, sie erinnerten sich daran, was seine Schwester zu ihrem Christophero in Gandria gesagt hatte. Aber er schenkte ihr den Kopf, mit einer neuen und starken Kette.

Sie muss ihn auch in jener Nacht getragen haben, als sie die Treppe hinuntergestürzt ist, sagte er. Sie legte ihn nie ab. Aber wir haben ihn nicht gefunden.

Sie fuhren Richtung Kerzers, er merkte erst, wo sie eigentlich waren, als sie beim Bahnhof hielten.

Das macht Gustav immer so, sagte sie, als er erstaunt aufsah.

Die meisten Gäste kommen aus der Umgebung. Aber ihre Geschichte ist noch nicht zu Ende?

Jetzt fängt wohl eine neue an, erwiderte er.

Ich nehme gewöhnlich ein Taxi nach Môtier, sagte sie. Wir haben alle Zeit – wenn Sie Zeit haben. Aber ich will Ihnen keine Umstände machen. Sie müssen ja nach Muntelier zurück.

Zu Hause würde ich nur herumsitzen oder zuerst in die «Eintracht» gehen und dort herumsitzen. Ich finde einen Weg, fügte er hinzu.

Als sie Gustav ein Trinkgeld gegeben hatten und die Bahnhofstrasse hinaufgingen, sagte sie: Im «Löwen» ist es jetzt ruhig.

Der «Löwen» war ein altes massiges Haus mit vielen Fenstern, die Wirtschaft wie eine Stube, mit Kunst, gemütlich; viel Holz war verarbeitet worden. Sie setzten sich an den Tisch neben der Tür, rechterhand, wo sie es gewohnt war zu sitzen. Am Stammtisch hatte es noch ein paar Gäste. Die Wirtin, mit der Frau Donzé per du war, servierte selber. Conny wollte einmal früher gehen, sagte sie.

Wenn ich auf der Bank gewesen bin, gehe ich danach immer noch einen Kaffee trinken, sagte Frau Donzé.

Sie bestellten Kaffee, eine Standuhr tickte freundlich. Frau Donzé sah ihn ruhig an. Er war also nirgends zu finden gewesen, der Kopf?, fragte sie.

Die Beamten hatten danach gesucht, anderntags. Ihr Sohn nach seiner Rückkehr. Und ich selber auch, sagte er.

Ich habe einmal einen Ring, den mir mein Mann geschenkt hatte, nach dem Händewaschen in einer Toilette liegen lassen, sagte sie. Ich habe mich nicht getraut, es ihm zu sagen. Sie kann ihn also auch verloren haben? Übrigens hat mein Mann es lange nicht bemerkt.

Gunten wurde verlegen und blickte zum Stammtisch, an dem die Wirtin mit dem letzten Gast aus der Runde schwatzte. Hätte er es bemerkt? Lösten sich die Probleme nicht oft von selber? Vielleicht hat sie ihn aber auch beim Sturz verloren, wandte er ein. Die Einbrecher haben ihn gefunden und mitgenommen.

Er überlegte. Und wir kommen zu dem Laden – und da liegt er! Wie erklärt sich das?

Er hätte sich die Antwort selber geben können.

Es ist jemand im Keller gewesen, und er ist für den Sturz Ihrer Freundin verantwortlich. Für Ihren Tod!

Da war es, das Wort, das er immer vermieden hatte. Und

ebenso der schlimme Verdacht. Er hat den Kopf gefunden und verkauft, sagte er.

Warum gerade in Basel?, fragte sie.

Er wedelte ungeduldig mit der Hand. Ihr Sohn hat übrigens nicht gewusst, was an Schmuck seine Mutter besass.

Trug sie ihn denn nie, Ihre Freundin?

Sie machte sich nicht viel daraus. Ihr Mann hatte ihn ihr über die Jahre geschenkt, und die besten Stücke hatte sie dann ihrer Schwester geschenkt.

Es muss also nicht sein, dass etwas von ihrem Schmuck fehlte?

Sie können ihn von einem anderen Einbruch herhaben.

Warum verkaufen sie ihn gerade in Basel?, warf sie wieder ein.

Was weiss ich! Er wedelte mit der Hand. Vielleicht brauchte er das Geld, um sich zu vergnügen, es war ja Messe. Auf jeden Fall steht fest, dass er im Keller gewesen ist. Und er ist für Marthas Tod verantwortlich, wie auch immer, und ich werde ihn finden und zur Rechenschaft ziehen.

Es sind zwei gewesen, korrigierte sie ihn, Vater und Sohn, wie der Verkäufer gemeint hat.

Das ändert nichts.

Ihre Freundin könnte ihn eben doch verloren haben, wo auch immer, und die beiden haben ihn gefunden, diesen Kopf aus Nickel. Wer weiss...

Er dachte darüber nach, schwieg und ging nicht darauf ein.

Als die Wirtin fragte, ob sie noch einen Wunsch hätten, und Frau Donzé den Kopf schüttelte, räumte sie den Tisch ab, und Conny sagte zu seinem Freund: Jetzt räum den Tisch ab, damit ich dir die Pläne zeigen kann, die ich gezeichnet habe.

Diesmal murrte Pat nicht, aber er trank zuerst sein Glas leer.

14

Die Wirtin entschuldigte sich, an einem Donnerstag schliesse sie immer früher, es sei der flauste Abend.

Sie gingen die steinernen Stufen hinunter auf die Strasse, die menschenleer war. In ein paar Schaufenstern gegenüber brannte Licht. Gunten fiel ein, dass das Geschäft von Jeans Frau dort lag.

Die Nacht war klar, die schwärzliche Bläue des Himmels von Sternen durchlöchert, es war kühl, Gunten fröstelte, und wie sie eine Weile dastanden und auf ihr Taxi warteten, taten ihm die Füsse wieder weh.

Halb elf, stellte sie fest; es besagte nichts.

Er hatte das Bedürfnis, sich für den Tag in ihrer Gesellschaft zu bedanken und sich für sein Verhalten zu entschuldigen. Der Tag sei teils unerfreut gewesen wie das Wetter.

Sie lächelte und berührte kurz seinen Arm. Ich bin nicht weniger schuld, meinte sie.

Das Wetter kann man nicht ändern, sagte er. Ich habe ganz vergessen, Sie zu fragen, ob sie etwas essen wollten.

Ich esse nur zu Mittag. Sonst lege ich zu viel zu.

Das hatte Martha auch immer gesagt.

Sein Taxi würde von Murten herkommen, ein Bekannter, und etwas länger brauchen.

Sie gaben sich die Hand, ihr Chauffeur sass wartend am Steuer.

Ich schulde Ihnen hundert Franken, sagte er.

Sie werden sie mir am Samstag in einer Woche zurückgeben.

Er drückte ihre Hand. Sie zögerte, er zögerte, der Fahrer liess den Motor an und sie wandte sich ab.

Kurz bevor sie abbogen, leuchteten die Bremslichter auf und Gunten hob die Hand.

Der Bekannte war schlechter Laune, und Gunten, in nachdenklich guter Laune, setzte sich auf einen hinteren Sitz, aber noch bevor sie Kerzers hinter sich liessen, war sie durchlöchert von dem, was den Tag teils unerfreut gemacht hatte wie das Wetter.

Der Fahrer war Mitte vierzig und hatte schwielige Hände. Er fuhr mit offenem Fenster, und Gunten fragte sich, ob er zu Hause die Fenster geschlossen hatte. Auch das machte ihm Sorgen, dass er vergesslich geworden war.

Das Grosse Moos war durchsetzt von mit Plastikbahnen abgedeckten Feldern; sie sahen aus wie Seen im Mondlicht.

Der Fahrer arbeitete tagsüber im Grossen Moos. Gunten nickte, in Gedanken woanders, als der Fahrer sagte, das Wetter sei eine Katastrophe, zu nass, die Saaten würden ersaufen und es sei unmöglich zu pflügen. Gunten wusste um die Probleme. Er wusste, wie tief der überdüngte Boden gepflügt werden musste, um drei Aussaaten zu ermöglichen, wie das Grosse Moos langsam absoff und zerstört wurde. Es war ein Jammer, aber er sagte nichts. Auch die Verbraucher waren mitschuldig, da sie Gemüse von einer gewissen Grösse verlangten. Es gab viele Leute, die einen zweiten Job hatten wie der Fahrer, um sich all den Unsinn anzuschaffen, den der Handel anbot, weil der Mensch das doch brauche, um glücklich zu werden.

Sie fuhren eben durch Galmiz, das «Kantonsschild» hatte noch Licht, eine Kneipe, in der Gunten früher oft ein Glas getrunken hatte, die aber nun zeitgemäss renoviert worden war. Alles veränderte sich, oft auch zu Ungunsten derer, die sich die Veränderung gewünscht hatten und sich nun wunderten, dass alles an Qualität verlor, die Menschen verunsicherte und ihnen das Gefühl des Zuhauseseins nahm. Nur er veränderte sich nicht, er lebte sein Leben, das er gewohnt war und in dem er sich zurechtfand, bis anhin; manchmal machte es ihn unzufrieden.

Und nun war dieser böse Verdacht da. Man hatte Martha umgebracht.

Ein halbes Dutzend Jugendlicher vergassen vor dem «Kantonsschild», dass sie auf einer Strasse gingen, die auch einmal in der Nacht befahren wurde. Gunten lächelte. Als sie halten mussten, fiel sein Blick in die Küche eines kleinen, alten Riegelhauses. Er sah zwei Männer, einen jüngeren und einen älteren, die an einem Tisch sassen und etwas studierten, das er aber nicht sehen konnte.

Hinter ihnen, auf einem Holzschaft, waren viele farbige Blechbüchsen aufgereiht. Er hatte es schon vergessen, als sie bei den letzten Häusern von Galmiz waren.

Sie können mich wie gewohnt beim «Bad» absetzen, sagte Gunten.

Im Saal brannten weit ausladende Leuchter, ein Fenster stand offen, er hörte Gelächter. Er schaute zum «Hecht» hinüber, der im Dunkeln lag, und sein Herz zog sich zusammen. Wenn er den Weg am «Hecht» vorbei auch meiden und einen Umweg machen würde, um nach Hause zu kommen, sein Kopf würde keine Ruhe geben und keine Umwege machen.

Als er dem See entlang zu seinem Haus ging, dachte er daran, dass er Frau Donzé in einer Woche wieder sehen würde. Er freute sich darauf und er war beruhigt, als er sah, dass er die Fenster geschlossen hatte.

Er hängte die Jacke an einen Bügel, stellte die Schuhe an den gewohnten Platz, er zog die Socken aus, setzte sich an den Küchentisch und schaute auf seine geschwollenen Füsse und Unterschenkel.

Morgen musste er sich beim Arzt anmelden! Er löste den Gurt, er hatte eine Völlegefühl, obwohl er seit Mittag nichts gegessen hatte. Auf dem Tisch stand eine angefangene Flasche Vully.

Er holte dann ein gelbes Heft und einen Stift; jeder Schritt war eine kleine Tortur. Er lagerte die Beine hoch, schaute eine Weile auf den See hinaus, auf den der Mond ein paar Splitter seines Lichts warf, und begann aufzuschreiben, was er erlebt und worüber er sich Gedanken gemacht hatte und was unerfreulich gewesen war.

Nach langer Zeit konnte er über eine neue Bekanntschaft schreiben.

Martha fehlte ihm.

Die Katze fehlte ihm.

Mit Jean würde er reden müssen.

Die Pendüle schlug die volle Stunde, als er meinte, alles aufgeschrieben zu haben. Er schenkte sich das letzte Glas ein. Die Füsse waren weniger geschwollen, dafür die Unterschenkel etwas dicker geworden.

Mit dem Kopf aus Nouméa hatte alles wieder angefangen, alles drehte sich um ihn.

Verkauften sie ihn zufällig in Basel? Er ergänzte seine Notizen.

Sie brauchten Geld, sie waren auf der Durchreise, der Ort kam ihnen gelegen. Oder wollten sie an die Herbstmesse? Sie ist berühmt über die Grenzen hinaus. Aargauer seien sie. Vom Aargau nach Basel ist's ein Katzensprung. Zwei waren es gewesen, Vater und Sohn, was aber nicht stimmen musste. Freunde, die sich mit dem Geld einen schönen Tag machen wollten? Hat ein älterer Mann einen um viele Jahre jüngeren Freund? Einen Jüngling, der alleine war, Zuneigung brauchte, jemand, der ihm zuhörte und seine Probleme verstand? Und umgekehrt? Schwule vielleicht? Warum dachte man immer gleich in dieser Richtung? Er ärgerte sich.

Ungeduld macht nachlässig und oberflächlich, sagte er sich, sie führt zu übereilten Schlussfolgerungen und Entschlüssen. Er war doch gewöhnlich ein ruhiger und bedächtiger Mensch, er mochte stur sein, aber er handelte nicht unüberlegt.

Er lief im Kreis, es war ihm bewusst, und er merkte es doch nicht.

Morgen würde er mit Jean reden und sich über sein Vorgehen Gedanken machen. Es war seine Angelegenheit, genau, er würde die finden, die für Marthas Tod verantwortlich waren. Er war es ihr schuldig.

Er verräumte Flasche und Glas, nahm das gelbe Heft und ging ins Wohnzimmer, und da fiel ihm ein, dass er schon einmal ein paar gelbe Hefte, für jeden zugänglich, aufbewahrt hatte. Sie waren ihm gestohlen worden von dem, über den er geschrieben hatte, und das war ihm beinah zum Verhängnis geworden.

Er dachte an den Schuppen und legte sie dann in die Schublade des Küchenbuffets hinter den Besteckkasten, wo er schon den Kopf aus Nickel hingelegt hatte.

Er setzte sich an den Tisch und schaute auf den See; der Mond hatte seine Splitter eingesammelt. Er ging ins Bad, zog sich bis auf die Unterwäsche aus, wusch sich, reinigte das Gebiss und tat es in ein Glas Wasser. Er löschte alle Lichter und fand im Dunkeln zum Bett, das mit dem Fussende zum See stand.

Er dachte an Martha und an Frau Donzé und daran, dass gewöhnlich die Katze zu seinen Füssen gelegen hatte, und er dachte an die beiden Männer und was nun alles auf ihn zukommen und dass wohl vieles ändern würde.

Er hörte dem Wind in den Pappeln zu, dem See, wie die Wellen anrollten und verschäumten, und er fragte sich, warum er eigentlich die beiden Männer finden musste. Schliefe er dann ruhiger und würde die Tage anders verbringen? Er hätte die Genugtuung, dass sie büssen mussten, über Jahre hinter Gitter und ein Tag wie der andere. Es wäre beruhigend: Es gibt sie, die Gerechtigkeit. Jeden Tag würde er mit diesen Gedanken aufstehen, anfänglich sicher, und allmählich würden sie zum Zähneputzen gehören und ihn begleiten, wenn er den Morgenkaffee durchlaufen liess und dem See entlangspazierte zum «Bain» oder ins Städtchen. Warum, so fragte er sich, nütze ich die mir geschenkte Zeit nicht? Du hast einen Anfang gemacht.

Der Schlaf holte ihn ein, als Conny seinen Freund aufforderte, nochmals zu wiederholen, wie er vorzugehen hatte. Das muss in deinen Schädel hinein wie ein Nagel!, sagte er.

Sie hatten die dritte Flasche Merlot doch geöffnet, ein Glas noch würde sie nicht umwerfen, und sie stiessen auf das an, was sie seit Wochen besprochen hatten und nun in die Tat umsetzen wollten.

Sie waren das Trinken gewohnt, keiner konnte dem anderen Vorwürfe machen, nur lief es ins Geld, vor allem wenn sie auswärts gingen und Runden spendierten, um Gesellschaft zu haben.

Was siehst du?, fragte Conny.

Zwei Pläne, ich könnte sie auswendig nachzeichnen, erwiderte Pat und legte den Zeigefinger auf Galmiz; er hatte schmale, feingliedrige Hände. Er fuhr mit dem Fingernagel dem Grossen Moos entlang, durch Kerzers und Richtung Müntschemier. Da falle ich nicht auf, im Morgenverkehr. Er lachte. Wünsche mir! Ich habe schon Wünsche: ein Boot und ein schnelles Motorrad.

Conny wedelte mit der Hand, nahm einen Schluck. Weiter!

Ich lasse Müntschemier hinter mir und fahre alles geradeaus bis zum Bahnhof Ins. Beim Bahnhof, keine hundert Schritte von dem Haus entfernt, in dem deine Mutter wohnt, hat es Unterstände für Zweiräder. Da stelle ich mein Moped ab. Es wird so aussehen, als machte ich das täglich und würde den Zug zur Arbeit nehmen. Das Haus ist das linke und äussere von einem Viererblock. Ein Weglein führt von den Unterständen einer Hecke entlang zu ihm. Die Hecke ist hoch und man wird mich kaum bemerken. Ich kann in ihrem Schutz den Eingang zum Haus beobachten, rundum sehen, ob sich was tut. Und wenn sich nichts tut, lauf ich los entlang der Wiese und bis zur Haustür, die tagsüber offen steht. Sie wohnt im ersten Stock. Sie hat die Tür nie abgeschlossen, weil sie meistens im Bett liegt. Der Pöstler und eine Nachbarin schauen mal bei ihr rein, aber nie an einem Freitag. Ich gehe hinein und sehe mich um. Ich habe den Plan ihrer Wohnung im Kopf. Wenn sie schläft, ist alles in Ordnung. Ich habe die Zahlenkombination am Nummernschloss der Geldkassette im Kopf und ich weiss, wo ich die Schatulle mit Schmuck und weiterem Geld finden kann.

Der Jüngling machte eine Pause, nahm einen Schluck Wein, atmete tief durch und fuhr weiter: Wenn sie nicht schläft, richte ich Grüsse von dir aus. Sie hat dich seit Weihnachten nicht mehr gesehen. Ich sage, ich würde dich suchen. Ich werde mich so verhalten, dass mich deine Mutter zum Übernachten einlädt. Sie hat wenig Besuch und es würde sie freuen, über dich reden zu können. Wenn sie dann einmal schläft, ist es ganz einfach. Wenn sie aber aufwacht, während ich alles durchsuche, und sie Schwierigkeiten macht, drücke ich ihr ein Kissen kurz auf den Kopf, bis sie Ruhe gibt. Das wird sie schnell, da sie Asthma hat. Ich gehe dann auf demselben Weg zurück und schau mich zuvor um, ob sich nichts tut rundum.

Pat schob die Pläne zu seinem Freund, nahm einen Schluck und füllte die Gläser nach. Conny hatte nichts dagegen, er war zufrieden, dass Pat alles so gut im Kopf hatte.

Das wär's, sagte Pat. Ich fahre um acht los.

Es darf nichts schief gehen, diesmal nicht, sagte Conny und klopfte dem Jüngling anerkennend auf die Schulter.

Sie tranken und schwiegen; für den Augenblick war alles besprochen.

Das Fenster zur Strasse stand offen, der Wind wehte, der Föhn, sie spürten bloss den Wein, und da sagte Pat, so mehr zu sich: Ich habe eine Amsel beobachtet, lange.

15

In dieser Nacht wachte Gunten mehrmals auf; gewöhnlich hatte er einen guten Schlaf und musste nur einmal, so um fünf, zum Wasserlösen aufstehen. Danach legte er sich wieder hin, überliess sich seinen Erinnerungen und schlief mit ihnen wieder ein.

Diesmal waren sogleich auch die Gedanken da, die ihn seit der Elsassfahrt bedrängten, und ein unterschwelliger Zorn war hinzugekommen.

Einmal stand er am Fenster, es war eine halbe Stunde, nachdem er Wasser gelöst hatte.

Der Föhn war zusammengebrochen, es regnete; der See war noch unruhig, wie sein Herz.

Es kamen immer neue Fragen hinzu, denen er sich stellen musste.

Es war alles so absurd.

Er zog die Vorhänge und legte sich wieder hin. Es war ihm schwindlig, unwohl; er kannte das Gefühl.

Er schloss die Augen, hörte den Vögeln nach und schlief wieder ein.

Durch einen Spalt im Vorhang drang graues Licht, als er wieder aufwachte. Wie spät es war, wusste er nicht, so gegen sieben, schätzte er.

Kein Vogellaut, auch der See hatte sich beruhigt.

Sein Herz schlug schnell und unregelmässig. Zum unwohlen Gefühl war ein Schmerz in der Brust hinzugekommen; noch machte es ihm keine Angst.

Er setzte sich auf den Bettrand. Er hatte zu viel getrunken, daran lag es wohl.

Er erhob sich, um ein Glas Milch zu trinken, er machte kein Licht auf dem Weg zur Küche und verlor das Bewusstsein, stürzte und merkte es nicht, ein Wegtreten, schmerzlos, ein Versinken in Dunkelheit.

Als er wieder zu sich kam, glaubte er noch immer auf dem Bettrand zu sitzen, nur hatte er plötzlich Schmerzen in den Oberarmen und in der linken Hüfte und der Puls ging rasend. Wie er um sich tastete, merkte er, dass er auf dem Fussboden hockte; wie lange schon, wusste er nicht. Er musste über den Seekoffer gestolpert und hingefallen sein, in dem er die Souvenirs seiner Reisen aufbewahrte. Er schwitzte. Er kroch auf allen vieren in die Küche und richtete sich am Tisch auf. Er machte Licht. Es war ein paar Minuten vor halb acht. Er goss sich ein Glas Milch ein und hatte Mühe dabei. Er hatte kaum Kraft in den Armen, die Beine waren schwer, sein ganzer Körper war schwer und der Schweiss lief an ihm herunter, zugleich fror er. In Unterwäsche sass er da und trocknete sich mit dem Geschirrtuch das Gesicht.

Und plötzlich war die Angst da.

Das Herz, der Kreislauf! Immerhin konnte er noch aufrecht stehen, aber jeder Schritt war ein Wagnis. Er schaffte es zum Telefon und wählte Jeans Nummer; er meldete sich nicht.

Was nun? Das Herz schlug gegen die Rippen, der Puls jagte.

Er hatte die Nummer des Bezirksspitals aufgeschrieben, überhaupt die wichtigsten Nummern; der Zettel hing unter dem Schlüsselbrett.

Eine Frau meldete sich.

Ich sterbe, sagte Gunten. Seine Stimme war zittrig und belegt.

So schnell stirbt man nicht!

Hilfe, Hilfe!, bat Gunten.

Als Gunten ihr seinen Zustand schilderte und ihr seine Adresse gab, sagte sie: Bleiben Sie ganz ruhig! Sind Sie alleine? Dann legen Sie sich hin und bleiben Sie liegen, bis wir kommen.

Davor fürchtete sich Gunten; er hatte das Gefühl, dass er nie wieder aufstehen würde.

Zehn Minuten, länger würden sie nicht brauchen, hatte ihn die Frau beruhigt.

Es war zwanzig Minuten vor acht, als Gunten die Zähne einsetzte, die Hausschuhe anzog und den Bademantel, wie er es immer nach dem Aufstehen tat. Routine.

Nach knapp zehn Minuten waren sie da, ein Mann und eine Frau, ein Arzt. Gunten sass am Küchentisch, der Arzt fühlte seinen Puls und erschrak: 238! Der Blutdruck liess sich nicht messen.

Können Sie aufstehen, gehen?, fragte der Arzt, nachdem er ihm ein Mittel gespritzt hatte. Gunten nickte bloss.

Sie mussten das Strässchen hinauf, bis zu den Pappeln, hundert Schritte bloss; dort stand der Wagen mit Blaulicht.

Sie hielten ihn unter den Armen aufrecht. Er wäre überall mit ihnen hingegangen, wenn er nur diese fürchterliche Angst und dieses miserable Gefühl loswürde.

Im Krankenwagen betteten sie ihn auf eine harte Liege, schlossen ihn an Monitoren an und öffneten ihm den Bademantel; er konnte ihnen nicht dabei helfen, ihn auszuziehen.

Die Frau setzte sich ans Steuer; sie schien Gunten etwas jung für diese Aufgabe. Sie schaltete sogleich das Martinshorn ein.

Die Angst verlor sich allmählich. Er spürte den Stich der Nadel im linken Unterarm, dicht hinter dem Handgelenk, nicht, aber er sah dann die Infusionsflasche und den Schlauch, der zu seinem Arm führte.

Damit Sie uns nicht austrocknen, sagte der Arzt.

Sie bogen eben zur Rampe des Bezirksspitals ab, als der Jüngling sein Moped startete, das er frisiert hatte; es war kurz nach acht Uhr. Sein Freund war schon auf dem Weg zur Arbeit.

Er trödelte, als er auf der Murtenstrasse Richtung Kerzers fuhr, entlang dem Grossen Moos; er musste noch einmal alles überdenken, was sie letzte Nacht besprochen hatten. Es steckte in seinem Schädel wie ein Nagel. Er nahm einen Schluck Whisky aus dem Flachmann, den er in letzter Zeit mit sich trug.

Sein Freund verliess sich auf ihn. Und er war fast sicher, dass er sich auch auf ihn verlassen konnte. Er hatte den Plan gehabt, schon lange. Oder sie beide, unabhängig voneinander? Es schien ihm so. Sein Freund konnte nicht gut seine Mutter bestehlen und ihr ein Kissen aufs Gesicht drücken, wenn sie Schwierigkeiten machen würde. Betäuben sollte er sie. Ich bin jünger als er und geschickter, schneller, dachte er. Und es ist nicht meine Mutter. Aber es würde ja alles sehr einfach sein.

Er musste an das denken, was morgen kam.

Er beschleunigte, fuhr aber nicht zu schnell; auffallen durfte er nicht. Es hatte einige landwirtschaftliche Fahrzeuge auf der Strasse; die Bauern nützten das Wetter aus.

Den Weg durch Kerzers kannte er. Die Murtenstrasse führte in die Burgstatt und die dann in die Moosgasse, die eigentlich eine Strasse war und sich ins Grosse Moos hinauszog. Auch die Strassennamen hatte er im Schädel wie einen Nagel.

Zwischen dem Mont Vully und dem Chasseral lag eine Wolkendecke, leichter Dunst über dem Grossen Moos, das eine Weite hatte, die ihm geradezu weh tat, alles war grün und wuchs und gedieh und wurde klar und greifbar, als sich der Dunst lichtete. Die Amsel auf dem Ast, die er vom Küchentisch aus beobachtet hatte, fiel ihm wieder ein und er lächelte unter dem Helm, der ihn schützte und verbarg.

Müntschemier war lebhafter, das war gut so, überall standen der Strasse entlang landwirtschaftliche Maschinen und Fahrzeuge zum Verkauf. Die Kerzersstrasse führte mitten ins Dorf, ging an der grossen Kreuzung in die Insstrasse über, aber die nahm er nicht, er bog in den Rebenweg ab.

Er war fast alleine auf der langen Gerade nach Ins, entlang den Bahngleisen, die Weite des Mooses, ein blauer Himmel, die Sonne wärmte, einmal blickte er über die Schulter und sah die Alpenkette. Es war fast wie Ferien. Aber das Geld fehlte dazu.

Er nahm einen Schluck Whisky und noch einen zweiten.

Gegenüber dem Bahnhof waren viele Autos parkiert, auf deren Dächern die Sonne spielte, links davon waren die Unterstände für Zweiräder. Dort stellte er das Moped ab, er schloss es aber nicht ab, für alle Fälle, und er dachte nicht daran, dass es ihm gestohlen werden könnte. Den Helm hängte er an die Lenkstange.

Nichts tat sich vor ihm. Bevor er hinter der Hecke verschwand, sah er sich um. Nichts tat sich links oder rechts oder hinter ihm. Die Weite des Grossen Mooses, zwischen den Bahngleisen ein Werbeplakat mit einer Häuschenschnecke auf einem grünen Blatt, darunter der Text: Vom Anspruch, der Erste zu sein.

Er lief, ohne zu zögern, der Hecke entlang zum Häuserblock, der wie eine Festung war, dreistöckig, neu verputzt, mit Balkonen.

Der Weg war dann länger, als sein Freund ihn beschrieben hatte, es waren auch mehr als ein paar Schritte bis zum Hauseingang; er führte offen über einen Rasen und an blühenden Forsythien vorbei.

Er schaute sich nicht mehr um und konnte nur hoffen, dass sich nichts tat, er lief schnell, rannte aber nicht und war froh, als er im gedeckten Eingang stand; die Haustür war offen.

Sie wohnte im ersten Stock, links. Im Treppenhaus war es still, die Stufen schimmerten wie Marmor, jedenfalls teuer.

Vorsichtshalber überzeugte er sich, ob das Namensschild stimmte; sein Freund konnte sich geirrt haben, so lange, wie es her war, seit er seine Mutter besucht hatte, und so viel wie er trank.

Nebenan standen zwei Paar Gummistiefel auf einer Fuss-
matte.

Die Tür hatte ein Guckloch und war nicht verschlossen;
er stiess sie langsam auf. Er sah ein Entree mit vielen Bil-
dern an den Wänden und in einem Spiegel mit verschnör-
keltem Goldrahmen ein Gesicht und er erschrak, aber dann
erkannte er sich; nun ging sein Herzschlag, sein Atem
schneller.

16

Gunten sperrte sich nicht, im Gegenteil, er war froh, wenn
ihm rasch geholfen wurde, er konnte die Arme einfach nicht
anheben, so schwach war er, als man ihn umbettete.

Er fühlte sich rundum unwohl, anders konnte er sein
Befinden nicht erklären, als man ihn zur Intensivstation fuhr,
zudem die rasenden Schläge des Herzes, die Schweissaus-
brüche und die Angst wieder als beklemmende Enge in der
Brust.

Er bekam Sauerstoff, man schloss ihn an Monitoren an
und legte eine Infusion. Er war umgeben von Ärzten und
Schwestern, die aufeinander eingespielt waren.

Er war ansprechbar, die ganze Zeit über, bei Verstand und
aufnahmebereit, was eher verwunderlich war. Was ihn
erstaunte: Wie ruhig alles ablief, rasch, aber ohne Hast.

Erzählen Sie, wie es dazu gekommen ist!

Puls: 238. So hatte ihn der Arzt schon im Krankenwagen
gemessen.

Da wäre jeder umgefallen.

Er war umgefallen, ein Sturz ins Dunkel.

Körpertemperatur: 33,8 Grad Celsius.

Man spritzte sechs Milligramm eines Mittels, das dann
nicht anschlug.

Er hat einen schönen Bauch, die Hose bringt er nicht mehr zu, hörte er eine Schwester sagen.

Ein Scherz wohl, zur Entspannung.

Es wurden ihm weitere sechs Milligramm des Mittels gespritzt, direkt in die Vene, mit grossem Druck.

Er nahm auf, was um ihn geschah und mit ihm; er war trotz der Umstände nicht humorlos.

Der Puls blieb konstant: 238.

Wie hielt das bloss sein Herz aus?

Er fühle sich, wie er bemerkte, etwas wohler.

Dann fiel ihm ihre Ungeduld auf und er fror, wie er ihnen hingegeben und nackt dalag bis auf die Unterhosen, ausgeliefert.

Was ihn auch erstaunte: Dass er alles registrierte und aneinander reihte, wenn auch etwas zusammenhanglos und nicht chronologisch.

Er dachte ans Überleben und war ihnen dankbar schon dafür, dass sie da waren.

Wann hatte er zum letzten Mal gesagt, es sei ihm egal, wenn er tot umfallen würde, dann habe er alles hinter sich. Eine Perspektive fehlte ihm seit Marthas Unfall. Seit ihrem Tod.

Der Puls: Unverändert. Stabilität war da eher schlecht.

Ich muss ein starkes Herz haben, sagte er.

Der Arzt, Doktor Neuhaus, nickte bloss.

Natürlich war es nicht sein Ernst gewesen, dass es ihm egal sei, wenn er tot umfallen würde.

Sie wollten es nun mit Elektroschock versuchen, unter Kurznarkose.

Gunten fand Doktor Neuhaus sympathisch, und der Name gefiel ihm, er gab Vertrauen.

Sie haben Glück gehabt, sagte der Arzt am Fussende des Bettes, während Gunten die Zähne herausnahm und in ein Schälchen legte.

Der Anästhesist fragte, ob er vielleicht lange Auto gefahren sei, wie viel er wiege, ob er rauche und Alkohol trinke, dann setzte er ihm eine Maske auf und eine Schwester injizierte ihm ein Mittel.

Er schlief schon, als sie die Nadel aus der Kanüle in seinem Unterarm zog, er schlief tief wie die Frau, die im Bett lag, jedenfalls ging ihr Atem langsam und regelmässig.

Der Jüngling sah sie vom Entree aus auf dem Rücken liegen, das Leintuch hatte sie bis zur Brust gezogen; rechts, wo der Nachttisch stand, mit Medikamenten und einem Glas darauf, hing es auf den Boden.

Sie trug eine hellblaue Strickjacke mit kurzen Ärmeln. Sie war alt, das Haar hing ihr ungekämmt über die Stirn, das lila gefärbt war, ihr Gesicht war flach und leer; sie war ungeschminkt und der Mund war leicht geöffnet, wie zu einem Lächeln. Sie erinnerte ihn an niemanden, den er kannte. Neben dem Lächeln war ein grober, fast böser Zug um die Mundwinkel, und da fiel ihm ein, was sein Freund alles über sie erzählt hatte. Und mehr als einmal hatte er hinzugefügt, man müsse solche Menschen umbringen. Der Jüngling war seiner Meinung gewesen. Sie hatten beide ziemlich getrunken.

Die Teppiche, mit denen die Wohnung ausgelegt war, drei Zimmer, zu viele für eine alte und kranke Frau, dämpften seine Schritte.

Wo sie den Schmuck und das überall verteilte Geld aufbewahrte, wo die Geldkassette stand, hatte er in seinem Schädel wie einen Nagel.

Die Rollläden waren zur Hälfte heruntergelassen, das war gut so.

Zuerst öffnete er die Kassette, in ihr bewahrte sie das meiste Geld auf. Er legte es in eine Plastiktüte eines Geschäfts aus Murten. Er fand Schmuck und weiteres Geld. Einmal holte die Frau röchelnd Luft, als wäre sie am Ersticken und läge in den letzten Zügen; sie hatte Asthma, fiel ihm ein.

Er blieb unter der Tür zwischen Wohn- und Schlafzimmer stehen.

Ihr Mund stand offen, ein wenig Speichel lief aus dem linken Mundwinkel zum Kinn; sie war kein schöner Anblick, die alte Frau.

Er dachte plötzlich daran abzuhauen, spurlos zu verschwinden, im Ausland alles zu verhökern, aber noch hatte er nicht im Schlafzimmer nach Geld und Schmuck gesucht.

Er konnte das seinem Freund nicht antun.

Er bückte sich eben zur Schublade einer Kommode, als das Telefon läutete.

Er schrak auf und die alte Frau schrak auf, und als sie ihn bemerkte, schrie sie.

Der Jüngling liess die Tüte fallen, nahm eines der Kissen vom Bett und drückte es ihr aufs Gesicht, bis sie ruhig war.

Dann nahm er die Tüte, rannte aus der Wohnung und aus dem Haus und hinunter zum Moped, nichts tat sich um ihn herum, als er mit aufgesetztem Helm, die Tüte unter der Jacke, losfuhr und weiter, zurück nach Galmiz durchs Grosse Moos; die Alpenkette hatte an Konturen gewonnen.

17

Gunten war schon eine Weile wach, er war bei sich und mit einer wohligen Müdigkeit am Leben.

Er hob mit einem Knopfdruck die Rückenlehne und schaute zur Uhr, Viertel nach neun, und sie waren gleich da. Eine Schwester, die er zuvor nicht gesehen oder bemerkt hatte, und der Stationsarzt, dessen Namen er vergessen hatte. Sein schlechtes Namengedächtnis war ihm also geblieben.

Natürlich, sie hatten ihn auch von draussen unter Kontrolle.

Wie geht's?

Eigentlich ganz gut, sagte er.

Die Schwester, jung, blond und von zierlicher Statur, schob ihm eine Wärmeflasche unter.

Gunten bedankte sich mit einem Lächeln und erwiderte ihren Händedruck.

Dann hatte er auch wieder die Zähne im Mund.

Die Schwester entfernte die Infusion und die Sauerstoffzufuhr.

Gunten trug ein blaues Hemd, eines jener Hemden, die hinten offen waren; sobald man sich erhob, musste man es zusammenhalten, sonst stand man mit nacktem Hintern da.

Ans Aufstehen war natürlich nicht zu denken.

Wen sollen wir benachrichtigen?, fragte der Stationsarzt.

Jemand anderen als Jean als Bezugsperson hatte er nicht.

Und Frau Donzé, aber er hatte weder ihre Telefonnummer noch ihre Adresse, bloss den Wohnort: Môtier.

Und plötzlich war alles, was geschehen war, wieder in seinem Kopf! Die Nummer würde man im Telefonbuch finden. Und Jean war vielleicht in Kerzers, im Geschäft seiner Frau.

Sie wollten sich darum kümmern.

Dann stand Doktor Neuhaus am Fussende des Bettes, die Hände in den Kitteltaschen.

Die Ärzte werden jedes Mal jünger, sagte Gunten und erinnerte sich an die Gallenoperation. Sie würden ihn auch diesmal nicht lange halten können; er hatte eine Aufgabe und morgen in einer Woche wollte er Frau Donzé treffen.

Oder die Patienten werden älter, erwiderte der Arzt. Ich bin übrigens der älteste auf der Station. Aber nun zur Sache! Damit war er gemeint, sein Zustand. Ein Fall war er, das war alles, viel, darauf war alles ausgerichtet.

Die anderen schwiegen und hielten sich im Hintergrund.

Erzählen Sie nochmals, wie es dazu gekommen ist.

Er war schon einmal ein Fall gewesen, fiel ihm noch ein.

Vor fünfzehn Jahren. Seither hatte er keine Beschwerden mehr gehabt, die ihm hätten Angst machen können. Etwas Schwindel. Unwohlsein.

Blutleere im Kopf. Altersbedingt, sagte er und verschwieg, dass er damals weitere Untersuchungen abgelehnt hatte.

Diesmal ist es etwas anderes. Gravierender und nicht ungefährlich.

Es müssen noch weitere Abklärungen der Herzrhythmusstörungen gemacht werden.

Und das heisst?, fragte Gunten, nun doch erschrocken. Ich lebe seit fünfzehn Jahren damit, es hat mich nicht umgebracht.

Es könnte Sie beim nächsten Mal umbringen. Sie hätten gewarnt sein müssen, längst.

Gunten richtete sich auf. Was wäre geschehen, wenn Elektroschock nicht geholfen hätte?

Adrenalin in grossen Dosen, Herzmassage...

Und wenn das auch nicht geholfen hätte?

Doktor Neuhaus hob die Arme und damit leicht die Schultern an und zeigte ihm, die Finger gespreizt, seine hellhäutigen Handflächen. Exitus! Sie wollten es wissen!, fügte er hinzu.

Langsam lehnte sich Gunten zurück und schloss die Augen.

Er hörte die Schwester nicht hereinkommen, bemerkte auch nicht, wie sie ein Tablett mit einem Kännchen Kaffee und einer Tasse darauf aufs drehbare Tischchen stellte.

Überlegen Sie es sich, sagte Doktor Neuhaus.

18

Habe ich dir nicht gesagt, du sollst sogleich nach Hause fahren und zu Hause bleiben?, beharrte Conny.

Ich bin ja auch nach Hause gefahren, erwiderte Pat.

Sie sassen am Küchentisch vor leeren Tellern und vollen Gläsern; sie tranken Wein. Das Fenster war geschlossen, der Vorhang zugezogen, ein gelblicher Lampenschirm aus Plastik hing zwischen ihnen herunter, wie eine Glocke; das Licht war angenehm.

Aber du bist wieder weggefahren, sagte Conny und blieb dabei aber so ruhig, wie die Gäste im «Löwen» ihn kannten. Umhergefahren bist du, obwohl ich dir gesagt habe, du sollst nach Hause fahren und zu Hause bleiben.

Ich bin nach Hause gefahren! Später bin ich dann umhergefahren. Ich hab's nicht mehr ausgehalten. Ich fahre immer umher, das weisst du doch, Conny. Was mache ich sonst? Was soll ich sonst tun? Das ist nicht weiter aufgefallen, weisst du. Jetzt lachte er. Es wäre aufgefallen, wenn ich nicht umhergefahren wäre.

Conny dachte nach, hob etwas schwerfällig das Glas. Du hast Recht, sagte er, du durftest nicht auffallen. Übrigens, hat dich jemand gesehen, in Ins, beim Haus oder im Haus? Erzähl schon, alles schön der Reihe nach.

Der Jüngling überlegte und fuhr sich mehrmals mit den Fingern durchs Haar, das er lang trug.

Conny stand auf, löste die schwarze Fliege, die er jeweils beim Servieren zum weissen Hemd trug und krempelte die Ärmel hoch.

Er hat Stil, der Conny, sagten die Stammgäste im «Löwen».

Pat erinnerte sich nicht, jemanden gesehen zu haben, er meinte, er sei ganz sicher, dass sich nichts getan habe rundum.

Gut so!, sagte Conny, setzte sich und nahm einen gehörigen Schluck. Er war kurz nach elf nach Hause gekommen, er hatte die Jacke über eine Stuhllehne geworfen, sich ein Glas geholt und sich hingesetzt; sie hatten die Käseküchlein gegessen, die er vom «Löwen» mitgebracht hatte. Alles schön der Reihe nach!, hatte er gesagt. Ich lasse mich überraschen.

Wenn sein Freund sich am rechten Ellenbogen kratzte oder sein linkes Augenlid zuckte, war er nervös. Wenn er schwer betrunken war, leckte er sich immer mal die linke Mundecke. Ganz nüchtern waren sie fast nie. Pat wusste nicht, ob er auch einen Tick hatte; er fuhr sich hin und wieder durchs Haar.

Wie viel haben wir eingenommen?, fragte Conny, wie die Wirtin im «Löwen» fragte, wenn die Gäste nur so hereingetröpfelt waren.

Pat hatte Geld und Schmuck in der Plastiktüte gelassen.

Es war ihm schwer gefallen, nicht nachzuzählen. Aber es sollte eine Überraschung sein für sie beide. Ich hätte damit abhauen können, sagte er.

Das hättest du mir nicht antun können, da wir Freunde sind. Jetzt zuckte sein Augenlid. Du wolltest doch nicht etwa abhauen! Er drückte kurz Pats Arm.

Der Jüngling erinnerte sich, wie er sich bei der Kommode gebückt hatte, als ihm der Gedanke kam, abzuhauen. Im selben Augenblick hatte das Telefon geläutet und die alte Frau angefangen zu schreien.

Die Frau fing an zu schreien, sagte er. Das Telefon läutete und sie fing an zu schreien. Bin ich erschrocken! Kannst du dir vorstellen, wie ich erschrocken bin?

Conny drückte wieder Pats Arm, nur fester. Ein Auto fuhr vorbei, die blauen Vorhänge wurden hell und wieder dunkel wie die Nacht.

Warum hast du das nicht gleich gesagt?

Der Reihe nach, hast du gesagt.

Und was hast du getan? Conny brach plötzlich ab und schaute mit leicht geöffnetem Mund zur Wand über dem Spültrog, schwieg wie erstarrt, der Jüngling folgte seinem Blick, aber er sah nur die kahle Wand, die ein paar feuchte Flecken hatte, sonst nichts.

Du hast gesagt, wenn sie Schwierigkeiten macht, soll ich

ihr ein Kissen aufs Gesicht drücken, bis sie ruhig ist. Ich habe ihr ein Kissen aufs Gesicht gedrückt, bis sie ruhig gewesen ist. Ich musste es tun. So, wie das Telefon geläutet und sie geschrien hat. Ich musste es tun, Conny! Du hast gesagt, ich soll es tun...

Conny nickte bloss und starrte immer noch auf die nackte Wand.

Ausgerechnet in dem Augenblick, als ich in ihrem Schlafzimmer bin, ruft jemand an. Er schlug mit der Faust auf den Tisch.

Jetzt sah Conny ihn an. Sein Blick kam von weit her und blieb zwischen ihnen hängen, bis er ganz da war, und Pat merkte, wie sehr erschrocken sein Freund war.

Ich dachte mir, ich ruf mal an, sagte Conny. Ich konnte mir ausrechnen, wann du dort sein wirst und wie lange du brauchst...

Vielleicht wollte ich auch nur Mutter fragen, wie's ihr geht. Was weiss denn ich, was mir alles so durch den Kopf gegangen ist. Ich habe aber gleich wieder aufgelegt. Um neun oder so...

Du hast angerufen?, fragte der Jüngling konsterniert. Du spinnst wohl! Du bist das gewesen! Weisst du, was das heisst?

Conny wusste, was das hiess.

Warum nur? Warum musstest du anrufen? Wenn du nicht angerufen hättest, wäre sie nicht aufgewacht und ich hätte ihr das Kissen nicht aufs Gesicht drücken müssen.

Ich sagte dir doch, ich wollte nur kurz mit ihr reden. Was wollte ich denn? Ist sie tot?

Ich hab ihr das Kissen aufs Gesicht gedrückt, bis sie ruhig gewesen ist, und bin losgerannt und weggefahren. Was tun wir jetzt? Wenn sie tot ist, was dann? Du hängst mit drin, Conny.

Du hast sie sicher bloss betäubt. Sie ist zäh, meine Mutter. Ist die zäh! Und dann fiel ihm ein, wie oft sie gesagt hatten, eigentlich müsste man einen Menschen wie seine Mutter umbringen. Für das, was sie ihm angetan hatte. Ihm und anderen. Es wunderte ihn, dass einer sie nicht schon lange umgebracht hatte.

Eigentlich hätte sie nichts anderes verdient, sagte Conny. Sie ist selber schuld, sie ist ganz selber schuld. Aber ich glaube, du hast sie nur betäubt. Wir müssen nun überlegen, was wir tun.

Vielleicht solltest du noch einmal anrufen?, schlug Pat vor.

Sie schwiegen; rundum war es still.

Conny schüttelte den Kopf. Wir tun gar nichts, sagte er. Wir warten ab und tun, was wir immer tun. Ich gehe morgen zur Arbeit und du wirst umherfahren. Wir werden abwarten, was passiert, und uns dann danach richten. Genau so. Viele Probleme lösen sich von selber. Und jetzt, fügte er hinzu und erhob sich, brauch ich ein Glas.

Er war immer ein ruhiger Mensch gewesen, es war schlicht unmöglich, ihn zu provozieren, wie Pat und auch die Gäste wussten. Er holte den Whisky. Wir brauchen jetzt etwas Stärkeres, sagte er.

Pat nickte, leerte sein Glas und schob es Conny hin.

Sie würden das tun, was sie immer taten.

Conny hatte immer gewusst, was zu tun war. Er hatte immer alles zurechtgebogen. Auf ihn war Verlass.

Jetzt stand Pat auf und holte – alles der Reihe nach – die Büchse vom Schaft, die vorne stand, weil sie leer war, seit er Geld für die Lasagne und den Wein herausgenommen hatte. Er warf die Tüte auf den Tisch und Conny griff hinein, drehte sie dann um.

Eine Handvoll Schmuck und achttausend Franken in Noten zählten sie. Mehr lag nicht drin, sagte Pat.

Sein Freund nickte, nahm einen Schluck Whisky und nickte.

Die vierzig Franken tu ich wieder zurück, sagte Pat.

19

Gunten irrte sich. Sie wollten ihn länger behalten, mindestens zehn Tage.

Er verkürzte auf eine Woche.

Bleiben Sie einmal schön ruhig.

Man hatte den Kreislauf stabilisiert, die Medikamente entsprechend eingestellt, aber nicht sein inneres Gleichgewicht. Man hatte Wasser aus seinem Bauch und seinem Rücken gezogen, das Atmen fiel ihm leichter und er wurde übermütig. Er war abgemagert, aber er fühlte sich wohler.

Sieben Tabletten, morgens und täglich, musste er nehmen, eine Therapie gab es nicht, zuwarten musste er, ruhen und wieder an Gewicht zulegen.

Bewegung habe ich ja, meinte er. Drei der Tabletten trieben ihn alle Viertelstunde zum Wasserlösen. Immerhin, er konnte aufstehen.

Man hatte ihn in ein Dreierzimmer verlegt. Sein Bett stand mit dem Kopfende zur Wand gleich neben der Tür. Er sah über Häuser und Bäume hinweg auf den See, er sah das, was er von seinem Haus aus sah; das war einerseits beruhigend, andererseits machte es ihn ungeduldig. Er war das vergangene Jahr immer ungeduldig gewesen, er wollte alles gleichzeitig machen und wusste, dass das unmöglich war. So sass oder zog er herum, ohne sich für etwas entscheiden zu können. Das war ein Fehler. Es sollte sich einer auf das konzentrieren, was er sich jeweils vorgenommen hatte zu tun, und darin aufgehen.

Der Mann zur Rechten war um die sechzig, er verlor Blut und bis anhin hatte noch keine Untersuchung die Ursache abklären können.

Zur Linken sass einer meistens auf dem Bettrand und es tat ihm alles weh. Auch da waren die Ärzte ratlos, vor allem weil er Appetit für zwei hatte und über das Wochenende jeweils nach Hause wollte. Er war noch keine fünfzig.

Der Mann, der Blut verlor, hiess Amquer, und wollte Gunten eine Patience lehren, ausgerechnet die Ahnengalerie. So würde die Zeit im Flug vergehen. Das verging sie für Gunten schon lange, beängstigend.

Da Gunten den Namen nicht behalten konnte, sagte der Mann, er solle einfach an den Ausruf «An die Gewehre» denken.

Gunten schlief nicht besonders gut, er hatte Appetit, er versuchte sich an der Patience, die ihm nie aufging, er musste alle Viertelstunde zur Toilette und lief auch sonst umher, nur nicht in den Garten, das wäre zu verfrüht gewesen, zudem regnete es alleweil. Er verlor an Gewicht und genas. Als er einmal sagte, er sei physisch bald nicht mehr vorhanden, beruhigte ihn der Arzt, es sei bloss Wasser, das er verlöre.

Und immer wieder ging ihm im Kopf herum, was ihm schon bald nach der Narkose darin herumgegangen war. Marthas Tod und die beiden Männer, Vater und Sohn, die Schmuck in Basel verkauft hatten, den Kopf aus Nickel, und vielleicht verantwortlich waren an ihrem Tod.

Manchmal sass er auf dem Bettrand, schaute in den bedeckten Himmel, auf den See und zum Mont Vully, dabei fiel ihm ein, dass er keinen Wein mehr trinken durfte.

Lange würden sie ihn nicht mehr halten können.

Am Samstagmorgen war Jean gekommen, früh, mit der Erlaubnis des Stationsarztes, bevor er in Kerzers das Geschäft öffnete.

Gunten rechnete ihm das hoch an.

Was machst du auch für Sachen, Gunten, in deinem Alter.

Es ist ja gerade das Alter!, hatte Gunten erwidert.

Jean war ein Banause und hatte einfach kein Gespür, und doch war er ein guter Fahnder gewesen.

Jean hatte eine Flasche Vully mitgebracht, den Gunten nicht trinken durfte. Vorläufig, hatte er gesagt und gelächelt.

Als der Arzt die Konsequenzen bei Nichteinhaltung für ihn nachvollzog, hatte Gunten nicht mehr gelächelt und Jean die Flasche wieder mitgegeben, damit er nicht in Versuchung geriet.

Sie unterhielten sich dann über dies und das, wie man sich eben unterhält, wenn die Fragen nach dem Befinden beantwortet sind, nicht anders als er sich mit Martha nach seiner Gallenoperation unterhalten hatte.

Ich habe dir den «Murtenbieter» mitgebracht, sagte Jean.

Den bekomme ich hier ans Bett geliefert. Guter Service.

Er war rundum zufrieden, nur nicht damit, dass man ihm nun auch noch die Leber punktieren wollte.

Gestern wolltest du noch sterben, sagte Jean.

Weisst du, Jean, erwiderte Gunten, ich überlasse es meinem alten Herz, wie der kleine Prinz es der Schlange überlassen hat.

Ich verstehe nicht, sagte Jean. Ein wenig war er beleidigt, als Gunten mit der Hand wedelte und meinte, so wichtig sei es nun auch wieder nicht.

Es war wichtig, aber das behielt er für sich. Es machte ihm Angst. Ein paar Jahre hatte er noch vor sich, so Gott es eben wollte, aber zuerst musste er siebzig werden. Ein kleines Fest würde er geben. Und Frau Donzé einladen. Jean würde Augen machen.

Gunten hatte ihm auch von der Fahrt ins Elsass erzählt.

Jean lächelte. Was hab ich dir gesagt, wozu diese Fahrten gut sind?

Etwas hatte Gunten ausgelassen, nämlich dass er seiner Bekanntschaft von Marthas Sturz auf der Treppe erzählt hatte, von seinen Zweifeln, dass es ein Unfall gewesen sein könnte, nachdem sie in Basel zufällig auf den Kopf aus Nouméa gestossen waren.

Es war dann am Sonntag, als er Jean fragte, ob er sich nicht einmal die Unterlagen über die Umstände von Marthas Tod ansehen könnte.

Jean war zur normalen Besuchszeit gekommen und hatte grinsend zwei Flaschen alkoholfreies Bier aufs Tischchen gestellt.

Warum denn das?, fragte er verwundert. Auf einmal...

Ich möchte meine Zweifel ganz loswerden. Ich finde sonst keine Ruhe.

Welche Zweifel hast du nun jetzt wieder? Es war ein Unfall, Gunten! Du musst das endlich einsehen und dich damit abfinden, so schwer es auch ist.

Er musste Jean berichten, er kam nicht darum herum, ansonsten würde Jean keinen Finger rühren, so Leid ihm Marthas Tod auch tat.

Sie schwiegen, der eingebildete Kranke massierte sich den nackten Bauch, der «An die Gewehre» schlief, schnarchte diesmal aber nicht, es hatte wieder begonnen zu regnen und die Wolken drückten auf den See, grau in grau alles, undurchsichtig...

Wenn etwas dran sein sollte... Jean seufzte. Ich kann's mir aber nicht vorstellen.

Vielleicht fällt mir etwas auf, das nicht da ist oder das ihr übersehen habt.

Bevor Jean etwas einwenden konnte, kam Frau Donzé ins Zimmer und blieb, einen Strauss Tulpen in der Linken, etwas verlegen stehen, als sie Gunten auf dem Bettrand sitzen sah, mit dem im Rücken leicht hochgezogenen Hemd.

Martha hätte gesagt: Du bist schamlos, Gunten! Frau Donzé dachte es vielleicht, sie machte einen kleinen Umweg zum Bett, bis er sich anders hingesetzt hatte, aber sie lächelte und sie gab auch Jean die Hand, der danach aufstand, sich verabschiedete und versprach wieder zu kommen.

Bring mir ein gelbes Heft mit, rief Gunten ihm nach, etwas zum Schreiben habe ich.

Frau Donzé suchte nach einer Vase, stellte die hübsch gebüschelten Tulpen hinein und auf das Tischchen, setzte sich Gunten gegenüber, aber sie sagte nicht: Was machen Sie auch für Sachen. Sie sagte: Es freut mich so, dass es Ihnen wieder besser geht.

Das machte sie ihm noch sympathischer.

20

So war es nicht abgemacht, so nicht, dass er zum Telefon geht und seine Mutter anruft! Du hast Schiss gehabt, Conny! Einfach Schiss, dass ich ihr etwas antue. Oder hast du mir nicht vertraut? Ich hab's so gemacht, wie du's mir erklärt hast.

Wie lange hatte er ihr das Kissen aufs Gesicht gedrückt? So fing es wieder an, es holte sie ein.

Ein oder zwei Minuten, was wusste er schon.

Dann war sie nur betäubt.

Vielleicht hatte er wirklich Schiss gehabt, zugleich hatte er wissen wollen, wie die Sache läuft. Ich hab doch nicht gewusst, dass sie schläft und du schon dran bist. Wie hätte ich das wissen sollen?

Der Jüngling stiess ein Lachen aus. Wenn ich zugewartet hätte, bis sie aufwacht, wenn ich dann geblieben wäre und alles so gelaufen wäre, wie du geplant hast…

Warum hatte er nicht selber daran gedacht? Sie hätte ihn beschreiben können. Ich soll Grüsse ausrichten von ihrem Sohn. Und er hätte abgeräumt. Man hätte sie längst geholt. Durch ihn war alles schief gegangen!

Er sass am Küchentisch wie jeden Morgen, ausser Montag, da hatte der «Löwen» Ruhetag, und er trank eine erste Tasse Kaffee, während sein Freund noch im Bett lag.

Jetzt war Pat auch auf, aber nicht angezogen; in Unterwäsche, barfuss, lehnte er am Türpfosten. Es war Sonntag, still im Dorf, und sein Freund – war er das noch? – machte ihm wieder Vorwürfe.

Das würde er nun immerzu tun.

Conny hatte schon geduscht, sich rasiert und das dichte Haar gekämmt, das weisse Hemd angezogen und die schwarze Fliege umgebunden. Wusste Pat denn nicht, wie er sich fühlte?

Was tun wir jetzt? Nach einer zweiten Tasse Kaffee wurde Pat jeweils wach und wusste, dass das, was ihn erwartete, das war, was ihn gestern erwartet hatte, jeden Morgen zuvor, schon seit zwei Jahren. Nun war etwas hinzugekommen, das alles noch schlimmer machte.

Wir tun, was wir immer tun!, sagte Conny. Wie oft musste er es noch wiederholen? Gestern hatte er gesagt, er würde hinfahren und nachschauen.

Bist du verrückt! Das tust du nicht!, schrie Pat und seine Stimme vibrierte. Er hatte wie jetzt am Türpfosten gelehnt, in Unterwäsche, und ihm den Weg versperrt; er war kräftiger als Conny. Und Conny liess sich nicht provozieren.

Hast du nicht gesagt, wir tun, was wir immer tun. Du hast auch gesagt, ein Problem löst sich von selber ...

Wie sollten sie das aushalten?

Conny schenkte sich einen Whisky ein, nicht dass er zittrige Hände gehabt hätte, er brauchte nach dem Morgenkaffee immer einen Whisky oder zwei, das half ihm in den Tag hinein, das musste darüber hinaushelfen, jetzt… Das half auch Pat jeweils.

Sie waren alleweil aufgewacht letzte Nacht und vorletzte, keine Stunde Schlaf am Stück, sie hatten einander schnaufen hören, sie schliefen Wand an Wand, aber in getrennten Zimmern, die Wand war dünn. Wenn der eine in die Küche gegangen war, um etwas zu trinken, hatte der andere gewartet, um dann seinerseits in die Küche zu laufen, um etwas zu trinken. Es half nicht, diesmal half es nicht, sie fanden keinen Schlaf. Und er musste früh auf und zur Arbeit und Pat würde ausschlafen und dann umherfahren.

Er wollte dem Jüngling einen Whisky einschenken, aber der nahm ihm ruppig das Glas aus der Hand und schenkte sich selber ein.

So weit war es schon zwischen ihnen gekommen, in so kurzer Zeit.

Wie sollten sie das durchstehen? Das war nicht vorauszusehen gewesen, so war es nicht geplant, so hatten sie es nicht erwartet. Das machte ihnen zu schaffen.

Er war schuld daran, Pat hatte Recht. Wenn Pat sie umgebracht hatte? Er erhob sich, etwas zu rasch, der Stuhl kippte, und er hatte ihn dann doch noch im Griff. Ich werde sie jetzt anrufen!

Der Jüngling stiess sich nur leicht vom Türpfosten ab. Du wirst sie nicht anrufen und auch nicht bei ihr vorbeigehen!

Er hielt den Stuhl noch immer an der Lehne, balancierte ihn auf einem Bein, sah seinen Freund an, zögerte und stellte den Stuhl an den Tisch. Er ging zum Fenster und öffnete es.

Er fürchtete sich, Pat fürchtete sich. Aber Conny fürchtete sich auch. Wenn sie nun tot war? Es würde dauern, bis einer sie fand. Und wenn sie dann Gewissheit hatten! Was dann?

Wir brauchen frische Luft, einen klaren Kopf, sagte er.

Draussen pfiff eine Amsel und Pat hob den Kopf.

Das hatte er schon einmal gesagt. Von wegen! Da hatten sie noch geplant, da waren sie mitten in der Planung gewesen, aber es war eigentlich schon abgemacht. Geplant hatten sie es seit Monaten, meistens im Suff; sie hätten nicht sagen können, wer von ihnen zuerst die Idee hatte. Ob sie es auch ernst meinten. Sie brauchten Geld: die Sauferei, das Moped, der Motorroller, beide auf Abzahlung, die Schulden. Was lag da näher? Es lag auf der Hand. Es schien so problemlos, so einfach. Wozu brauchte die alte Frau noch Geld? Conny hatte immer alle Probleme gelöst, alles zurechtgebogen bis anhin. Pat vertraute ihm.

Sie mussten warten. Abwarten.

Wie halten wir das durch?, fragte Conny.

Indem wir tun, was wir immer tun. Der Jüngling gab die Tür frei. Conny war zu schwach, auch im Kopf, um etwas zu unternehmen. Eigentlich war er gutmütig, der Conny. Wie ein Vater war er immer gewesen.

Auf dem Tisch stand noch das Geschirr vom Abend zuvor, in einer Schüssel die Reste der Spaghetti, auf der Salatsauce hatte sich eine dünne Haut gebildet. So etwas war nie vorgekommen, trotz allem, dass sie den Tisch nicht abräumten.

Conny schenkte ihnen beiden einen Whisky ein.

21

Jetzt musst du damit aufhören, sagte Gunten, als Jean eine Sechserpackung alkoholfreies Bier auf die Fensterbank stellte.

Ich dachte, du magst es inzwischen, erwiderte Jean, nahm sich einen Stuhl, knöpfte die Lederjacke auf und setzte sich.

Gunten sass angezogen auf dem Bettrand, als wollte er nächstens nach Hause gehen. Es war halb drei Uhr, «An die Gewehre» schlief, den eingebildeten Kranken hatte man morgens entlassen und ihm ein Rezept mitgegeben. Wozu, wusste Gunten nicht, es hätte ihn aber interessiert.

Und wie geht's heute?, fragte Jean wie immer.

Ich nehme an Gewicht zu und kann wieder atmen. Ich habe einen Puls von sechzig und einen Blutdruck von fünfundsechzig auf hundertzehn. Ich habe Appetit. Ich bin eigentlich zufrieden und die Ärzte sind es auch mit mir. Bis Montag nächster Woche muss ich bleiben. Er seufzte? Was will man machen? Wir haben endlich Sonnenschein und ich freue mich daran. Und dann schwieg er, als hätte ihn sein Geschwätz ermüdet; ein wenig Ärger lag in seiner Stimme.

Jean merkte es ihm an, dass er Fragen hatte, und auch dass er zögerte, sie zu stellen, obwohl beide wussten, worum es ging.

Gunten machte erst einmal Ordnung auf dem Drehtischchen, wo er doch schon Ordnung hatte. Man spürte geradezu, wie ihm die Untätigkeit wehtat und ihn nervös machte.

Was tust du tagsüber?, fragte Jean.

Was tat er schon? Es war Mittwoch. Er war bloss noch hier, damit sie ihn unter Kontrolle halten konnten, bis alles wieder so funktionierte, wie es funktionieren sollte.

Frau Donzé hatte ihn gestern besucht, Eugenie; inzwischen duzten sie sich.

Jean lächelte süffisant.

Sie hatten sich über dies und das unterhalten, bedauert, dass es nichts würde mit dem Samstag im «Schiff». Sie hatten sich an ihre Fahrt ins Elsass erinnert und kein Wort über Martha verloren. Sie waren in die Cafeteria spaziert und sassen dort herum wie im Zimmer. Der Ort hemmte sie, die kranken Leute, der Geruch und das Gehetze manchmal. Der

Garten war offen, das Gras wuchs und der Löwenzahn und das Wiesenschaumkraut setzten ihre Muster, bunt war alles, nur der Himmel lastete schwer.

Sie zählte die Tage bis zu seiner Entlassung.

Jean würde ihn abholen. Sie war enttäuscht. Aber sie konnten sich in Kerzers treffen. Sie lächelte und stellte die Vase mit den Narzissen auf die Fensterbank. Sie versprach, morgen wieder zu kommen.

Und wie geht's deiner Frau?, fragte Gunten.

Auch sie würde nächste Woche entlassen, wenn keine Komplikationen auftraten. Es steht mir bis hier, sagte Jean und drückte sich die Hand unter das Kinn. Allen Wünschen nachkommen und allen gute Laune zeigen. Eine knappe Stunde blieb ihm, das heisst, blieb Jean für seinen Bericht. Danach würde Frau Donzé – Eugenie – kommen.

Der See lag übersonnt vor dem übergrünten Mont Vully. Sie konnten doch in den Garten gehen? Sie wollten nicht gestört werden.

Die Störungen tagsüber waren die Visiten der Ärzte, das Puls- und Blutdruckmessen, dazwischen lag oder sass er da und schaute hinaus auf den See, und es liess ihn nicht los, was er im Kopf trug.

Er vergass, wenn er Patience legte, und hin und wieder ging sie auch einmal auf, die Ahnengalerie. Er schaute auf die Kartenhäufchen hinunter, auf die Könige und die Asse, und er fragte sich, ob das, was er sich vorgenommen hatte zu tun, auch so zusammenpassen und aufgehen würde wie eine Patience.

Er hatte die Schuhe schon an, die Jacke lag auf dem Bett; er hatte längst einen Entschluss gefasst und war jetzt bereit.

Jean erhob sich und half ihm in die Jacke.

Gunten meldete sich bei der Schwester ab. Ich lauf Ihnen nicht davon, sagte er, und zu Jean gewandt: Wir nehmen nicht den Lift, wir gehen zu Fuss, ich muss Bewegung haben.

86

Sie spazierten dem gewundenen Kiesweg entlang zu einer Holzbank, die neben einer Magnolie stand. Gunten empfand den Frühlingstag ganz unwillkürlich mit allen seinen Gerüchen und vermischten Farben.

Sie setzten sich, genossen die Sonne, Gunten räusperte sich und blickte Jean auffordernd an.

Ich wünschte mir, dass du deine Zweifel loswirst, fing Jean an. Dann bist du wieder der, den ich seit vielen Jahren kenne. Du musst wieder zur Ruhe kommen.

Er machte eine längere Pause und schaute einem Ausflugsboot nach, das dann in Praz anlegte.

Du musst endlich einsehen, dass es ein Unfall war. Von Fremdeinflüssen kann nicht die Rede sein.

Gunten wollte widersprechen, mit erhobener Hand, fast einer Drohgebärde.

Sie hatten die Jacken abgelegt und waren in den Schatten der Magnolie gerückt; der leichte Wind war angenehm.

Unterbrich mich bitte nicht, Gunten! Da ist einer übereilig gewesen, einer, der sich wichtig machen und profilieren wollte. Marthas Tod ist ein Unfall! Ein absurder Zufall, wie du gewöhnlich sagst, ein philosophisches Problem...

Gunten blickte Jean überrascht an, aber er schwieg.

Schlicht ein Ausrutscher mit tödlichen Folgen. Es wurden keine Spuren eines Einbruchs entdeckt, zudem fehlte nichts, so die Aussage des Sohnes, der gleich aus Mexiko zurückgekehrt war, aber ohne seine Frau. Das weisst du ja. Martha hatte ihrer Schwester ein paar schöne Stücke ihres Schmucks geschenkt, das wurde abgeklärt, zwei Armbänder, eine Gemme und eine Halskette waren in einer Kassette, und diese war verschlossen hinter der Bettwäsche in einem Kasten ihres Schlafzimmers.

Was die Flügeltür zum Keller betrifft, meint der Sohn, er habe sie möglicherweise vor seiner Abreise bei einem letzten Kontrollgang länger offen stehen lassen, da er noch ein paar Dinge in den Keller habe tragen wollen. Martha habe er das nicht zumuten können. So, wie es geregnet hat, erklärt sich auch die Nässe des Bodens, der aus Kies besteht. Ein guter Keller zum Einlagern. Ein solcher Boden hält das Wasser.

Das Licht liess er gewiss nicht brennen. Du weisst selber, dass er rundum als geizig bekannt ist. Und Einbrecher machen gewöhnlich kein Licht.

Dann wundert es mich, unterbrach ihn Gunten, warum er nicht weiss, ob nun zwei Flaschen Bäzi gefehlt haben oder nicht.

Jean hob ärgerlich ungeduldig die Hand, liess sie kurz, nachdenklich geworden, in Schulterhöhe, dann schüttelte er den Kopf.

Vor einer Abreise ist man immer nervös, darauf bedacht, nichts zu vergessen.

Ich meine, vermutlich wollte Martha etwas im Keller holen, was auch immer, fuhr Jean fort. Das konnte nicht eruiert werden, dabei stürzte sie die Treppe hinunter. Sie trug ja diese abgetretenen Hausschuhe. Du weisst, dass viele Unfälle im Haushalt passieren, manchmal durch falsche Sparsamkeit. Die Leute sind leichtsinnig und gedankenlos.

Was nun diesen Kopf aus Nickel betrifft... Den konnte sie, wie du auch schon vermutet hast, woanders verloren haben. Sie hat sich nicht getraut, es dir zu beichten. Ein Finder konnte ihn, zusammen mit anderem Schmuck, verkauft haben. Eben mit dem Schmuck seiner verstorbenen Frau. Das wäre dann als Fundunterschlagung zu ahnden und Bereicherung daran. Die Aussage des Verkäufers in Basel ist nicht anzuzweifeln, ein verlässlicher Mann anscheinend, nur mit der Beschreibung der beiden Männer hapert es. Ich weiss, Gunten, was du nun einwenden willst: Wenn wir die beiden finden, haben wir die absolute Gewissheit.

Und so bleiben meine Zweifel nicht unberechtigt, meinte Gunten. Er musste sie finden, die beiden Männer.

Übrigens ist es ein Leichtes, Schmuck in einem solchen Geschäft zu verkaufen, sagte Jean. Ich selber habe einmal ein paar Goldvreneli verkauft und keiner hat nach deren Herkunft gefragt.

So habt ihr Marthas Fall sprichwörtlich zu den Akten gelegt.

Aber das hatte Gunten schon einmal gesagt.

Jean blickte Gunten von der Seite an. Sie haben ihn abgelegt, sagte er, ich nicht.

Aha! Über Guntens Gesicht zog ein Lächeln. Die Flügeltür, ich weiss nicht… Die Sache mit der Flügeltür und dem Riegel, der sich nur öffnen lässt, wenn man weiss wie, geht mir nicht aus dem Kopf. Und die beiden Männer natürlich. Vielleicht leben sie hier in der Gegend? Es müssen Aargauer sein. Nun redete Gunten mit sich selber. Irgendwo, vielleicht in einer Kneipe, sind sie mit den Lieferanten vom «Hecht» ins Gespräch gekommen. Oder sie haben es von einem Nebentisch aus mitbekommen. Manche vergessen, auch wenn sie getrunken haben, das Hirn einzuschalten, bevor sie reden.

Du gibst nicht auf, Gunten!, sagte Jean.

Gunten nickte. Hilfe würde er keine erwarten können. Er war auf sich alleine gestellt und es gewohnt.

Du kannst jederzeit mit mir reden, sagte Jean.

Wir hocken ja nicht ohne ein Wort zu sagen zusammen. Hin und wieder…

Jean erhob sich. Ich muss zurück ins Geschäft. Die Leute haben Feierabend und wollen einkaufen.

Gunten blieb sitzen. Sie gaben sich die Hand. Morgen wieder?, fragte Jean.

Ich will dich nicht abhalten.

Das könntest du nicht, sagte Jean, zog die Jacke an und lief den Kiesweg zurück; einmal hob er leicht die Hand über die Schulter.

Gunten stützte die Ellenbogen auf die Knie, den Kopf auf die Hände und schaute auf den See.

Segelboote hielten sich im Wind, so leicht und selbstverständlich glitten sie dahin, als wäre jeder Tag ein sonniger Frühlingstag.

Er sass noch auf der Bank, als Eugenie den Weg entlangkam, diesmal mit leeren Händen. Ich habe mich selber mitgebracht, sagte sie und lachte.

Sie setzte sich neben ihn. Frierst du nicht? Er schüttelte den Kopf; er sah müde aus. Er erzählte ihr, was Jean ihm berichtet hatte. Eugenie schien erleichtert. Gott sei Dank, sagte sie. Du machst dich sonst verrückt! Nach einer Weile streckte sie die Hand aus. Môtier, genau gegenüber, du kannst sogar mein Haus sehen, das maisgelbe, zweistöckige. Du kennst es ja nicht. Aber du wirst mich doch besuchen, später? Es sollte ihn ablenken und aufmuntern.

Gerne, sagte er und da fiel ihm ein, wie er in der Nacht vor seinem Herzanfall auf dem Rücken im Bett gelegen und dem Wind in den Pappeln zugehört hatte, dem See, wie die Wellen anrollten und verschäumten, und wie er sich gefragt hatte, warum er die beiden Männer eigentlich finden musste. Schliefe er dann ruhiger? Würde er die Tage, von denen jeder ein Geschenk war in seinem Alter, deswegen anders verbringen? Warum, so fragte er sich wieder, nützte er die ihm geschenkten Tage nicht.

Einen Anfang hatte er ja gemacht.

Er sah sie von der Seite an, sie spürte seinen Blick und wandte ihm das Gesicht zu.

Ich würde mir gerne wieder eine Katze halten, sagte er für sie überraschend, eine in meinem Alter, also sieben Jahre. Kennst du jemanden, der eine zu vergeben hätte?

90

Ist das dein Ernst?

Es ist mein Ernst!

Sie würde sich umsehen.

Sie erhoben sich, er zog die Jacke zusammen und sie die ihre, im Gehen streiften sich ihre Schultern; es war kühl geworden, stark windig, aber der Himmel hatte sein morgendliches Blau behalten.

Er kam zu spät zum Nachtessen, er wusste es nicht, er hatte die Uhr abgelegt, als er duschen gegangen war, jedenfalls war das Tablett an seinem Platz am Tisch. Geschnetzeltes, Gemüse, Bratkartoffeln, lau wie immer, trotz der Abdeckung, salzlos, elend fade; er war es gewohnt, gut gewürzt zu essen. Zum Trinken Kaffee. Blödsinn! Er öffnete eine Flasche Bier. «An die Gewehre» lag auf dem Rücken mit offenen Augen, schlecht gelaunt; die Untersuchungen hatten nichts zu Tage gebracht. Der Fernseher lief ohne Ton.

Gunten ass eine Banane, die ihm Eugenie gestern gebracht hatte. Danach öffnete er eine zweite Flasche Bier und faltete den «Murtenbieter» auseinander.

Er war manchmal so gleichgültig geworden, dass ihn nicht einmal interessierte, was in der Region geschah, von der weiten Welt ganz zu schweigen.

Das ist ein Fehler, sagte sich Gunten, ein ganz grosser Fehler! «An die Gewehre» hatte die Augen geschlossen, der Fernseher war abgeschaltet; er schlief schon wieder. Gunten seufzte.

Er las langsam und aufmerksam auch die Seiten des Seebezirks, den Artikel unter «Meldungen» ein zweites Mal.

Die Frau, achtundsiebzig und allein stehend, schwer herz- und asthmakrank, war am Montagmorgen in ihrer Wohnung in Ins von einer Nachbarin gefunden worden. Sie war offenbar einige Tage zuvor gestorben. Der Arzt hatte Herzstillstand festgestellt. Von Fremdeinflüssen oder aussergewöhnlichen Anhaltspunkten war nicht die Rede. Ein ganz normaler Tod. Sekundentod, wie ihn sich jeder wünscht. Ein einsames Sterben. Ein kleines Kästchen, ein paar Zeilen, die ein Leben abschlossen. Und was sagten die Angehörigen dazu? Wenn sie Angehörige hatte! Er dachte an Martha, und dann war wieder alles in seinem Kopf, was Jean ihm hatte austreiben wollen.

Er faltete die Zeitung sorgfältig zusammen und legte sie neben die Patiencekarten. Er dachte an Martha und er dachte an die Frau, die sich einfach aus dem Leben verabschiedet hatte, als er auf dem Rücken lag und zusah, wie die Zimmerdecke mit einbrechender Nacht dunkler wurde.

Am Montag sollte er entlassen werden; er fürchtete sich plötzlich vor dem Alleinsein.

22

Pat, steh auf, Pat! Er rief immer nach Pat und er war immer aufgestanden, in die Küche gekommen und hatte noch ein Glas mitgetrunken, egal wie viel Uhr es war; meistens war es nach elf, hin und wieder nach Mitternacht, wie jetzt. Pat war aufgestanden, und es hatte Conny nicht gestört, dass Pat sich in Unterwäsche an den Tisch setzte. Pat war gut gebaut, aber in diesem Alter hatte Conny auch gut ausgesehen, kein unnötiges Gramm Fett, kein Bauchansatz.

Er würde nicht alt werden, er war schon alt, er bemerkte es im Spiegel, aber so richtig aufgefallen war es ihm erst, seit er annahm, dass seine Mutter tot war.

Jetzt wusste er es.

Nach dem Mittagessen im «Löwen», so um zwei, hatte er es bei einer Tasse Kaffee im «Murtenbieter» nachlesen können.

Am Montag war sie gefunden worden. Jetzt war Mittwoch.

Er hatte benommen, so erschrocken, wie er war, den Teller in die Küche getragen und wie gewöhnlich hinter der Tür nach dem Glas Weissen gegriffen, danach war er ratlos zwischen den Tischen umhergelaufen und hatte da und dort etwas umgestellt; er brauchte Bewegung und Gäste waren im Augenblick keine da.

Als er wieder hinter der Tür nach dem Glas greifen wollte, stiess ihm die Wirtin die Tür an die Schulter, so dass er Wein verschüttete.

Sie rief ihn mit Vornamen, duzte ihn, während er sie, obwohl er sie auch mit Vornamen anredete, Beth, nicht duzte.

Sie liess ihn das Glas zurückstellen und sagte kein Wort, sie nahm ihn am Arm und führte ihn in den Raum, wo die Vereine Versammlungen abhielten. Es war kühl und dämmerig, da die Fensterläden halb zugezogen waren, es roch nach kaltem Zigarettenrauch.

Am Tischende sass ein hagerer Mann mit Glatze und gerunzelter Stirn; er hatte ein ausdrucksloses Gesicht. Er stand sogleich auf und gab Conny die Hand.

Conny war immer noch benommen und plötzlich verkrampft; er hatte Angst.

Nun war es so weit!

Es ist wohl besser, Sie setzen sich hin, sagte der Mann. Er kam von der Gemeindeverwaltung in Ins und sah Beth hilfesuchend an. Sie setzte sich, der Mann setzte sich, sie rückten die Stühle und er hätte nicht aufstehen und weglaufen können, so hielten sie ihn in der Klemme, und am liebsten wäre er weggelaufen, denn er wusste, was sie wollten. Immerhin, er war vorbereitet – aber wie sollte er sich verhalten? Es traf ihn dann doch stärker, als er erwartet hatte, da er es nun zu hören bekam. Beth hatte es dem Mann abgenommen.

Man hat deine Mutter tot in ihrer Wohnung gefunden, sagte sie. Oh, Conny, das tut mir so Leid!

Es habe gedauert, bis man es ihm habe mitteilen können, sagte der Mann, weil man seine Anschrift nicht gehabt habe. Aber eine Nachbarin habe sich erinnert, dass einmal von einem Sohn und einer Tochter die Rede gewesen sei. Nur habe sie sie seit vielen Monaten nicht mehr gesehen.

Am Montag, sagte der Mann, hat man sie erst gefunden, er sagte es so, als wäre es von grosser Bedeutung.

Conny nickte und wartete darauf, was nun kommen musste, aber es kam nichts. Das verwunderte und erleichterte ihn zugleich, auch die Angst zerfiel und er hörte auf, sich am Ellenbogen zu kratzen.

Der Mann sprach ihm sein Beileid aus. Beth musste zu den Gästen, der Mann schob Papiere in eine Mappe und sagte: Sie hatte Asthma und ein schwaches Herz. Der Mann seufzte. Aber das wussten Sie wohl?

Sie ist nicht erstickt?, fragte er und hätte sich dann die Zunge abbeissen können.

Der Mann hatte sich schon erhoben und sah ihn an, die Mappe unter dem Arm, verdutzt.

Sie meinen wohl, weil sie Asthma hatte? Nein, sie ist nicht erstickt. Herzstillstand. Der Arzt meinte, früher oder später, eher früher, wäre sie im Bett erstickt. Es sei so besser für sie gewesen. Wenn Ihnen das ein Trost ist? Der Mann gab ihm die Hand, Conny merkte es nicht, er nickte bloss und blieb sitzen. Es würde alles Notwendige unternommen, und was die Bestattung angehe, würde er das wohl ihm überlassen können. Wir werden uns noch einmal sehen. Formalitäten, die leidlichen.

Conny blieb im dämmerigen Licht sitzen und dachte über alles nach.

Pat hatte sie also nicht mit dem Kissen erstickt! Sie war an ihrem kranken Herz gestorben. Pat würde erleichtert sein, wie er es war, und sie konnten wieder miteinander reden. Das Problem hatte sich von selber gelöst und doch zweifelte er. Hing das eine nicht mit dem anderen zusammen?

Die Kirchenglocken schlugen die dritte Mittagsstunde, als er in die Gaststube trat. Beth fing ihn unter der Küchentür ab. Ich gebe dir die nächsten Tage frei, sagte sie. Als Conny widersprechen wollte, fügte sie hinzu: Du brauchst die Zeit für dich. Es kommt eine Menge auf dich zu. Meine Nichte wird mir aushelfen. Geh schon, Conny! Sie hielt ihn dann am Ärmel zurück.

Es tut mir so Leid. Sie war kein schlechter Mensch, deine Mutter, sie konnte nicht anders. Halb liess sie ihn los, halb riss er sich los. Und trink nicht noch mehr, als du schon trinkst, sagte sie bekümmert. So löst man keine Probleme, man schiebt sie nur vor sich her...

Er schob den Motorroller über die Dorfmitte hinaus, als hätte er einen Platten, er blickte weder nach links noch nach rechts, die Sonne wärmte, zugleich ging ein sanftes Lüftchen; hin und wieder schaute ihm einer nach.

Er schob den Roller über die Gleise und das Holpern holte ihn zurück, er wunderte sich, dass er ihn schob. Bewegung musste er haben, nur kam er so kaum vom Fleck; er startete den Motor und fuhr ins Grosse Moos und darüber hinaus. Er bog einmal nach links und dann nach rechts ab, verirren konnte er sich nicht, er fuhr im Kreis wie sein Freund Pat, einfach unterwegs sein musste er, loskommen. Wo überall er eingekehrt war, wusste er nicht mehr, als er vor dem Riegelhaus anhielt und den Motor abwürgte, sehr oft musste er angehalten und einen getrunken haben, keine zehn Franken waren ihm geblieben; er trug sein Geld immer lose in der Hosentasche, wie die Griechen. Er war einmal in Griechenland gewesen, lange her. In Pats Alter war er gewesen.

Pat!, rief er wieder, bittend. Steh auf, ich habe dir etwas zu sagen.

Pat wich ihm seit letzten Samstag aus. Sogar der Tisch war abends abgeräumt, als hätte er es wahr gemacht und ihn verlassen.

Leere Weinflaschen standen unter dem Schaft an der Wand. Sein Blick fiel dann auf die Büchse, die eine Trommel war, zuvorderst stand sie, also war sie leer. Jetzt bestahl ihn sein Freund auch noch! Sie hatten redlich geteilt und etwas in die Trommel getan, ihre gemeinsame Kasse.

Die Trommel war nicht leer; er setzte sich an den Tisch, lächelte und schämte sich zugleich.

Pat! Die Tür blieb zu, Conny stand auf, klopfte, öffnete die Tür.

Pat? Pat lag in Unterwäsche auf dem Bett; er schlief mit heruntergezogenen Mundwinkeln. Es roch nach Erbrochenem. Gewöhnlich kotzte er nie. Conny trug den Bettvorleger hinter das Haus und warf ihn in die Ecke, wo die Küchenabfälle verrotteten.

Als er zurückkam, war Pat wach; aus kleinen Augen, geblendet durch die Deckenlampe, starrte er Conny an. Was willst du?, fragte er.

So betrunken war er anscheinend doch nicht, jedenfalls richtete er sich mühelos auf, er sass eine Weile auf der Bettkante und lief dann in die Küche. Er kühlte sich das Gesicht unter dem Wasserhahn, trank, rülpste und pustete und sagte: Ich rede nicht mehr mit dir, Conny. Und wenn wir den Schmuck verkauft haben, hau ich ab. Ich bleibe in der Stadt.

Conny setzte sich, erschrocken. Das konnte Pat ihm nicht antun.

In der Stadt hatte er ihn von der Strasse aufgelesen, sie hatten die halbe Nacht getrunken, geredet und sich wütend bedauert, dass sie beide alleine waren. Mitgenommen hatte Conny ihn, zu sich ins Haus in Galmiz; wie ein Vater war er ihm gewesen, und jetzt wollte er zurück in die Stadt, verrotten würde er wie der verkotzte Teppich im Garten.

Du bist in meiner Schuld, sagte er.

Du kotzt mich an. Du bist schuld, an allem!

Auch den Teppich habe ich weggemacht, sagte Conny.

Jetzt setzte sich Pat zu ihm an den Tisch. Das hast du getan, Conny? Er wusste anscheinend, wie er ins Bett gekommen war und dass er den Vorleger verkotzt hatte. Das hast du für mich getan?, wiederholte er, lächelte und nahm den Blick von der leeren Wand, die feuchte Flecken hatte.

Ich habe eine gute Nachricht, sagte Conny. Du hast sie nicht erstickt. Sie hatte einen Herzstillstand, so steht's in der Zeitung, so sieht's der Arzt und so sagt's der von der Gemeinde. Sie ist daran gestorben, als du schon weg gewesen bist. Was sagst du nun, Pat? Sag schon!

Pat sagte gar nichts, auch Conny schwieg. Sie sassen einander gegenüber wie so viele Abende zuvor, als sie es geplant oder es sich überlegt hatten, es endlich zu planen, ein Wort hatte das andere gegeben, fast spielerisch, nicht so ernst gemeint, aber vorstellen konnte man es sich. Jetzt sassen sie an einem abgeräumten Tisch und schauten sich in die Augen.

Sie wussten beide, dass das eine mit dem anderen zusammenhing.

Nichts hatte sich geändert. Sie würden es überall hin mit sich herumtragen.

Schlimm war auch, dass dann jeder wiederum für sich ein Glas einschenkte und es mit in sein Zimmer nahm.

23

Gunten musste dann noch einen Tag hinzugeben, wo doch der Wochenanfang immer etwas von einem Neuanfang hatte, auch wenn dann alles im alten Gleis lief. Er war auch enttäuscht, dass Jean ihn nicht, wie es abgemacht war, um zehn abholen konnte; er musste angelieferte Waren kontrollieren und auflisten, da war seine Frau pingelig.

Man wollte ihm nochmals Blut nehmen, Herz und Leber untersuchen, den Thorax röntgen; es wurde dann zu spät für eine Entlassung.

Er konnte bloss hoffen und daran glauben, dass sich etwas tat.

Er sass griesgrämig auf dem Bettrand, wie seine Katze griesgrämig auf Tasmanien gesessen hatte, wenn der Wind zu stark war und sie nicht fischen konnte. Man muss die Sache selber in die Hand nehmen, sagte er sich und dabei hellte sich sein Gesicht auf.

Um fünf hatte er sich entschlossen.

Eugenie war sehr erstaunt, als er sagte, er werde erst morgen Dienstag entlassen. Sie hatte erwartet, er würde von zu Hause aus anrufen. Ich habe mich schon gewundert, dass du nicht abnimmst. Wollten wir uns nicht in Kerzers treffen? Ich habe mir Sorgen gemacht.

Das fand er schön und sagte es ihr auch.

Eine Weile blieb es stumm in der Leitung.

Ich werde dich morgen um zehn abholen, wiederholte sie, als er einwandte, er könne ein Taxi nehmen.

Das kommt nicht in Frage, in deinem Zustand.

Mein Zustand ist gut, antwortete er, obwohl er sich etwas schwach fühlte. Was mir fehlt, ist ein Glas Vully.

Du bist unverbesserlich!, sagte sie.

Das hatte Martha auch immer gesagt. Irgendwie hatte sie das zusammengehalten, dass sie beide unverbesserlich waren. Eugenie wurde ihr immer ähnlicher, oder er wollte sie so sehen.

Der Frühling meinte es auch anderntags ernst, der See, das Grosse Moos und die Hügel zeigten sich wie auf den Postkarten, die die Touristen in Murten kauften.

Gunten hatte es nicht mehr ausgehalten im Spitalzimmer. Er hatte sich abgemeldet, sein Köfferchen mit den Toilettensachen genommen und das Rezept für die Medikamente eingesteckt; nun spazierte er einer Wiese entlang zu einem Apfelbaum.

Er hatte elf Kilo abgenommen, bloss Körperflüssigkeit, wie der Arzt ihn beruhigt hatte. Die Hose schlotterte, sein Bauch war fast flach, im Gesicht zeichneten sich die Backenknochen ab und die Uhr rutschte ihm über das Handgelenk.

Der Geruch in der Luft liess schon an zukünftige Ernten denken.

Zugleich fürchtete er sich vor der Gnadenlosigkeit des alltäglichen Lebens, das ihn einholen würde.

Er wollte noch nicht daran denken, was alles zu tun war, bis er wieder seine gewohnten Wege gehen konnte.

Eugenie war mit dem VW Passat ihres verstorbenen Mannes gekommen, pünktlich um zehn. Sie trug eine beige Hose und einen Pullover in gleicher Farbe, eine maisgelbe Jacke und flache Schuhe.

Sie sah adrett aus, jünger, sie gefiel ihm.

Alter Narr!, dachte er, aber er lächelte.

Sie gingen aufeinander zu, sie gaben sich die Hand und plötzlich war das Gefühl da, dass sie sich aufeinander verlassen konnten; ein gutes Gefühl.

Und jetzt?, fragte sie, als sie den Motor startete.

Er musste die Medikamente besorgen, einkaufen, die Einkäufe nach Hause schaffen und bei Jean in Kerzers die Zweitschlüssel holen.

Das geht alles in einem, beruhigte sie ihn. Du machst dir unnötig Sorgen.

Er nickte bloss. Sie bogen in die Rue de l'Hôpital ein, dann in die Alte Freiburgstrasse, die Bahngleisen entlang nach Murten führte, und sie erzählte ihm von ihrer Passion zu stricken; es gab immer wieder Leute, die Wünsche an sie hatten.

Gunten wusste nicht, was das damit zu tun hatte, dass er sich keine Sorgen machen sollte. Er war unterwegs, daran dachte er, heimzu ging es, und zu seinen Problemen und Sorgen mischte sich ein leises Glücksgefühl; er würde dem Leben noch ein paar Jahre abgewinnen, sofern er sich daran hielt, was die Ärzte gesagt hatten, und er die Medikamente einnahm.

Die Winter sind lang, sagte Eugenie. Sie sass locker am Steuer, fuhr vorsichtig, aber nicht zu langsam.

Du hast Recht, erwiderte er und dachte daran, dass er Holz bestellen musste.

Und darum muss ich nach Kerzers.

Weil die Winter lang sind?

Nein, wegen der Wolle. Sie lachte und er war verlegen, weil er nicht zugehört hatte. Sie hatte Wolle für einen Pullover bestellt, auf die sie lange warten musste, eine spezielle Sorte Seide mit hoher Qualität. Und die konnte sie nun abholen. Darum ging es in einem zu.

Kurz bevor sie ins Städtchen einbogen, sagte sie: Du hast abgenommen, aber es steht dir ganz gut. Mein Mann hatte auch stark abgenommen. Du musst auf den Kreislauf achten.

Er nickte bloss und einen Augenblick machte ihn ihre Fürsorge mürrisch. Sie fand eben einen Parkplatz in der Rathausgasse. Wir treffen uns in einer halben Stunde wieder hier, sagte sie, wenn dir das recht ist. Oder soll ich... Weisst du, fügte sie rasch hinzu, ich habe auch noch Besorgungen zu machen.

So geht das eine mit dem anderen, antwortete er, schon wieder gut gelaunt, und ging den Geschäften nach, in denen man ihn und seine Eigenwilligkeit kannte.

Ich wollte eigentlich nur ein paar Medikamente kaufen, sagte er, als die Gehilfin einen kleinen Turm aus Schächtelchen vor ihm aufbaute, und nicht die Apotheke. Der Scherz kam nicht an, sie warf schnippisch den Kopf in den Nacken, wandte sich dem Computer zu und tippte. Es tat weh, mehr als er sich zugeben wollte, aber er sagte nichts. Er schaute auf ihre Hände, die sehr schmal und so jung noch waren und so leicht über die Tasten flogen.

Dann hatte die Sonne ihn wieder, das Leben in seiner ganzen Fülle, durchwoben mit der Neugier der Touristen rundum, und unversehens stand er vor der «Eintracht». Er zögerte; für ein Glas hätte die Zeit ausgereicht. Die Tür stand offen, er sah bekannte Gesichter; es hatte sich nichts verändert. Er müsste bloss hineingehen, salü sagen und sich hinsetzen, als wäre nichts geschehen; aber es war etwas geschehen und er drehte der Tür den Rücken zu, bevor ihn einer bemerkte.

Es schlug elf Uhr von der Französischen Kirche, als sie hinunterfuhren Richtung See. Und dann fiel ihm ein, wie er die Steigung, die ihm seit geraumer Zeit Mühe machte, hochgegangen war, knapp vierzehn Tage waren es her, und wie er so unwillig wie skeptisch in den Bus gestiegen war zur Fahrt ins Blaue.

Er sah Eugenie von der Seite an und lächelte, es entging ihr nicht, und als sie ihn fragend ansah, sagte er: Wenn Jeans Frau nicht krank geworden wäre, hätte ich wohl nie deine Bekanntschaft gemacht.

Erzählst du es mir? Sie fuhren Richtung Muntelier und sie lachte noch herzlich, als er ihr seine Skepsis geschildert hatte. Er legte ihr kurz die Hand auf den Arm. Lassen wir den Jean denken, was er will!

Sie bog ins Brunnengässli ab und hielt vor dem Fussweg, der entlang dem See lief und an seinem Haus vorbei.

Fünf Minuten, höchstens, ich trag nur schnell alles ins Haus, sagte er. Helfen lassen wollte er sich nicht. Sie lehnte sich in der Zwischenzeit ans eiserne Geländer und sah den Schwänen und Enten zu.

Sie würde ihn verstehen, sie sollte das Haus nicht so sehen, wie er es verlassen hatte, in aller Eile, und er fürchtete sich auch davor; so stellte er Köfferchen und Einkäufe in den Vorplatz.

Eine Weile fuhren sie wortlos, holperten über ein Bahngleis, das Gunten einmal fast zum Verhängnis geworden war, obwohl es signalisiert war, nur war er in Gedanken woanders gewesen; instinktiv hatte er Eugenie gewarnt.

Ich wollte noch in Galmiz Gemüse kaufen, sagte sie. Es ist ein Unterschied, ob man es im Laden kauft oder direkt vom Bauern.

Daran hatte er nicht gedacht, und sie hatte in Murten nichts gesagt.

Sie hielt auf einem gekiesten Platz gegenüber dem «Kantonsschild».

Fünf Minuten, höchstens, sagte sie und lachte; helfen lassen wollte sie sich nicht.

So spazierte er die Strasse auf und ab. Die Eingangstür zum «Kantonsschild» war vormals aus Holz gewesen, verschnörkelt, nun war sie aus Glas, die breiten Fenster liessen viel Licht ein. Gunten sah auf leere Tische aus Kunststoff, das Riemenparkett war durch Klinker ersetzt worden und an der Decke hingen kleine silbrige Lampen. Gunten seufzte. Er musste nicht der Versuchung widerstehen; das «Kantonsschild» hatte geschlossen.

Das kleine, alte Bauernhaus mit den verwitterten Riegeln und dem weit vorgezogenen Dachhimmel stand alleine, direkt an der Strasse. Die drei oberen Fenster waren blind vor Staub und geschlossen, die Zimmer wurden wohl nicht mehr benützt wie die Wirtschaftsgebäude; das mittlere Fenster unten stand offen.

Am hölzernen Gartenzaun lehnte ein blaues Moped, an der Lenkstange hing ein schwarzer Helm. Der Garten war der Natur überlassen worden, so, wie Gunten seinen Garten der Natur überliess, nur hier und dort griff er ordnend ein; dieser Garten war am Verwildern. Ein krüppliger Fliederbaum warf etwas Schatten über das offen stehende Fenster, das steinerne Vogelbad war vermoost.

Das Haus kam ihm bekannt vor, und dann fiel ihm ein, wie sie auf der Rückkehr von Kerzers im Taxi hier kurz angehalten hatten und wie verärgert der Fahrer gewesen war; ein paar Jugendliche hatten ausgelassen getanzt auf der Strasse. Das mittlere Fenster im Erdgeschoss hatte auch offen gestanden. Am Tisch vor einem Wandschaft hatten zwei Männer gesessen, ein jüngerer und ein älterer, die etwas, das auf dem Tisch lag, studierten, was Gunten nicht sehen konnte. Der Fahrer war losgefahren und Gunten hatte schon vergessen, was ihm aufgefallen war.

Auch jetzt fiel es ihm nicht gleich ein, was ihm aufgefallen war. Es schien ihm unwichtig und er wollte eben umkehren, da er Eugenie mit der Tasche voll Gemüse aus dem Haus gegenüber dem «Kantonsschild» kommen sah, als er einen kehligen Aufschrei hörte, dann die Stimme: So nicht, nicht mit mir! Er winkte Eugenie zu, dass er sie bemerkt hatte, und lief, neugierig, wie er war, zum offen stehenden Fenster.

Der jüngere der beiden Männer sass am Küchentisch, alleine, studierte aber nichts, obwohl er den Kopf auf den Fäusten aufgestützt hatte; er sah vergrämt aus und hielt die Augen geschlossen.

Auf dem Tisch standen eine Milchtüte, eine Tasse, auf einem Holzbrett lag ein angeschnittenes Brot. Ein spätes Frühstück, meinte Gunten, dann bemerkte er die fast leere Weinflasche und das gefüllte Glas, stutzte, und in dem Augenblick sah der Mann auf.

Gunten schätzte ihn Anfang zwanzig, das Haar war zerzaust, das Gesicht gerötet, die Augen waren wässerig, als hätte er geweint.

Er sass wie versteinert da, sein Mund war halb geöffnet und in seinem Blick wich der schmerzhafte Zorn der Verblüfftheit.

Er erhob sich brüsk; er war gross und kräftig, gewiss einsneunzig, und er trug nur Unterwäsche.

Jetzt fiel Gunten ein, was ihm in dieser Nacht aufgefallen war: Die Büchse zwischen anderen Büchsen auf dem Wandschaft, eher eine Trommel, gelb und mit aufgemalten schwarzen Bändern; über die Schulter des Mannes sah er sie. Und dann lief der Mann zum Fenster und schlug es zu, nicht abweisend, aber trotzig und fast aggressiv.

Gunten war so verblüfft, wie es der junge Mann gewesen war, er rieb sich den Nacken und schaute zum Fenster, das nun geschlossen war. Er schüttelte den Kopf – was sollte das alles? – und ging Eugenie entgegen, die am Strassenrand auf ihn wartete.

Sie sah ihn fragend an.

Jetzt ist's mir eingefallen, sagte Gunten und schlug die Wagentür zu. Ich wollte doch in Basel Leckerli kaufen. Jean isst sie so gerne. Die Umstände damals liessen es mich ganz vergessen.

Aha, erwiderte Eugenie bloss und hätte gerne gewusst, wieso es ihm gerade hier wieder eingefallen war.

Im Auto roch es nun nach frisch geschnittenem Lauch. Gunten nahm es beiläufig wahr; nachdenklich sah er vor sich hin und nickte bloss dazu, als Eugenie aufzählte, was sie noch an Gemüse eingekauft hatte.

Er schreckte auf, als in einer Rechtskurve kurz vor Kerzers ein Mann mit schwarzem Helm auf einem blauen Moped sie überholte.

Eugenie schimpfte über so viel Leichtsinn.

Ich wusste gar nicht, dass diese Dinger so schnell sind, erwiderte Gunten.

Wie der Henker fährt er!, sagte sie wieder.

24

Der Spezereiladen lag gegenüber dem «Löwen», ein Schild hing an der Tür: Bin gleich zurück. Gunten vermutete ihn im «Bären»; seine Frau hatte sich vor Jahren für den «Bären» entschieden und Jean hielt sich daran.

Jean sass dann im «Löwen», was Gunten überraschte, am Tisch gleich neben der Tür, an dem Gunten mit Eugenie gesessen hatte, unter einem Hirschgeweih und im Rücken einen handlangen Mann aus Bronze, der im Lauf erstarrt war.

Gunten grinste, besah sich das Geweih und unterdrückte eine Bemerkung.

Salü! Sie gaben sich die Hand. Ich habe dich eher im «Bären» vermutet, sagte Gunten und setzte sich.

Wieso?

Darum, erwiderte Gunten und bestellte bei Beth, der Wirtin, ein alkoholfreies Bier, das ihm dann ein sommersprossiges Mädchen mit einem Rossschwanz brachte. Als er mit Jean, der Roten trank, angestossen hatte, bemerkte er den Mann am Stammtisch, den er in Galmiz am Küchentisch sitzen gesehen und der sie später so leichtsinnig überholt hatte.

Die Dinger sind wirklich schnell, sagte Gunten. Oder frisiert.

Jean sah ihn neugierig an, aber Gunten äusserte sich nicht weiter dazu. Sie nahmen einen Schluck und schwiegen, so, wie sie oft zusammensassen und schweigen konnten und sich trotzdem nicht alleine fühlten; sie waren aufmerksam für das, was rundum geschah, oder sie hingen auch einmal einfach ihren Gedanken nach.

Der Mann am Stammtisch kehrte ihnen den Rücken zu; er bestellte zu seinem Bier einen Bäzi.

Beth sass bei einem Mann im mittleren Alter, der die Krawatte gelockert hatte und einen Katalog durchblätterte. Das Mädchen stand hinter dem Buffet und trocknete Gläser. Sie brachte ihm den Bäzi und sagte: Conny kann nicht kommen, Patrick! Wie oft muss ich's dir noch sagen, Pat, du vergeudest deine Zeit.

Tu ich das?, fragte Pat und dann lachte er; sein Lachen war fast so wie der Aufschrei, den Gunten durchs offene Fenster gehört hatte.

Wie geht's?, fragte Jean.

Ordentlich, erwiderte Gunten und behielt Patrick, den das Mädchen Pat nannte, im Auge. Gunten hatte das Spiel oft mit Jean gespielt: Einen Nachbarn, der ihnen den Rücken zukehrte, so lange anzustarren, bis er unruhig wurde, dann nervös, die Blicke wohl spürte und sich schliesslich umwandte.

Nun spielte Gunten dieses Spiel allein.

Schön, dass du wieder da bist, sagte Jean. Der Mensch braucht einen Ort, wo er sich zu Hause fühlt.

Das wird sich erweisen, erwiderte Gunten. Er würde das Heimgehen hinauszögern.

Pat wurde unruhig, aber nicht nervös.

Wie bist du überhaupt hergekommen?, fragte Jean, und da Gunten nicht reagierte, grinste er und fügte hinzu: Mach mich nicht einmal verantwortlich!

Ich bin mir selber verantwortlich, wollte Gunten erwidern, schwieg aber, starrte auf Pats Hinterkopf und sagte dann, so mehr zu sich: Das ist doch absurd.

In diesem Augenblick wandte sich Pat um.

Gunten war so überrascht wie Pat. Kurzatmig, mit halb offenem Mund, erwiderte er Guntens Blick für eine Weile, nicht abweisend, eher trotzig und aggressiv, und etwas Neues war hinzugekommen: Angst.

Pat kehrte ihm brüsk den Rücken zu, so brüsk, wie er sich erhoben und das Fenster zugeschlagen hatte, und bestellte noch einen Bäzi.

Das Mädchen schüttelte den Kopf.

Irrte sich Gunten, oder hatte Pat ihm zugenickt?

Kennst du den?, fragte Jean.

Gunten schüttelte den Kopf. Kennst du ihn?

Ich hatte mit dieser Sorte zu tun, als ich noch im Dienst war. Er machte eine geringschätzige Geste. Du hast nur Ärger mit ihnen. Man buchtet sie ein und am anderen Tag laufen sie wieder frei herum.

Er fährt ein Moped, warf Gunten ein, ein sehr schnelles Moped.

Woher willst du das wissen?

Ich habe ihn in Galmiz in der Küche eines alten Riegelhauses sitzen sehen. Ich musste auf Eugenie warten und habe mir die Füsse vertreten. Später dann hat er uns auf einem blauen Moped überholt.

Er ist arbeitslos – mit achtzehn! Er trinkt zu viel und hält es nirgends lange aus. Ich möchte wissen, woher er sein Geld hat. Einmal hat er ein Ding gedreht, aber die Anzeige wurde zurückgezogen. Sogar im Grossen Moos kann man ihn nicht brauchen. Und dann trinkt er, weil man ihn nicht brauchen kann. Sein Freund, der Conny, der hier Kellner ist, hat ihn bei sich in Galmiz aufgenommen. Der leert es auch nicht in die Schuhe, aber ihm merkt man es nicht so an. Ein Gewohnheitstrinker. Beth hat keine Probleme mit ihm. Und die Gäste mögen ihn. Jean lachte. Den bringt nichts so schnell aus der Ruhe! Aber er ist ein armer Hund. Ich glaube, er hat den Jüngling nur bei sich aufgenommen, damit er nicht so alleine ist. Sie passen zusammen. Schwul sind sie nicht. Conny könnte sein Vater sein. Ich könnte dir etwas erzählen... Jean atmete aber bloss durch, als hätte ihn das lange Reden schon erschöpft; er nahm den letzten Schluck Roten und schaute dann auf die Uhr, seufzte.

Ich sehe Conny nicht, sagte Gunten. Hat er frei heute?

Woher weisst du das?

Ich war mit Eugenie hier, nach der Fahrt ins Blaue. Die Wirtin hat bedient und sagte, sie habe dem Conny freigegeben.

Mit Eugenie! Er sah Gunten von der Seite an. Am Montag ist Ruhetag. Conny wird wohl erst nächste Woche wieder anfangen. Seine Mutter ist gestorben. Zuhause im Bett. Herzversagen. Eine Nachbarin hat sie ein paar Tage später gefunden. Es muss ein Schock für ihn gewesen sein. So habe ich ihn noch nie gesehen, total aufgelöst. Er hat den Motorroller durchs halbe Dorf gestossen, bevor er aufsass, am Mittwoch letzte Woche. Einer von der Gemeinde hat es ihm im «Löwen» gesagt.

Ich habe die Notiz im «Murtenbieter» bemerkt, sagte Gunten. Wie soll ich wissen, dass sie seine Mutter gewesen ist?

Jean erhob sich. Jetzt weisst du es. Ich muss zurück. Er sah Gunten misstrauisch an. Ist was?, fragte er.

Was soll denn schon sein? Ich übernehme deinen Zweier.

Jean grinste. Darauf hatte er gewartet. Bis nächstes Mal, salü! Eugenie wird dich wohl heimbringen? Und sonst: Ich bin bis halb sechs im Laden. Er zog die Tür hinter sich zu.

25

Patrick hiess er, der kräftige, gross gewachsene Jüngling, dessen Freund sein Vater hätte sein können. Pat rief man ihn, wie einen guten Freund. Vielleicht war das Mädchen hinter dem Buffet seine Freundin? Pat hob die Hand mit einer Hunderternote, was Gunten stutzig machte.

Was hatte Jean darüber gesagt? Diesmal war das Mädchen schnell bei ihm. Sie gab ihm das Wechselgeld, beugte sich zu ihm hinunter, dabei streifte ihr Rossschwanz seine Stirn, und sie sagte etwas, das Gunten nicht verstand. Pat nickte unwillig, aber er schien einverstanden. Als er sich erhob, sagte er: Zuvor haben wir noch etwas zu erledigen.

Pat verkürzte den Schritt, schien Gunten, ein Zögern, als er auf Tischhöhe mit ihm war, kurz vor der Tür, und Gunten fing seinen Blick ein.

Pat war nicht unsympathisch. Ein junger Mensch, der Probleme hatte, mit sich selber, auch mit seinem Freund anscheinend. Was wusste er schon, was wusste er über die jungen Leute? Pat interessierte ihn, aber er hätte nicht sagen können, warum das so war. Er trug Jeans, eine blaue Baumwolljacke und halbhohe Stiefel; es passte alles zusammen, Pat und sein Moped. Gunten lächelte.

Es waren Pats Augen, die Gunten zwangen hinzusehen. Sie hatten einen eher starrenden als starren Blick, der dem Gesicht einen abwartenden, erschrockenen Ausdruck verlieh, nichts mehr von Aggressivität. Der Trotz war geblieben.

Pats Augen erinnerten ihn an das Gesicht aus Nickel. Wovor hatte er Angst? Vor sich selber? Vor seinem Freund, für den er nur die Zeit vergeudete? Hatte er mit ihm etwas zu erledigen und davor Angst? Oder dass er ihn verlieren könnte, seinen Freund? Darüber wollte er nachdenken, es interessierte ihn, warum auch immer, und im selben Augenblick betrat Eugenie die Gaststube und sie stiessen fast aufeinander, Eugenie und Pat. Er liess ihr den Vortritt, er hielt ihr die Tür; unhöflich war er nicht.

Sie entschuldigte sich atemlos, dass sie ihn so lange hatte warten lassen.

Setze dich erst einmal hin, sagte er und schob ihr eines der Kissen auf der Bank zu. Sie sass dann auf dem Platz, an dem Jean gesessen hatte.

Ich habe mich im Wollladen versäumt, sagte sie. Bernadette ist auch aus Neuchâtel und sie will sich scheiden lassen, in ihrem Alter, mit achtundfünfzig. Ihr Bruder ist im Spital, er hat Blasenkrebs. Ich habe gar nicht gewusst, dass Connys

Mutter gestorben ist. Bernadette sagt, es habe in der Zeitung gestanden. Sie musste Atem holen. Hast du dich gelangweilt?

Ich habe mich mit Jean unterhalten. Du weisst, er muss den Laden seiner Frau hüten. Er hat kurz Pause gemacht.

Sie legte die Jacke über ihre Tasche. Ich nehme das Gleiche wie du, sagte sie, rief Nicole, bestellte ein Bier und Gunten hob die Hand: zwei!

Sie zupfte am Pulloverausschnitt, in dem eine goldene Kette hing. Es ist plötzlich warm geworden.

Beth verabschiedete sich vom Vertreter und ging mit ein paar Bogen Papier hinter das Buffet. Nicole, die vielleicht Pats Freundin war, brachte das Bier und begann die Tische aufzudecken.

Danach gehen wir essen, sagte Eugenie. Ich lade dich ein. Wir fahren auf den Mont Vully. Was meinst du? Man muss das schöne Wetter ausnutzen.

Es ging ihm etwas zu schnell, alles, aber er war einverstanden; er würde sich vielleicht auch daran gewöhnen.

Bevor Beth in die Küche ging, kam sie an den Tisch. Heute fehlt mir Conny, sagte sie. Wir haben am Abend eine Gesellschaft im Säli.

Seine Mutter ist gestorben, sagte mir Bernadette.

Sie war fast achtzig, erwiderte Beth. Sie hat nicht leiden müssen. So möchte wohl jeder einmal ab der Welt. Heute Morgen war die Beerdigung. Irgendwie werden wir schon zurechtkommen.

Und als hätte Conny um Beths Sorgen gewusst und sich an die Gesellschaft erinnert, ging die Tür auf und Conny kam herein.

Sie waren alle zu überrascht, sprachlos, ausser Nicole und sie rief aus: Conny, du?

Wir haben Mutter beerdigt, die Nachbarin, der Pöstler und ich haben sie beerdigt. Das war's.

Gunten erkannte ihn gleich, obwohl er ihn nur kurz gesehen hatte im Schein der Lampe am Küchentisch im Riegel-haus. Er erinnerte sich, wie Jean gesagt hatte, Conny bringe nichts aus der Ruhe. Aber als er an jenem Mittwoch den Rol-ler durchs halbe Dorf geschoben hatte, war er total aufgelöst gewesen. Wer wäre das an seiner Stelle nicht gewesen?

Setz dich!, sagte Beth.

Conny wollte sich nützlich machen. Er hatte getrunken, man sah es seinen Augen an, die einen seltsamen Glanz hatten.

Sie schlossen Gunten nicht aus, er gehörte einfach nicht dazu, er verstand es ja, so hatte er die Gelegenheit, Conny sich näher anzuschauen.

Er war bleich, er hatte wohl auch sonst ein blasses Gesicht; viel an der Sonne war er nicht. Die Augenbrauen hoben sich nachgeschwärzt ab, er hatte eine leicht gebogene Nase und einen überraschend kleinen Mund. Er trug eine schwarze Hose und ein schwarzes Hemd, und er kratzte sich immer mal am Ellenbogen. Neben Pat wirkte er schmal, er war zwar etwa gleich gross; er hatte einen Bauchansatz, und der gab ihm einen gemütlichen Anstrich. Er bestand darauf, sich nützlich zu machen.

Sieh dich an, sagte Beth und schüttelte den Kopf. Weisst du, wie du ausschaust? Setz dich eine Weile hin.

Er gehorchte, wortlos, und schielte zur Küchentür. Beth nickte Nicole zu, und sie brachte Conny ein Glas Weissen und sagte: Pat hat mit dir etwas zu erledigen.

Er stellte das Glas ab, erschrocken, so schien Gunten, und erhob sich. Sagt er das?

Beth drückte ihn wieder auf die Bank.

Hat er das wirklich gesagt?, fragte er und stand schon wieder. Er dachte wohl darüber nach, was sein Freund mit ihm zu erledigen hatte, seinem Gesichtsausdruck nach nichts Gutes. Wenn er das sagt … Vielleicht … Er trank das Glas aus und erhob sich. Wenn es so ist …

Sie sahen sich an, die drei Frauen, und auch Gunten verstand nicht, worum es eigentlich ging. Einmal warf Conny ihm einen Blick zu und hatte ihn anscheinend gleich wieder vergessen.

Du gehst jetzt nach Hause, in deinem Zustand!, mahnte Beth freundschaftlich und besorgt. Wir kommen zurecht.

Wir haben sie beerdigt, trotz allem, sagte Conny. Und das war's.

Sie ist deine Mutter!

Wenn ihr meint, erwiderte Conny. Dann komme ich morgen wie gewöhnlich um neun. Er wandte sich zur Tür.

Irgendetwas stimmt nicht mit ihm, sagte Beth. Ich kenne ihn lange, aber so habe ich ihn nur einmal zuvor gesehen.

Das hatte Jean auch gesagt.

26

Conny hatte seit mehr als vierundzwanzig Stunden nichts gegessen ausser dem Frühstück gestern, nur getrunken, und wie ein böser Traum war die Beerdigung seiner Mutter diesen Morgen gewesen.

Jetzt, wo er den Motorroller aufbockte und zum Gartentor ging, holte ihn alles wieder ein. Er näherte sich dem Haus, für das er alleine die Miete zahlte, als sei es ihm fremd; vielleicht lag es auch nur daran, weil das Küchenfenster geschlossen war. Er hatte von Kerzers aus einen Bogen über Ried gemacht und ein Glas Weissen getrunken. Er hatte aufs Seeland hinunterblicken können und nichts empfunden in dem Augenblick als eine grosse Sehnsucht, dass alles zu Ende sein würde und er noch einmal von ganz vorne anfangen könnte.

Was wusste er schon? Pats Moped lehnte am Zaun. Er hatte etwas zu erledigen mit ihm, genau, und dazu musste Pat den Mund aufmachen. Vielleicht würde es wieder so werden, wie es gewesen war, seit er ihn auf der Strasse aufgelesen und ins Haus genommen hatte. Sie würden sich wieder miteinander unterhalten, ausgehen, Kollegen treffen, sich amüsieren und danach noch eine Weile am Küchentisch sitzen, bevor sie sich schlafen legten bei offen stehenden Türen.

Schläfst du schon, Pat?

Und du, Conny?

Manchmal waren sie wieder aufgestanden.

Vielleicht war Nicole seine Freundin, das erklärte sein Verhalten auch, zum Teil.

Er nahm die Jacke vom Gepäckträger und klemmte den Helm darunter. Er kam nach Hause wie immer, nur zu einer anderen Zeit, und er rief unter der Tür dann nicht nach Pat; er war doch etwas unsicher.

Pat sass am Küchentisch, angezogen, und ass Ravioli aus einer Pfanne; daneben stand eine Flasche Rotwein.

Du?, sagte er bloss.

Wir haben sie beerdigt. Das war's auch!, sagte Conny, wie er es im «Löwen» gesagt hatte. Warum nimmst du dir nicht einen Teller?

Pat hob die Schultern. Es hat noch genug für dich, wenn du magst, sagte er.

Conny nahm eine Gabel und Pat stellte die Pfanne in die Mitte. Und Pat holte ihm ein Glas.

Kein Wort weiter darüber, dass Connys Mutter beerdigt war. Tot und begraben. Wie alles zusammenhing, irgendwie, war in ihren Köpfen. Damit mussten sie fertig werden, jeder für sich selber.

Sie wussten es, kein Wort dazu.

Die Ravioli waren noch warm; Pat war also noch nicht lange zu Hause. Und er hatte den Mund aufgemacht und redete. In einer Mundecke klebte etwas Tomatensauce.

Conny fuhr sich mit dem kleinen Finger an seinen Mund und Pat verstand, er leckte mit der Zunge den roten Fleck weg.

Sie assen, schweigend, sie leerten die Gläser und dann war es Conny, der nachschenkte, Merlot, der ihnen schmeckte.

Nicole hat mir gesagt, du hättest mit mir etwas zu erledigen, aber sie hat nicht gesagt, was.

Wir müssen den Schmuck verkaufen, erwiderte Pat. Ich brauche Geld.

Du hast doch nicht schon alles ausgegeben?

Das ist meine Sache.

Conny wollte das Fenster öffnen, Licht hereinlassen und frische Luft, und Pat schrie ihn an: Lass das Fenster zu!

Hatte er vergessen, was sie abgemacht hatten? Wir tun, was wir immer tun.

Da war einer, sagte Pat. Ein Alter, der hat durchs Küchenfenster reingeschaut heute Morgen. Und dann habe ich ihn im «Löwen» gesehen, zusammen mit einem anderen Alten, und der war einmal bei der Polizei. Das gefällt mir nicht. Ich dachte, du wärst dort, und ich habe nach dir gefragt.

Conny erinnerte sich auch an den Alten. Er hatte mit einer Frau zusammengesessen und Beth hatte sich mit ihnen unterhalten; er hatte ihn kaum beachtet.

Beunruhigt dich das?, fragte Conny.

Ich weiss nicht.

Du meinst den Alten, dessen Frau den Spezereiladen hat. Der kommt immer mal in den «Löwen». Das bedeutet gar nichts. Der ist nicht mehr bei der Polizei.

Ich meine den anderen.

Conny hob die Schultern. Ein Kollege vielleicht. Ich habe ihn nie zuvor gesehen.

Das könnte hingehen, so, wie sie einander begrüsst haben.

Aber wie der mich angeschaut hat, genauso ... neugierig, wie er zu mir in die Küche geschaut hat. Ich hab sie dann überholt vor Kerzers, eine Frau sass am Steuer. Die ist dann in den «Löwen» gekommen. Ich habe sie fast umgerannt unter der Tür.

Das bedeutet gar nichts. Die kommt hin und wieder. Du spinnst dir etwas zusammen.

Pat kratzte die Kruste vom Boden der Pfanne, als würde er damit alle seine Ängste und Zweifel entfernen. Trotzdem, sagte er und warf die Gabel hin. Ich hab kein gutes Gefühl. Aber mir ist sowieso alles egal. So oder so. Wenn wir den Schmuck verkauft haben, hau ich ab.

In Basel ist Messe, sagte Conny. Frühjahrsmesse.

In Basel hatten sie sich immer gut verstanden und amüsiert, dabei kannten sie keinen.

Dann ist immer viel los, wie an der Herbstmesse. Weisst du noch? Wir können den Schmuck im selben Laden verkaufen. Der Mann kennt uns und macht keine Probleme.

Es würde sich alles wieder von alleine ergeben. Wenn sie erst in der Stadt wären.

Morgen, sagte Pat.

Das geht nicht. Ich habe Beth versprochen, morgen zu kommen.

Am Samstag.

Kein Wort weiter, aber Conny hoffte, Pat würde warten. Immerhin: Er hatte den Mund aufgemacht.

Wenn wir das Fenster anlehnen würden?, schlug Conny vor.

Meinetwegen, aber nur einen Spalt.

Es war zwei Uhr mittags, als Conny den Korken aus einer Flasche Merlot zog und daran roch, ob der Wein Zapfen hatte, so, wie er es im «Löwen» tat, wenn er eine Flasche entkorkt hatte.

Das brachte alles ins Lot, das gab Ruhe und Halt.

27

Um fünf nach halb sechs fuhren sie los.

Ich halte mich an die Öffnungszeiten meiner Frau, sagte Jean.

Immerhin: Darin waren sie sich einig.

Wie geht's ihr?

Es ist ihr nichts mehr recht. Dann geht's ihr meistens wieder gut. Am Montag wird sie entlassen. Der Alkohol ist bei ihr gestrichen, wie bei dir. Jean lachte glucksend.

Der Wagen war neu, ein Mercedes 190, grau, metallisiert.

Je älter einer wird, desto grösser werden die Autos, sagte Gunten und lehnte sich zurück; so bequem hatte er in seinem 2CV nie gesessen.

Neidisch? Weil du nicht mehr fährst?

Überhaupt nicht, Jean! Du kannst das Geld so wenig mitnehmen wie ich. Deiner Frau gefällt er sicher auch.

Jean schwieg eine Weile. Früher, sagte er, war das Problem, dass wir kein Geld hatten, heute ist das Problem, ob wir es noch ausgeben können.

Darauf schwiegen sie beide. Sie bogen Richtung Galmiz ab und fuhren entlang dem Grossen Moos.

Klapp einmal ein Metermass auf und setze deine Lebenserwartung mit... sagen wir... fünfundsiebzig Zentimetern ein, sagte Jean. Und dann schaust du dir die paar Zentimeter an...

Wir hatten einen feinen Nachmittag, unterbrach ihn Gunten. Wir haben gut gegessen, uns gut unterhalten und noch ist eitel Sonnenschein. Also, Jean: Was soll das?

Und, wie ist es gewesen?

Sie servieren ausgezeichnete Eglifilets nach Müllerinnenart. Dazu hatten wir einen Halben Yverdoner. Mineralwasser, fügte er hinzu und lachte etwas unglücklich.

Ich meine, du und Eugenie. Stell dich nicht so an.

Sie waren über Lugnorre gefahren, das Strässchen von Sugiez aus war ihr zu schmal. Die Rebstöcke hatten Knospen. Als sie in Lugnorre abbogen, hinauf zum Vully, ein steiles Strassenstück, erinnerte sich Gunten, wie es ihn nachts aus der Kurve getragen hatte. Winter war es gewesen, Schnee lag, und der 2CV rutschte seitlich weg und kippte in ein Asternbeet. Er hatte Hilfe holen wollen für den, der ihn fast umgebracht hatte, und brauchte dann selber Hilfe.

Seither war er nicht mehr auf dem Mont Vully gewesen. Er hätte Eugenie nicht zustimmen sollen. Claire, die ihn hatte heiraten wollen, hatte im Restaurant oben gearbeitet, und sie hatten sich zwischen Tür und Angel ein letztes Mal unterhalten und danach getrennt. Sie hatte das Seeland verlassen.

Er wurde immer wieder eingeholt, wie ihn Marthas Tod immer wieder einholte und die Umstände, wie sie zu Tode gekommen war.

Er hatte Eugenie aus den Augenwinkeln angeschaut. Man konnte sich gewiss gut mit ihr unterhalten. Sie forderte nichts und überforderte ihn nicht, sie liessen sich ihre Eigenwilligkeit.

Alles wiederholte sich, aber vielleicht war das gar nicht so schlecht, mit den gewonnenen Erfahrungen machte man zumindest die gleichen Fehler nicht mehr, man fand sich dadurch zurecht, man war wie eingebettet und fühlte sich wohl und sicher.

Ihr Alter hatte auch Vorteile. Sie konnten die Woche durch geniessen, kein Geläufe und Gedränge. Sie konnten sich im Garten einen Tisch unter der mächtigen Linde aussuchen; sieben Gäste, in ihrem Alter, verteilten sich. Ein sanftes Lüftchen ging, die Linde roch, der Blick war frei, sie konnten die Alpen sehen.

Sie erzählten sich ein wenig mehr aus ihrem Leben, schwiegen auch einmal länger und schauten hinunter zum See, und nichts wollten sie benannt haben. Sie konnten so gut miteinander schweigen, wie sie sich unterhielten.

Der Fisch war ausgezeichnet, nur ein Glas Vully fehlte, und er seufzte.

Als sie beim Kaffee waren, fragte sie, ob sich etwas Neues ergeben habe, was Marthas Unfall betreffe.

Er schüttelte bloss den Kopf und sie wechselte das Thema.

Einen Pullover wollte sie stricken, für den Winter; sie nahm Mass mit einem fast strengen Blick, nickte und lachte.

Es gefiel ihm und behagte ihm doch nicht ganz. Claire hatte ihm einen Pullover gestrickt, Martha; Claire kurz bevor sie sich trennten und Martha ein paar Monate vor ihrem Tod.

Der nächste Winter kommt bestimmt, aber das hatte sie schon einmal gesagt.

Sie lehnten sich zurück, schauten und schwiegen. Die Alpen, nun im Dunst, waren wie aus Papier geschnitten. Der Kellner stand unter der Tür mit verschränkten Armen; so hatte er seine Gäste im Auge und zugleich das Buffet. Er hatte die Ärmel hochgekrempelt und den zweitobersten Knopf seines weissen Hemdes geöffnet. Er hatte die Mitte des Lebens erreicht, und er blickte gedankenverloren in die Landschaft, die das Licht immer ein wenig veränderte.

Irgendetwas an ihm erinnerte ihn an den Kellner im «Löwen», etwas, das er gesagt oder wie er sich benommen hatte; es wollte ihm nicht einfallen. Und da sagte Eugenie, es wäre schön, wenn sie ein paar Schritte über die Höhe machen würden.

Als sie zahlte, war er verlegen. Er sah den Kellner an; sein Gesicht war aufmerksam und freundlich, ganz selbstverständlich kassierte er. Gunten fiel immer noch nicht ein, was ihm an Conny aufgefallen war, aber er war dicht daran, und dann waren sie auch schon unterwegs und er vergass es, hoch über dem Grossen Moos, das wie ein riesiges Puzzle war; der Chasseral trug noch eine flache Schneekappe.

Vielleicht bist du zu beneiden, sagte Jean und nahm den Fuss leicht vom Gas; sie hatten eben die ersten Häuser von Galmiz erreicht.

Weisst du, Jean, das Glück wie das Unglück kommen nicht von alleine. Übrigens: Wer hat Conny gesagt, dass seine Mutter gestorben ist?

Ein Beamter der Gemeinde Ins.

Und wie hat er reagiert?

Das sagte ich dir doch! Du bist vergesslich geworden. Und neugierig wie ein altes Weib. Er schob den Motorroller durchs halbe Dorf, bevor er aufsass. Wie er's aufgenommen hat, als es der Beamte ihm sagte, weiss Beth. Aber was soll die Fragerei?

Auch arme Hunde wie er – so nanntest du ihn doch – haben Gefühle. Halt mal an, fügte er hinzu und fasste Jeans Arm.

Wieso? Jean grinste dann, als sein Blick aufs «Kantonsschild» fiel. Denk daran, was der Arzt dir gesagt hat!

Der Roller und das Moped standen vor dem halb eingerissenen Gartenzaun. Gunten fragte sich, was Pat mit Conny zu erledigen hatte, dass sie beim schönsten Wetter das Fenster geschlossen und den Vorhang gezogen hatten. Er liess das Fenster hinunter; kein Laut, nur Jeans unwilliges Schnaufen.

Was interessiert dich so an dem Haus?

Nicht das Haus, der Jüngling.

Und warum?

Ich weiss es nicht, Jean, ich weiss es einfach nicht, aber er interessiert mich. Ein armer Hund.

Du vergeudest deine Zeit, Gunten. Diese Sorte ist keinen Schuss Pulver wert.

Und warum ist sie das nicht?

Ich hatte mit ihnen zu tun, erwiderte Jean und fuhr ruppig an. Es reicht mir. Da ist Hopfen und Malz verloren.

Gunten schaute kurz über die Schulter zum Riegelhaus, es half nicht: Es wollte ihm einfach nicht einfallen, was ihn am Kellner auf dem Mont Vully an den Kellner im «Löwen" erinnerte. Er atmete verärgert durch die Nase, die Hände auf dem Bauch; zu viel gegessen hatte er auch.

Du kannst beim «Bad Muntelier» anhalten, sagte Gunten. Die paar Schritte gehe ich zu Fuss.

Jean sah ihn überrascht an. Wollten wir nicht… ich meine, wir könnten noch ins «Bain». Ich fahre dich dann nach Hause.

Einmal muss ich ja wohl nach Hause!

Da Gunten zögerte, fragte Jean: In den «Hecht» gehst du nicht mehr? Und ins «Bad Muntelier» auch nicht, nein? Schade, schade. Habe ich dir erzählt, dass Marthas Sohn den «Hecht» abreissen lässt im Herbst? Er hielt eben zwischen dem «Hecht» und «Bad Muntelier».

Gunten liess die Tür zufallen. Was sagst du? Das glaube ich nicht!

Es ist aber so! Er will an seiner Stelle zwölf Eigentumswohnungen bauen. Beste Lage, versteht sich. Du kannst den Lauf der Zeit nicht aufhalten. Der «Hecht» läuft doch nicht mehr.

Martha hätte das nie und nimmer zugelassen, sagte Gunten. Er hätte gar nichts machen können: Sie hatte das Wohnrecht auf Lebenszeit.

Gunten blickte vor sich hin, starr, er hatte plötzlich einen Kloss im Hals und die Knöchel der rechten Hand, die den Türgriff hielt, wurden weiss. Nur über ihre Leiche!, entfuhr es ihm.

Es ist doch alles in Ordnung mit dir?, fragte Jean.

Lass mich einen Augenblick sitzen. Er beruhigte sich langsam. Woher weisst du das?

Ich habe das Wissen, und du hast das Gespür.

Gut für uns beide, erwiderte Gunten. Bleib bloss sitzen,

es ist alles in Ordnung. Die paar Schritte dem See entlang werden mir gut tun.

Du kannst mich zu jeder Zeit anrufen, sagte Jean.

Ich weiss. Und ich danke dir. Salü, Jean!

Du hast jetzt ja noch Eugenie, fügte Jean schon verdriesslich hinzu. Dann geh ich eben alleine auf ein Glas…

Gunten war dann auch mit sich alleine, zum ersten Mal seit zwölf Tagen, wie er nachrechnete, als er zum Uferweg abbog.

Sechs Uhr vorbei, er lehnte am Geländer und blickte über den See, er fand Môtier im leichten Dunst und sogar das maisgelbe Haus, das Eugenie bewohnte.

Den «Hecht» wollte Marthas Sohn abreissen und Eigentumswohnungen bauen lassen! Absurd! Danach würde es so sein, als hätte es sie nie gegeben, umsonst alle ihre Arbeit und ihre Mühe, kein Denkmal, ein Grabstein zwischen anderen Grabsteinen…

Schwäne schwammen mit ihrer eigenartigen Würde, die Flügel leicht nach oben geöffnet, hin und her, Blesshühner stritten, Spaziergänger waren unterwegs, noch wärmte die Sonne, aber die Schatten der Bäume zogen sich vom Seeufer zurück.

Halb sieben vorbei, er lehnte noch immer am Geländer. Er würde sich wieder einen Wagen kaufen, das Gehen ermüdete ihn rasch, es wurde ihm leicht schwindlig und er hatte Mühe mit dem Atmen.

Er löste sich vom Geländer; er würde den Stock nun brauchen, sobald er das Haus verliess.

Fünfundsiebzig Zentimeter von einem Metermass als Lebenserwartung, hatte Jean gesagt, und schau dir an, was bleibt…

Zu allem hin war er krank.

Er liess die Haustür offen, Licht herein, die Frische des Sees, und er setzte sich erst einmal an den Küchentisch.

Die Einkäufe waren zu verräumen, weiter war nichts zu

tun, hungrig war er nicht, aber müde und er atmete mit offenem Mund.

Auf Jean war Verlass, es war alles ordentlich. Oder hatte er selber noch Ordnung gemacht? Er erinnerte sich nicht.

Ein Glas Vully hätte er nun nötig gehabt, zuvor einen Fernet, mit Wasser verdünnt, bis er die goldene Farbe des Frühlings hatte. Gunten seufzte. Wie lange würde er das durchhalten?

Der Porzellanteller, der auf dem Holzschaft zwischen Teebüchsen an der Wand lehnte, ein Geschenk seiner Schwester, war schief.

Ein Glas Milch hatte er an jenem frühen Morgen trinken wollen, da er seit Mittag des vorigen Tages nichts gegessen hatte.

Auf dem Weg in die Küche, ohne Licht zu machen, hatte er das Bewusstsein verloren und war gestürzt, ein schmerzloses Wegtreten, Versinken im Dunkeln.

Er erhob sich, zu schnell, ein wenig schwindlig wurde ihm; damit würde er leben müssen.

Er stellte den Teller gerade, als liesse sich damit alles richten.

Zwei Ähren gaben einer Kornblume Halt, und über den Tellerrand zog sich eine Schrift: Unser täglich Brot gib uns heute.

Das war nicht das Problem, er musste nicht Hunger leiden, er hatte alles, was er zum Leben brauchte, nur musste er kürzer treten.

Fünf Zentimeter…

Dann waren auch die Einkäufe verräumt, und er ging durchs Haus, als müsste er sich wieder mit ihm bekannt machen. Jedes Ding war an seinem Platz, nichts hatte sich verändert, nur fürchtete er sich vor dem Alleinsein und den Kapriolen seines Herzes, vor der Nacht, wenn er auf dem Rücken lag und vielleicht der See ruhig blieb…

Einen Tee wollte er sich machen, und wie er die Büchse mit dem Kräutertee vom Schaft nahm, fiel ihm wieder die Trommel für Basler Leckerli auf dem Holzschaft ein, vor dem die beiden Männer gesessen und etwas studiert hatten, wie Vater und Sohn. Absurd, seine Überlegungen, obwohl: Sie würden im Alter hinkommen.

Unsinn, Leckerli in solchen Trommeln wurden in die ganze Schweiz geliefert, ins Ausland. Und trotzdem…

Er goss heisses Wasser zu einem Beutel in die Tasse mit der aufgemalten Tigerkatze, als Conny eine Flasche roten Vully entkorkte – den konnten sie sich für eine Weile leisten –, während Pat die Pfanne auswusch.

Sie taten, was sie immer taten, sie unterhielten sich auch wieder, aber über das, das sie bedrängend berührte, verloren sie kein Wort.

Sie taten so, als wäre nichts geschehen, aber es würde nie mehr so sein, wie es gewesen war, sie würden sich erhalten bleiben, Conny hoffte es, zudem stand die Trommel mit Geld darin – fifty-fifty, hatte Pat gesagt – auf dem Schaft, nun hinter den Büchsen.

Damit leben mussten sie.

Kein Verdacht war aufgekommen, es gab keine Zweifel: Herzversagen. Sie war beerdigt. Das war's.

Sie sassen einander gegenüber, tranken und schwiegen. Pat liess es zu, dass Conny das Fenster öffnete. Eine Amsel pfiff, Pat hob den Kopf, die Sonne warf letzte lange Schatten und ein Traktor holperte mit einem hölzernen Anhänger vorbei.

Er war Pat entgegengekommen, sie würden morgen nach Basel zur Frühjahrsmesse fahren, den Schmuck verkaufen, sie würden sich treiben lassen und allem entfliehen können. Gut so, das hiess doch, dass sie zusammenbleiben würden und sich so versöhnten; auf der Heimfahrt würde alles wieder so sein wie zuvor.

Beth würde es verstehen, dass er noch einen Tag hinzunahm.

Sie tranken, schwiegen, und wenn sie einmal etwas zu sagen hatten, betraf es eine Bagatelle; der Graben war tief, trotz allem.

Immerhin: Pat hatte nichts mehr davon gesagt, dass er abhauen wollte.

28

Er hatte sich noch eine Tasse Kräutertee gemacht, zwei belegte Brote dazu gegessen, Leberwurst. Er musste essen, zulegen, so, wie er abgemagert war, salzarm essen, auch das noch, nachdem schon der Wein gestrichen war.

Er öffnete im Wohnzimmer die Fenster und setzte sich an den Tisch.

Der Himmel war wie aus durchsichtigem blauem Glas, es war still, sogar der See schwieg.

Als er das gelbe Heft zu sich zog und den Kleber mit dem Preis sah, fiel ihm ein, dass er vergessen hatte, Eugenie die hundert Franken zurückzugeben; aber sie hatte ihn auch nicht daran erinnert.

Er schloss den Tag im Heft ab mit dem Augenblick, in dem er das Haus betreten und sich wieder mit ihm bekannt gemacht hatte. Er lehnte sich zurück und sah das, was ihn so selbstverständlich durchs Leben begleitet hatte und hinein ins Alter. Aber dem ist nun nicht mehr so, sagte er sich, als sein Blick auf den kleinen Turm aus Schächtelchen fiel. Sieben Medikamente musste er nehmen, in Tablettenform, täglich, um sich sein Leben zu erhalten in Wohlbefinden.

Allmählich dämmerte es ein, der Himmel bekam einen Stich ins Graugrüne, die Sonne hatte etwas Rot und Gelb hinzugegeben, nachdem sie sich zurückgezogen hatte.

Er las wie gewöhnlich noch einmal durch, was er geschrieben hatte.

Ein guter Tag alles in allem. Das Leben hatte ihn wieder in seiner Eigenwilligkeit, und der Zufall würde ihm auch einmal eine Entscheidung abnehmen oder erleichtern.

Er verweilte etwas länger mit Eugenie auf dem Mont Vully und er lächelte.

Was auch immer ihm die Götter noch aufgespart hatten, vielleicht unter grossem Gelächter, aber auch mit Nachsicht, er würde wach sein und für alles offen.

Er schrieb weiter mit vor Zorn stark nach rechts geneigter Schrift.

Der Abriss des «Hechts»! Zu viele Erinnerungen hatte er an das Haus, täglich würde er daran vorbeigehen müssen und sehen, wie es abgetragen, eine Grube ausgehoben und ein Neubau erstellt wurde.

Nicht einmal das Fundament würde man stehen lassen.

Er würde nicht mehr das Brunnengässli hochgehen und den Bus gegenüber dem «Hecht» nehmen, sondern dem Ufer entlangspazieren.

Er verstrickte sich schon wieder in Überlegungen, dabei hatte er keine Beweise, bloss einen Verdacht, und er beruhte auf sehr vagen Vermutungen.

Er erhob sich, blätterte an die Tischkante gelehnt ein paar Seiten zurück.

Letztes Jahr, Anfang Oktober, so hatte der Besitzer des Schmuckladens in Basel gesagt, hatten ihm zwei Männer neben einer Kette und einem Armband aus Gold einen Kopf aus Nickel angeboten. Mittelgross waren die beiden gewesen, schlank, dunkelhaarig und etwas nachlässig gekleidet. Und eine Bierfahne hatten sie.

Die Beschreibung würde passen, wenn auf den Mann Verlass war; etwas kleiner hatte er die beiden gemacht. Inzwischen hatte der ältere einen Bauchansatz.

Seine Frau sei gestorben und er wisse nicht, was er mit dem Schmuck anfangen solle, hatte der ältere angegeben. Es gebe keinen in der Verwandtschaft, der sich dafür interessiere. Meistens hatte der Vater geredet.

Gunten war herumspaziert, inzwischen war er in dem Zimmer, das nach hinten hinausging und das er als Abstellkammer benützte.

Der Apfelbaum vor dem Fenster hatte zaghaft angefangen zu blühen, weissrötliches Geflock vor dem nächtlichen Himmel.

Für Vater und Sohn habe man sie halten können. Der Vater um die fünfzig, der Sohn um die zwanzig, das könnte doch hinkommen, und diesen Eindruck hatten sie gemacht, als sie in jener Nacht am Küchentisch gesessen und etwas studiert hatten.

Gunten lief ins Schlafzimmer, das auf den See hinausging, im Kreis lief er und stiess nirgends an, wie seine Katze nie angestossen war.

Bäzi hatte Pat im «Löwen» zum Bier getrunken und mit einer Hunderternote bezahlt; hundert Franken waren heutzutage kein Geld. Zwei Flaschen Bäzi hatten nach jener Nacht, in der Martha verunfallt war, gefehlt.

Bäzi wurde hier häufig getrunken, ein beliebter Schnaps, billig.

Es konnte hingehen, dass er im Keller war, damals, während der andere aufgepasst hatte.

Er schloss im Wohnzimmer die Fenster, es wurde kühl, nur spürte er es nicht, und dann war er wieder in der Küche.

Vielleicht stammte der Schmuck aus einem anderen Diebstahl? Verheiratet war der Conny nicht, vielleicht einmal gewesen? Jean würde das abklären können.

Wenn sie den Kopf verkauft hatten, dann waren sie im Keller gewesen. Niemals hätte Martha ihn verloren. Nein? Geregnet hatte es, geschüttet … da mussten sie doch Spuren hinterlassen haben.

Nun merkte er, dass es kühl geworden war. Er schloss das Fenster in der Küche und im Abstellraum, das im Schlafzimmer liess er angelehnt.

Sie hatten beide keine Jacken getragen, sie waren nachlässig angezogen, der Vater hatte die Ärmel hochgekrempelt. Da war es wieder! Der Kellner auf dem Mont Vully, hemdsärmlig, der ihn an Conny erinnert hatte, aber Conny hatte ein schwarzes Hemd getragen. Natürlich: Er hatte seine Mutter beerdigt.

Er setzte sich kurz nach elf ins Wohnzimmer und las die Notizen noch einmal durch; irgendetwas fehlte, nur wollte es ihm nicht einfallen.

Er würde sich hinlegen, auf dem Rücken liegend alles nochmals überdenken, das Problem mit in den Schlaf nehmen, im Schlaf vielleicht lösen und sich beim Aufwachen erinnern.

Er ging ins Bad, zog sich bis auf die Unterwäsche aus, wusch sich, reinigte das Gebiss, er löschte alle Lichter und fand im Dunkeln zum Bett, das mit dem Fussende zum See stand.

Ein heller Mond warf einen Lichtkeil durchs angelehnte Fenster, ein Blesshuhn, das auch keinen Schlaf fand, rief alleweile.

Sie könnten es sein, Conny und Pat. Er könnte sie fragen, den Nickelkopf auf der Handfläche, und sich ihre Gesichter ansehen… Sie waren kräftig, Trinker; in die Enge getrieben wurden sie unberechenbar. Andererseits fürchtete er sich auch vor der Wahrheit.

Das hatte er sich doch schon einmal überlegt. Er lag auf dem Rücken, kein Laut, oder doch, der See nuschelte, als wollte er ihn zum Schlaf verleiten. Gunten dachte an Eugenie und Martha, er vermisste die Katze zu seinen Füssen, und dann war er wieder bei den beiden Männern, auf die die Beschreibung passte.

Absurd! Er fand keinen Schlaf, auch weil er sich daran erinnerte, wie er auf der Bettkante gesessen hatte, als es ihm unwohl gewesen war, wie er in die Küche gelaufen war, um ein Glas Milch zu trinken, der Sturz… Wenn der Vorfall sich wiederholte? Das Gefühl war beklemmend, es schnürte die Brust, machte Angst, er atmete rascher, was schlecht war, er erhob sich und musste sich an der Kommode festhalten. Er schaltete in der Küche das Radio ein, leise, und legte sich wieder hin. Für geraume Zeit lenkte es ihn ab.

Hiesige waren sie nicht. Aargauer? Eine Weile schlief er, traumlos, mit offenem Mund, das Radio spielte und der See war lauter geworden.

Vielleicht war er deswegen aufgewacht oder durch sein Schnarchen.

Wozu hatte er das Licht brennen lassen in der Küche und wozu spielte das Radio? Die Angst sollte es ihm nehmen. Er setzte sich auf die Bettkante, legte die Arme übereinander und rieb sich die spitz gewordenen Ellenbogen und plötzlich war es da, was ihm nicht hatte einfallen wollen. An ihrem Tisch im «Löwen» hatte Conny gestanden, hemdsärmlig, und sich am rechten Ellenbogen gekratzt wie der Kellner auf dem Mont Vully.

Ein Tick wohl, hatte der Verkäufer in Basel gesagt.

Nützlich hatte er sich machen wollen, so kurz nachdem seine Mutter beerdigt worden war.

Conny, wer sonst? Und Pat. Wie Vater und Sohn.

Nahe waren sie ihm, nahe war er der Lösung; es machte ihm Angst.

Er blieb auf der Bettkante sitzen und überdachte alles, lange bevor er sich wieder hinlegte.

Das Licht in der Küche liess er brennen und das Radio spielen, aber das Fenster hatte er geschlossen.

29

Der erste Gedanke, als Gunten aufwachte, galt seinem Herz. Es schlug ruhig und ohne Holpern; die Pendüle schlug die siebte Stunde.

Irgendwann in der Nacht hatte er das Licht in der Küche gelöscht und das Radio abgestellt, vermutlich als er Wasser lösen musste, und das Fenster wieder geöffnet.

Ein nebliger Dunst lag über dem See, der seine Sprache verloren hatte, dafür schwatzten die Enten, die Sonne drückte; es würde ein schöner Tag werden. Er musste mit dieser Angst leben, dass er jederzeit und überall einen Herzanfall haben konnte, er musste mit ihr umgehen lernen, um mit ihr leben zu können.

Er war mit dem Alleinsein immer zurechtgekommen; es hatte seine Vorteile, erleichterte vieles, andererseits wurde dadurch vieles schwerer.

Der zweite Gedanke galt Conny und Pat und seinem nun nicht mehr vagen Verdacht.

Er erhob sich langsam; auch daran musste er sich gewöhnen.

Die Beweise fehlten ihm, und die würde er sich beschaffen müssen, bevor er mit ihnen redete.

Der dritte Gedanke galt Martha, die vielleicht durch die beiden zu Tode gekommen war, und das gab seinem Herzen einen bösen Stich.

Und dann war er bei Eugenie, die ihn um zehn abholen wollte. So konnte er mit ihr gleich noch zur Garage fahren; vielleicht war sein 2CV noch nicht verkauft worden.

Er brauchte einen Partner, mit dem er alles besprechen konnte.

Umwege sind gestattet, würde Eugenie sagen. Umwege führen oft schneller zum Ziel.

Er schluckte die sieben Tabletten, wusch und rasierte sich, setzte die Zähne ein und zog sich an. Er machte Frühstück; das Marmeladenbrot schnitt er in mundgerechte Stücke.

Mittwoch – er musste sich nicht davon überzeugen, als er den «Murtenbieter» aufschlug, der ihm frühmorgens zugestellt wurde.

Vor einer Woche hatte er über den einsamen Tod der Frau in Ins gelesen und noch nicht gewusst, dass sie Connys Mutter war.

Der Tick hatte ihn verraten. Es galt nun, sich zu überzeugen, dazu musste er in Basel anrufen und die beiden genau beschreiben.

Und es galt, nichts zu überstürzen.

Im Hintergrund muss ich bleiben, sagte er sich, als am Pfosten der Haustür die Glocke ging, die einmal am Hals einer Ziege seines Nachbarn gehangen hatte.

Eugenie, mit einem Korb in der Linken, um acht! Sie trug dieselbe Kleidung wie am Vortag; sie hatte es nicht nötig, durch täglich wechselnde Garderobe zu imponieren. Er wechselte nicht aus Bequemlichkeit oder weil er eine Jacke oder Hose schonen wollte.

Sie entschuldigte sich und hob den Korb. Für einen Augenblick war er verärgert, aber als er sah, dass eine Katze im Korb sass und ihn ernst anblickte, war er gleich versöhnt.

Ich habe dir doch von Bernadette erzählt, meiner Nachbarin in Môtier, sagte sie, der Frau vom Wollladen, die sich scheiden lassen will. Sie zieht nach Lyss und kann sie nicht mitnehmen.

Gunten fuhr der Katze durchs Gittertürchen des Korbes über den Nasenrücken, und sie liess es geschehen, es schien ihr sogar zu behagen.

Du wolltest doch wieder eine Katze haben? Und ich vergesse darüber, dich zu fragen, wie's dir geht.

Ich bin zufrieden, erwiderte er. Schauen wir uns die Katze an! So komm schon ins Haus! Er stellte den Korb auf einen Stuhl, fragte, ob sie einen Kaffee wolle, und brachte ihr eine Tasse.

Gemütlich hast du es, sagte sie.

Die Katze miaute; es schien ihr auch zu gefallen, aber nicht, eingesperrt zu sein. Gunten nahm sie aus dem Korb und setzte sie sich auf die Oberschenkel.

Die Katze ist ein Kater, sagte sie. Er heisst Mikro, weil er so klein ist. Sie lachte. Er ist etwa in deinem Alter.

Er nickte und hob die Katze hoch. Mikro war schwarzweiss gefleckt, kurzhaarig, mit langen spitzen Ohren, die rechte Gesichtshälfte war schwarz, die linke weiss.

Sie hat zwei Gesichter, sagte Eugenie.

Sie gefällt mir.

Sie biss ihn in die Wange, eher freundschaftlich, er lachte, und als er sie wieder auf seine Schenkel setzte, begann sie zu schnurren und beobachtete ihn verschmitzt mit ihren grossen, gelben Augen.

Eine schöne Begrüssung, sagte Eugenie.

Ich mag sie, und ich glaube, sie mag mich auch. Er setzte sie auf den Boden, sie blickte sich um, durchmass die Küche und dann die Zimmer, wie Gunten es frühmorgens tat, beschnüffelte dies und das und setzte sich dann hin und beobachtete sie.

Es gefällt ihr hier, sagte Eugenie so zufrieden wie erleichtert.

Mikro! Sie hob den Kopf, miaute.

Sie merkt, dass du Katzen liebst.

Er war glücklich und vergass, worüber er mit Eugenie reden wollte.

Fischt sie?

Einen Goldfisch hat sie im Weiher eines Nachbargartens gefangen, aber gefressen hat sie ihn nicht.

Goldfische!, erwiderte Gunten abschätzig. Immerhin, sie liebt es, am Wasser zu sitzen. Hier hat sie die Möglichkeit, richtige Fische zu fangen.

Die Katze überblickte alles gelassen, die Ohren hochgestellt, und die Schwanzspitze war in Bewegung.

Gunten erhob sich, stellte die leeren Tassen in den Spültrog, wandte sich Eugenie zu und sagte: Ich wollte mit dir reden. Gehen wir ein paar Schritte dem See entlang?

Und was machen wir mit Mikro?

Wir lassen die Tür offen, bleiben in ihrer Nähe und haben ein Auge auf sie. Sie macht einen gescheiten Eindruck.

Er stellte ihr eine Schale mit Wasser verdünnter Milch hin, und es schien ihr zu schmecken.

Die Katze blieb zurück, war dann plötzlich an ihrer Seite für ein paar Schritte, blieb wieder zurück und setzte sich.

Er hatte sich eine Aufgabe hinzugenommen, er freute sich darauf; er würde zu Hause wieder einen Partner haben.

Sie haben ihre Sprache, sagte er. Man muss nur Geduld haben und man wird sie verstehen. Ein Tier hat auch ein Gespür.

Er ging ein paar Schritte. Und ein armer Hund auch, fügte er so mehr zu sich hinzu.

Sie verstand nicht, was er genau damit meinte, aber sie war sicher, dass er darauf zurückkommen würde.

Die Holzbank stand am Uferweg zurückversetzt in der Nische einer Buchenhecke. Erst jetzt merkte er, dass er den Stock vergessen hatte, und er freute sich darüber, wie locker er gehen konnte; natürlich: die Schönwetterlage.

Sie setzten sich und schauten auf den See, der geriffelt war, aber stumm blieb; langsam gewann das andere Ufer an Konturen.

Es geht um Conny und seinen Freund Pat, begann er. Ich habe einen bösen Verdacht.

Sie schwieg, ziemlich erschrocken und verwundert. Sie liess ihm Zeit, und als das andere Ufer und der Mont Vully zum Greifen nah im Sonnenlicht lagen, hatte er ihr seinen Verdacht begründet.

Du solltest zur Polizei gehen, sagte sie.

Er schaute der Katze nach; sie spazierte dem Uferweg entlang, zögerlich, alleweil blickte sie sich um.

Und wenn sich dein Verdacht bestätigt, wird es eine Untersuchung geben. Wenn die beiden wirklich schuld sind an Marthas Tod, wird man sie verurteilen.

Der Fall ist abgeschlossen worden, wandte er ein. Ich will mich nicht lächerlich machen durch meine stupide Hartnäckigkeit, wie Jean bemerken würde. Ich werde der Sache nachgehen und die beiden zur Rede stellen. Zuvor werde ich im Hintergrund bleiben, aber ich muss einen Eindruck von ihnen haben. Und darum möchte ich dich bitten, ein paar Auskünfte einzuholen.

Sie dachte darüber nach und schwieg.

Es sind doch beide im Grund arme Hunde, sagte er.

Sie hatte Recht gehabt, er würde darauf zurückkommen. Und sie begann zu verstehen.

Jean kennt diese Sorte Mensch, wie er sie nennt. Ich kenne sie nicht, so kann ich ihr Handeln nicht nachvollziehen und es nicht verstehen, auch weil ich die Gründe nicht kenne, warum sie so gehandelt haben und dadurch in eine miese Situation geraten sind. Darüber muss ich Bescheid wissen, bevor ich etwas unternehme. Du kennst doch die beiden, zumindest Conny?

Conny, ja, als Kellner. Ich weiss, dass er einmal verheiratet gewesen ist. Ich glaube, er hat sogar Kinder. Da müsste ich Beth fragen. Über Pat kann ich überhaupt nichts sagen. Er kommt hin und wieder in den «Löwen», trinkt ein paar Bier und Conny zahlt ihm ein Essen. Er sei wie ein Vater zu ihm, sagt Beth. Sie trinken beide zu viel. Conny sieht man's nicht an. Er hat nie schlechte Laune. Alle mögen ihn. Nichts bringt den aus der Ruhe. Ich kann mir einfach nicht vorstellen ...

Sie schwieg. Ein Ausflugsboot fuhr einen weiten Bogen; die Wellen würden abflachen, aber das Ufer erreichen, sanft.

Wir müssen bei Conny anfangen, sagte er.

Wie stellst du dir das vor? Du kannst doch nicht einfach zu ihm hingehen und sagen: Du bist ein armer Hund. Hast du vielleicht Martha umgebracht, weil sie dich im Keller überrascht hat? Dich und deinen Freund.

Er schüttelte den Kopf. Wie soll ich dir mein Verhalten erklären? Er schaute zur Katze. Sie blickte interessiert einem Entenpaar nach. Sie wusste nicht, ob sie den Sprung aufs sandige Ufer wagen wollte oder nicht.

Er erzählte ihr dann, wie er die beiden zum ersten Mal gesehen hatte und wo, nachts in Galmiz, am Küchentisch über etwas gebeugt, das er nicht sehen konnte; etwas studiert hatten sie. Er hatte sich noch nichts dabei gedacht und das Bild im Gedächtnis abgelegt. Und dann hatte er Pat wieder gesehen, alleine am Küchentisch, gestern Morgen, und gleich darauf im «Löwen». Das Fenster hatte er ihm vor der Nase zugeschlagen. Angst hatte er. In seinem Blick lag Angst, als er ihm das Gesicht zugewandt hatte. Und dieselbe Angst hatte er in Connys Blick bemerkt. Wovor hatten sie Angst?

Weisst du, Eugenie, in jener Nacht, als ich die beiden am Küchentisch sitzen sah, sind sie mir so allein und verloren vorgekommen. Ich hatte kurz ein seltsames Gefühl und dann hatte ich sie auch schon wieder vergessen. Ich kann es nicht hören, wenn einer den anderen als Sorte abtut. Ich habe es am eigenen Leib erfahren, als ich in Australien arbeitslos war. Warum wird man zur Sorte wie Conny und Pat? Ich kenne sie beide nicht. Sie trinken, sie sind mobil, Pat ist arbeitslos, Conny arbeitet als Kellner und hat gestern seine Mutter begraben. Da müsste ich ansetzen, bevor ich einen Schritt weitergehe. Und dazu brauche ich dich, Eugenie. Du kennst Beth gut?

Seit vielen Jahren.

Du könntest sie fragen, wie sich Conny verhalten hat, als er die Nachricht bekommen hat, dass seine Mutter gestorben ist. Du wirst einen Vorwand finden. Und wie Pat reagiert hat. Sie sind immerhin Freunde. Über ihre Gefühle muss ich mich ihnen nähern. Und wie haben sie sich nach Marthas Tod benommen? Aus allem, was wir erfahren können, lässt sich vielleicht erklären, ob sie für Marthas Tod verantwortlich sind.

Er schwieg erschöpft, und sie legte ihm die Hand auf den Arm.

Die Katze hatte den Sprung auf die kleine Insel, die Gunten Tasmanien nannte, gewagt.

In Ordnung, sagte Eugenie. Ich bin mit dir.

30

Katzen haben einen Orientierungssinn, der uns Menschen abgeht, sagte Eugenie. Ich befürchte, dass sie zurückläuft, wenn wir sie alleine lassen.

Sie lehnten vor Guntens Haus am Geländer und schauten auf Mikro hinunter, die unter einem Haselstrauch hockte.

Es ist ein Irrtum, dass sich Katzen vor dem Wasser fürchten, sagte Gunten.

Mikro beachtete die beiden nicht; sie war wirklich kleingewachsen, aber von einer stolzen Anmut.

Wir werden es darauf ankommen lassen, meinte er. Wir haben uns gleich angefreundet. Sie hat uns zusammen im Haus gesehen und hier draussen. Sie wird annehmen, du gehörst hierher. Sie kennt dich und vertraut dir. Statt dass sie dich besucht, wirst du sie nun besuchen.

Die Katze überblickte die für sie wohl fast unendliche Wasserfläche. Sie wandte den Kopf, als Eugenie nach ihr rief, zögerte, schaute wieder auf den See hinaus und schien zum Schluss zu kommen, dass sie noch viel Zeit haben würde, hier zu sitzen, und sprang auf.

Sie folgte ihnen ins Haus. Gunten zeigte ihr das Katzentürchen, das er einst für Cornichon gemacht hatte, auf und zu klappte er es und die Katze schien begriffen zu haben, dass es der Weg in die Freiheit war und zugleich die Möglichkeit zurückzukehren.

Sie macht nicht bloss einen gescheiten Eindruck, sagte er, sie ist es. Katzen sind neugierig, sie finden sich überall zurecht.

Eine leise Unsicherheit blieb, als sie zu ihrem Wagen gingen.

Er hatte das Gefühl, Eugenie schon lange zu kennen.

Wenn's dir nichts ausmacht, sagte er, könntest du mich zur Garage fahren. Ich habe die Absicht, meinen 2CV zurückzukaufen, wenn er noch dort steht.

Ihr gefiel es. Dann kannst du mich hin und wieder besuchen, sagte sie.

Sie fuhren die Steigung zum Berntor hoch; er freute sich über seinen spontanen Entschluss.

Weisst du, Eugenie, ich will mit den Gefühlen und Verhaltungsweisen der beiden eine Brücke schlagen zwischen dem Tod von Connys Mutter und Marthas Unglücksfall. Dort müssen wir ansetzen. Wenn sich Conny nach Marthas Tod ebenso aussergewöhnlich verhalten hat wie nach dem Tod seiner Mutter... Jetzt links! Ja dann... Er wartete erst gar nicht ihre Antwort ab. Es eilt ja nicht, aber wenn du jetzt im «Löwen» einen Kaffee trinken würdest... Es wäre die Gelegenheit, mit Beth zu reden. Und so gegen Mittag treffen wir uns dann im «Schiff» zum Essen. Es wäre ein Jammer, sich bei dem Wetter zu verkriechen.

Er lachte und fasste sie kurz an der Schulter.

Was du einmal im Kopf hast, das hast du nicht in den Füssen, sagte sie.

Er war schon ausgestiegen. Er drückte die Tür ins Schloss und schaute ihr nach, bis sie nach Kerzers abbog.

Das dauert, sagte der Garagist. Er reichte Gunten wenig über die Schultern. Er hiess Albert, war Mitte fünfzig, dicklich, er hatte rotes Haar und fuhr sich mit der Zungenspitze hin und wieder über die Unterlippe. Sie kannten sich schon viele Jahre.

Er hatte den 2CV noch nicht verkauft. Am besten, du kommst so in vierzehn Tagen wieder, sagte er. Er fuhr sich mit der Zungenspitze über die Unterlippe. Du siehst ja, was ich zu tun habe.

Gunten blickte zu den vielen Wagen.

Ich muss ihn total überholen. Der Preis ist dann ein anderer, ich muss schliesslich auch etwas verdienen dabei.

Der Preis spielt keine Rolle, antwortete Gunten und dachte daran, was er gesagt hatte, als er in Jeans Mercedes gefahren war.

Ich hätte dir einen Peugeot 205. Vielleicht gefällt er dir am Ende so, dass du umsteigen willst...

Gunten wiegte den Kopf.

Das habe ich noch nie erlebt, dass einer seinen Wagen zurückkaufen will. Du bist immer für eine Überraschung gut, Gunten. Er erklärte ihm die Armaturen. Die Schaltung ist natürlich anders.

Gunten meinte, man gewöhne sich an alles, und übrigens sei das keine Frage des Alters.

Du hast abgenommen, sagte Albert plötzlich. Es steht dir gut. Ich sollte auch abnehmen, mindestens zehn Kilo, meint meine Frau.

Ich war zwei Wochen im Spital, sagte Gunten.

In unserem Alter wird man anfällig.

Du sagst es. Übrigens: Du verkehrst doch auch mal im «Löwen» in Kerzers? Kennst du den Kellner? Was hast du für einen Eindruck von ihm?

Conny? Er fuhr mit dem Daumen zum Mund. Aber der tut keinem etwas zuleide. Der ist froh, wenn ihm keiner etwas zuleide tut.

Seine Mutter ist kürzlich gestorben.

Ach darum war er so… Er wedelte ein paar Mal mit der Hand vor dem Gesicht.

Und wann war er so?, fragte Gunten und wedelte auch mit der Hand vor dem Gesicht.

So hab ich ihn jedenfalls nie zuvor gesehen. Mittwoch letzte Woche war das.

Gunten bedankte sich für Alberts Bemühungen und wollte eben die Wagentür zuziehen, als Albert rief: Nein, am Dienstag, ich hatte gerade den Vierhundertsechser aufgebockt.

Gunten legte den ersten Gang ein und bog nach der Zapfsäule vorsichtig in die Hauptstrasse ein, er durchfuhr den Kreisel und hielt Richtung Kerzers.

Dienstag! Er schüttelte den Kopf. Da hat er doch noch nicht wissen können, dass seine Mutter tot ist. Wieso ist er am Dienstag schon so durcheinander gewesen wie dann am Mittwoch?

Er musste sich auf den Verkehr und den neuen Wagen konzentrieren; es wurde viel zu schnell gefahren. Die Plastikbahnen über den Feldern sahen wieder aus wie Seen; der aufkommende Wind wellte sie. Eigentlich wollte er gleich zum «Löwen» fahren, aber dann erinnerte er sich, dass Ungeduld ein schlechter Partner war. Er wollte auch Eugenie Zeit lassen.

Das «Kantonsschild» hatte geöffnet, er zögerte, seufzte, und wie er beschleunigen wollte, ohne dass er wusste, wie er die Zeit bis Mittag verbringen sollte, fiel sein Blick auf das Riegelhaus. Die Fensterläden waren geschlossen, weder das Moped noch der Motorroller standen am Zaun.

Er hielt gegenüber, blieb sitzen und überlegte, unter welchem Vorwand er an die Tür klopfen sollte. Wie er dann vor dem geschlossenen Gartentor stehen blieb, rief eine Frau hinter ihm: Sind Sie von der Behörde? Es wird langsam Zeit. Die beiden Herren sind schon früh ausgeflogen.

Über Leintüchern, Kopfkissen und Bettdecken in der Farbe von Apfelblüten lehnte sich im ersten Stock des Hauses gegenüber eine Frau, so um die sechzig, aus dem Fenster.

Warum?, fragte Gunten. Guten Morgen!

Zweimal haben wir angerufen. Mein Mann einmal und ich. Aber es geschieht ja nichts. Man scheint es nicht für nötig zu finden, herauszukommen. Bis eben etwas passiert.

Gunten überquerte die Strasse und hielt sich im Schatten des Hauses. Was könnte denn passieren?

Was weiss ich. Wie es bei denen eben passiert. Einen Saulärm haben sie gemacht und mit dem Fenster geknallt. Der jüngere ist so laut, der andere, der arbeitet, der Kellner…

Wann war das?, unterbrach Gunten die Frau.

Vorletzten Sonntag. Und dann noch morgens. Nächstes Mal muss jemand vorbeikommen und es sich anhören. Sie musterte Gunten und zweifelte, dass er der Richtige dazu war. Man findet es wohl nicht nötig? Mit unsereins kann man das ja machen.

Wir gehen der Sache nach, versprach Gunten und kehrte zu seinem Wagen zurück. Sie lehnte noch über der Bettwäsche, als er vor der nächsten Biegung in den Innenspiegel schaute, und er fragte sich, ob Jean sie auch zu einer Sorte zählte oder eben nicht.

31

Die Zeit schleicht dahin, wenn man eine Abmachung hat und zu früh dran ist. Aber Gunten ärgerte sich einmal nicht darüber, dass er einem Traktor hinterherfahren musste. So liess sich nachdenken; es hatte eben alles seine Nützlichkeit.

Conny hatte sich gestern, nachdem er seine Mutter beerdigt hatte, nützlich machen wollen, und Beth hatte ihn, in seinem Zustand, nach Hause geschickt, in einem Zustand, wie er es am Dienstag vor einer Woche gewesen war, als er bei Albert getankt hatte.

Conny hatte gesagt, er komme morgen wie gewöhnlich um neun. Jetzt war es halb elf vorbei und die beiden waren ausgeflogen. Conny galt als zuverlässig, zumindest was seine Arbeit im «Löwen» betraf.

Etwas zu besprechen hatten sie, Pat und Conny…

Der Traktor war abgebogen und Gunten zottelte noch immer.

Conny blieb seiner Arbeit nicht fern, wenn er doch mit dem Jüngling, mit dem er etwas zu besprechen hatte, unter einem Dach wohnte. Sie hätten genügend Zeit gehabt. Plötzlich hatte Gunten Angst, sie könnten abgehauen sein, stillschweigend, es würde zu ihnen passen, wenn sie zu der Sorte gehörten, wie Jean meinte.

Conny hätte Pats Vater sein können. Dann hörte er auch auf ihn? Der eine braucht den anderen – und Conny braucht Pat vielleicht mehr und kommt ihm jeweils entgegen.

Es war vielleicht kein guter Einfall, als er wendete und zurückfuhr, aber er hoffte, dass es dennoch etwas bringen würde. Er musste bei der Sache bleiben und durfte sich nicht ablenken lassen, nicht zu sehr; er dachte an Eugenie.

Die Hälfte des Bettzeugs war von der Fensterbrüstung geräumt.

Er schlug die Autotür zu – der Lärm würde sie ans Fenster locken –, und da war sie auch schon und ihr Mund stand offen.

Sie schon wieder? Jetzt, da man sie nicht braucht, kommen Sie gleich zweimal!

Ich hätte eine Frage, erwiderte er und machte ein ernstes Gesicht. Wissen Sie vielleicht, wohin die beiden ausgeflogen sind?

Das weiss ich nicht, sagte sie perplex, zupfte an der Bettdecke und schien darüber nachzudenken.

Aber um welche Uhrzeit?

Um Viertel vor sieben, genau, sagte sie.

Gunten unterdrückte ein Lächeln.

Sie beugte sich über die Bettdecke und sagte mit unüberhörbarem Triumph: Wenn sie so früh wegfahren, wollen sie auf den Zug.

Sie haben doch Motorräder...

Sie schüttelte den Kopf. Wenn sie weiter weg wollen, nehmen sie von Murten aus den Zug.

Und wie weit weg wollten sie?

Das weiss ich doch nicht.

Alles können Sie ja nicht wissen. Aber immerhin wissen Sie, dass sie den Zug nehmen.

Mein Mann arbeitet bei der Speditionsfirma gegenüber dem Bahnhof. Und er hat sie letztes Jahr in den Zug steigen sehen, auch sehr früh. Anfang Oktober. Ich erinnere mich, weil es noch so warm gewesen ist und man ohne Decke hat schlafen können. Seither sind sie nicht mehr weggefahren, bis heute...

Wir werden uns natürlich der Angelegenheit annehmen, sagte Gunten.

Sie stellen Fragen! Sie müssen herkommen, wenn was los ist!

Gunten hatte schon die Autotür zugeschlagen.

Links ging es nach Neuenburg, aber was sollte er dort? Er würde mit Eugenie einmal hinfahren. Geradeaus ging es nach Kerzers hinein. Ein schlechter Einfall, jetzt in den «Löwen» zu gehen.

Er war hungrig. Ried lag nahe, das kannte er, es lag auf einer Anhöhe und es gab eine Wirtschaft.

Er würde den Überblick haben, der ihm bei seinem Fall noch fehlte.

Das Dorf war gewachsen, es griff nach Anhöhen und wucherte über Matten, der «Sternen» hatte offen, der Wirt gewechselt und auch die Bedienung; über dem Buffet hingen Kuhglocken.

Er bestellte bei der Frau, die für ihr Alter einen viel zu grossen Blusenausschnitt hatte, ein alkoholfreies Bier, zum Schinkenbrot ein Messer.

Die Frau liess sich Zeit, er störte, er spürte es, vielleicht weil er ein Auswärtiger war. Er ärgerte sich und durfte sich nicht ärgern; Aufregung schadete ihm.

Sie müssen ein Auge auf sich haben, hatte der Arzt gesagt. Er hielt ja ein Auge auf sich, aber er durfte darüber nicht vergessen, ein Auge für seine Umwelt zu haben und zu leben. Gewiss, so wie früher war es nicht mehr, es galt, sich darauf einzustellen. Der Schinken schmeckte ihm und die Aussicht versöhnte. Die Alpen lagen wie mehrheitlich im Dunst, dafür hielt sich der Mont Vully in einer fast schmerzhaften Klarheit und Nähe und der See funkelte.

Wie lange war es her, seit er für länger unterwegs gewesen war, drei Jahre, fünf? In Amsterdam war er für zehn Tage gewesen, um herauszufinden, warum ein Junge getötet worden war und ein Mann sich das Leben genommen hatte.

So vieles war verpasst, vertan und nicht mehr einzuholen. Martha war tot. Und wenn er jeweils sagte, wieso er verreisen solle, hier habe er alles, was er brauche, er fühle sich wohl in dieser Landschaft und zu Hause, so stimmte es nur halb. In einem tiefen Winkel seines Herzens würde die Sehnsucht ihn immer an all das erinnern, was noch offen war, und eines Tages würde er nachgeben wollen.

Je älter man wird, hatte Jean einmal gesagt, umso näher muss man einem Arzt sein.

Sterben liess sich überall.

Ein paar Dächer und Fenster in Murten spiegelten die Sonne, und dann war der Glanz plötzlich weg; die Sonne war gewandert. Er fuhr wieder hinunter ins Flachland. Die Bauern nützten das Wetter, auch pflügen liess sich, und er stand vor der geschlossenen Bahnschranke bei der Abzweigung nach Murten.

Conny und Pat fielen ihm wieder ein. Ausgeflogen waren sie, und wohin? Recht hatten sie, bei dem Wetter! Vielleicht machten sie bloss einen Tagesausflug zur Versöhnung nach ihrer Aussprache. Beth war wohl unterrichtet.

Der Zug rollte vorbei. Gunten legte den ersten Gang ein und stellte den Blinker.

Er hatte es schon den ganzen Morgen im Kopf, und wie er nun durch Galmiz fuhr, war er entschlossen, beim Schmuckladen in Basel anzurufen, noch bevor er mit Eugenie redete.

Er parkte auf dem Platz links vom Hotel «Schiff», der gebührenpflichtig war. Touristen füllten ein Ausflugsboot nur halb. Er wählte einen Eckplatz unter einem Sonnenschirm mit Blick auf den See. Eine Viertelstunde, knapp, blieb ihm noch. Er bestellte beim Kellner, einem Italiener, der das rechte Bein leicht nachzog, ein Mineralwasser. Telefonieren könne er bei der Réception, sagte er.

Die Frau hinter der Theke hatte eine hoch aufgetürmte Frisur, sie benutzte ein süsses Parfüm, lächelte, drückte auf ein Knöpfchen auf einem schwarzen Kästchen, hob leicht die Hand und wies zur Kabine.

Er suchte nach der Karte, die ihm der Besitzer des Schmuckladens gegeben hatte, und dann fiel ihm ein, dass er sie in das gelbe Heft gesteckt hatte. Den Namen hatte er nicht vergessen, die Brille eingesteckt, und auf der Konsole waren Telefonbücher in roten Schutzhüllen.

Schmuck siehe Bijouterie. Er fand den Namen Tobler unter «Juweliere».

Das schien ihm, so, wie er sich an den Laden erinnerte, übertrieben.

Er tippte die Nummer ein.

Er wollte auflegen, als es ein Dutzend Mal geläutet hatte, als Tobler sich meldete, ohne Geschäftsangabe.

Gunten wünschte einen guten Tag und fragte nach kurzem Räuspern: Sie erinnern sich vielleicht noch daran, ich habe bei Ihnen vor rund vierzehn Tagen einen Kopf aus Nickel gekauft.

Ich erinnere mich an jedes gute Stück, das ich verkauft habe, erwiderte Tobler.

Auch an einen Käufer oder Verkäufer?

Auch das.

Sehr schön. Dann erinnern Sie sich an die beiden Männer, die ihnen den Kopf zusammen mit Schmuckstücken verkauft haben.

Sie sind mir präsent! Und Sie waren mit einer Dame hier und ziemlich aufgeregt. Ist etwas nicht in Ordnung?

Nein, nein, alles in Ordnung!

Sie hatten ihn einst in Nouméa gekauft und dann bei mir – welch ein Zufall! Ein schönes Stück. Handarbeit.

Sie nehmen an, die beiden seien Vater und Sohn, führte Gunten ihn zu seinem Anliegen zurück.

Richtig, das nahm ich an – und meine Annahme scheint richtig zu sein.

Es wurde warm in der Kabine und Gunten öffnete eine Handbreite die Tür, die ein Fensterchen hatte, das sich nicht öffnen liess, und er überlegte sich die nächste Frage, als Tobler sagte: Sie sind eben wieder hier gewesen.

Wie bitte? Die Hand, mit der er den Hörer hielt, zitterte ein wenig, der Puls ging schneller und sein Atem. Sagen Sie das noch einmal!

Sie sind hier gewesen. Vor einer Stunde. Sie haben wiederum ein paar Schmuckstücke verkauft. Gute Stücke. Seine Mutter sei kürzlich gestorben, sagte der ältere.

Das stimmt!, antwortete Gunten perplex und sogleich war da ein Gedanke in seinem Kopf, aber er verlor sich in seiner Überraschung. Das stimmt!, wiederholte er bloss.

Dann weiss ich nicht, warum Sie anrufen. Es hat damit alles seine Richtigkeit.

Gunten gewann an Fassung, aber der Puls ging noch schnell. Ich möchte nun meinerseits die beiden Männer beschreiben, und Sie sagen mir, ob die Beschreibung passt.

Ich weiss zwar nicht, wozu das gut ist, erwiderte Tobler etwas spitz.

Gunten ging nicht darauf ein. Er beschrieb die beiden, Vater und Sohn.

Hm!, war jeweils als Bestätigung von Tobler gemeint, wenn Gunten eine kurze Pause machte.

Sie waren diesmal salopp angezogen, leicht, sagte Tobler. Es ist ja wieder so warm wie letzten Oktober, als sie hier gewesen sind. Der jüngere sagte kein Wort, er schien nervös, beide schienen diesmal nervös…

Gunten war überzeugt, dass sie es waren, es gab ihm Genugtuung, zugleich erschreckte es ihn. Als er sich nach dem Preis erkundigte, den Tobler für den Schmuck bezahlt hatte, erwiderte er, das gehe nun doch zu weit. Wenn ich Ihnen sonst dienlich sein kann?

Sie waren es, Herr Tobler, sagte Gunten, bedankte sich und hängte den Hörer behutsam an die Gabel.

Dreiachtzig, sagte die Frau mit dem Haarturm.

32

Dreiachtzig! Durch diese kleine, ja lächerliche Ausgabe hatte er Gewissheit bekommen. Abwarten aber wollte er noch, was Eugenie zu berichten hatte.

Ich bin ihnen nahe, sehr nahe!, sagte er sich. Aber irgendetwas kam ihm seltsam vor, etwas, das nichts mit Martha zu tun hatte.

Am Ecktisch, im Schatten des fröhlich gesprickelten Sonnenschirms, sass Eugenie und winkte ihm zu.

Der Kellner hat mir gesagt, du seist telefonieren gegangen. Und so, wie ich dich ihm beschrieben habe –

Du hast was?

Ist etwas nicht in Ordnung?, fragte sie in ihrer besorgten Art, die ihre Augen vergrösserte und ihre Brauen hob. Der Kreislauf?

Er schüttelte den Kopf, setzte sich, schob ihr die Karte hin und sagte: Jetzt wollen wir zuerst etwas essen.

Irgendetwas stimmt nicht, beharrte sie. Und willst du nicht wissen, was Beth erzählt hat? Und was mir aufgefallen ist.

Später. Kein Grund zur Sorge, beschwichtigte er sie, lehnte sich zurück und schaute auf den See. Wozu soll man verreisen, sagte er, wenn man in einer solchen Gegend wohnt? Sie war seiner Meinung, und übrigens hatte ihr Mann das auch immer gesagt und sich an einen schattigen Platz im Garten gesetzt.

Australien ist ein grosses Land, sagte er, und Martha hätte sogleich gewusst, dass er damit ablenken wollte. Aber im Unterschied zu unserem kleinen Land, das viele und schöne Orte und Plätze aufweisen kann, hat das grosse Australien nur wenige davon, aber das liegt an den grossen Distanzen. Wenn man es auf die Grösse der Schweiz verkleinern würde, dann käme es aufs Selbe heraus.

Der Kellner fragte, ob sie schon gewählt hätten.

Ich nehme die Pastetchen, sagte Gunten, ohne Salat.

Er war wieder so, wie Eugenie ihn mochte, ruhig und ausgeglichen, sie sagte vergnügt: Ich nehme dasselbe, aber mit Salat.

Als der Kellner das Essen gebracht hatte, sagte sie: Du sitzt in der Sonne, rück doch näher zu mir.

Und er rückte ihr näher.

Er schnitt das zweite Pastetchen an und sagte, er habe nichts Spektakuläres über Australien zu erzählen. Die Jahreszeiten seien verschoben, die Sprache sei anders, Glück und Unglück lägen auch dort in enger Nachbarschaft. Das Wetter sei einmal trüb, nass und kalt, dann zu heiss, dann so, wie man es sich wünsche, erträglich, und für eine Weile würde das Leben gewichtslos, obwohl man den ganzen Haushalt mit allen Problemen mitschleppe.

Als der Kellner abräumte, meinte Gunten, jetzt könnte er einen Bäzi vertragen.

Muss das sein?

Das hätte Martha auch gesagt. Er seufzte und bestellte dann wie sie auch bloss einen Kaffee.

Er trank ihn leicht gezuckert und sagte: Conny macht sich heute nicht nützlich.

Er hat noch einen Tag freigenommen. Woher weisst du das?

Wie sagst du immer: Auf Umwegen kommt man auch zum Ziel. Aber nun erzähl schon, bitte.

Mir ist selber aufgefallen, wie sich Conny letztes Jahr, so Mitte April, benommen hat, begann sie. Es muss um die Zeit herum gewesen sein, als die Zeitungen über Marthas tödlichen Unfall berichtet haben.

Manchmal blieb sie, wenn sie sich beim Einkaufen in Kerzers versäumt hatte, nach dem Kaffee zum Mittagessen. Bernadette, die über Mittag ihren Laden schloss, leistete ihr dann Gesellschaft.

Auch ihr war aufgefallen, wie fahrig und zerstreut Conny war; er verwechselte sogar mehr als einmal die Menüs. Wenn nur noch wenig Gäste da waren, holte er sich gewöhnlich sein Essen aus der Küche, nahm den «Murtenbieter» mit an seinen Platz und las in aller Ruhe.

Eine Woche oder so hatte er die Zeitung, wie sich Beth erinnerte, hastig durchgeblättert, als suchte er etwas Bestimmtes. Auch mir ist das aufgefallen, jedem musste das auffallen. Danach sass er eine Weile ruhig da und schaute ins Leere, trug den Teller in die Küche, und wenn er nach einer Weile zurückkkam, war er so, wie man es von ihm gewohnt war. Ansprechbar war er nicht darauf.

Als er wieder mit seiner gewohnten Aufmerksamkeit bediente und sich mit den Gästen unterhielt, fragte Beth ihn, was denn los gewesen sei und warum sein Freund nicht mehr komme. Er habe Probleme mit ihm gehabt, erwiderte er kurz angebunden. Das konnte stimmen, denn später kam Pat wieder mal zum Essen oder für ein Bier.

Conny las nach dem Essen ruhig die Zeitung und hatte dabei auch ein Auge für seine Gäste.

Beth sagte mir, so habe sie Conny zuvor nie gesehen, bis eben seine Mutter gestorben sei. Sie meint, zwischen ihm und seiner Mutter sei nicht alles so gewesen, wie es hätte sein sollen. Er ging sie selten besuchen und redete nur einmal über sie. Er sass nach Feierabend noch bei ihr am Tisch und erzählte, seine Mutter verschenke an ihre wenigen Bekannten Geld und Schmuck. Sie hatte immer viel Geld zu Hause. Auch Conny beschenkte sie bei seinen seltenen Besuchen. Sie tat es nicht aus Freude am Schenken, sondern um den Beschenkten an sie zu erinnern. Wenn sie merkte, dass er das nicht tat und sie ihn nicht an sich binden konnte, forderte sie Geld oder Schmuck zurück.

Da war es, was ihm seltsam vorgekommen war, aber mit Marthas Tod nichts zu tun hatte. Sie hatten wohl den

Schmuck von Connys Mutter verkauft, obwohl das Erbe noch gar nicht geregelt sein konnte.

Eugenie schaute auf den See und liess Gunten Zeit, über alles nachzudenken, dann sagte sie: Ist das nicht entsetzlich?

Ich weiss zu wenig über sein Leben und seine Familie, erwiderte Gunten, so wenig ich über seinen Freund weiss. Ich kenne ihre Biografie nicht. Aber es wäre wichtig, sie zu kennen.

Sein Verhalten nach dem Tod seiner Mutter ist ja noch verständlich, sagte Eugenie.

Beth meinte also, Conny habe mit seinem Freund ein Problem gehabt. Vielleicht hatte er noch ganz andere Probleme gehabt, damals. Und es waren auch Pats Probleme, nur reagierte er anders. Sie können, aber müssen nicht unbedingt mit Marthas Unfall zu tun gehabt haben. Conny hat anscheinend öfters Probleme mit seinem Freund. Nach dem Tod seiner Mutter schien er wieder solche zu haben. Jedenfalls sind sie nach ihrer Beerdigung vor dem «Löwen» aneinander vorbeigelaufen. Und doch wollte Pat mit Conny reden…

Davon weiss ich nichts, sagte Eugenie. Er habe sich ganz ähnlich benommen, als er vom Tod seiner Mutter erfahren habe. Das sagt Beth. Sie gab ihm ein paar Tage frei, damit er zu sich komme. Und sie meinte, er habe Angst gehabt, aber wovor? Vor Pat? Ist das nun die Brücke zwischen dem Tod seiner Mutter und Martha?

Gehen wir ein paar Schritte, sagte er und rief den Kellner.

Sie spazierten am Bootshafen vorbei, dann in einem Bogen dem See entlang Richtung Muntelier.

Es ist die Brücke, sagte er. Gewohnheiten können einen Menschen verraten, wenn er sie für eine Weile nicht mehr hat.

Inzwischen hatte der Himmel sich überwölkt; es war drückend geworden. Gunten fürchtete sich vor dem Föhn. Sie gingen nebeneinander her. Sie war wieder der Ansicht, dass er zur Polizei gehen müsse. Zumindest mit seinem Freund konnte er sich besprechen. Er forderte Genugtuung, Gerechtigkeit.

Einmal gerieten sie in einen Mückenschwarm, sie wedelte mit der Hand, Gunten merkte es nicht, und sie wusste nicht, dass ihre Gedanken die seinen waren und dass er sie schon einmal gehabt hatte.

Nein, er konnte die Sache nicht auf sich beruhen lassen und unbekümmert in den Tag hineinleben! Er blieb kurz vor dem Brücklein stehen, das ein Bächlein überquerte. Gunten fiel ein, dass er sich schon oft vorgenommen hatte herauszufinden, wo das Bächlein entsprang. Er hatte es immer aufgeschoben. Sein Fall duldete keinen Aufschub. Mit Jean musste er reden – ohne zu erwähnen, wie weit er gekommen war.

Ich glaube, ich kehre jetzt um, sagte sie.

Sie waren kurz vor seinem Haus. Bevor er ihr sagen konnte, dass er jetzt alleine sein müsse, meinte sie: Du solltest dich vielleicht hinlegen, du siehst müde aus.

Ich habe meinen Wagen beim «Schiff» parkiert, sagte er. Habe ich dir nicht gesagt, dass ich wieder mobil sein will?

Du hast es gesagt! Sie lächelte und nahm seinen Arm.

Ich fahre morgen zu dir nach Môtier, sagte er.

Sie freute sich darauf. Hoffen wir, dass das Wetter sich hält. Wir könnten im Garten sitzen.

Er musste sich dann auf eine Bank setzen.

Was macht wohl die Katze?, fragte sie, als er wieder ruhiger atmete.

Herrgottnocheinmal, ich habe nichts im Haus für sie ausser Milch! Damit mache ich sie mir nicht zum Freund.

Sie spazierten zurück, er ärgerte sich überhaupt nicht. Er hängte sich bei ihr ein und sagte: Hin und wieder hat Vergesslichkeit auch gute Seiten.

33

In Bewegung hatte er sein wollen, mit sich alleine, um sich darüber klar zu werden, welchen Weg er nun gehen musste, und er war in Bewegung, aber auf der Suche nach der Katze.

Er sah sie nicht am Seeufer und fand sie nicht in einem Nachbarsgarten, nicht oben auf der Strasse und auch nicht im Haus. Er trug einen Napf mit Futter und einen mit Wasser verdünnter Milch vor die Haustür, er rief ihren Namen, und drohender formierten sich die Wolken; auf der anderen Seeseite regnete es schon.

Er liess die Haustür einen Spalt offen, er musste sich setzen, sein kurzes Atmen verengte ihm die Brust.

Er wollte die gelben Hefte holen und sich notieren, was seinen Verdacht bestätigt hatte, und sein Vorgehen skizzieren, einen Kaffee wollte er machen und noch einmal vor das Haus gehen und nach der Katze rufen, und dann gehorchte der Körper nicht seinem Willen. Er musste sich hinlegen; das Fenster hatte er wie die Haustür einen Spalt offen gelassen.

Kürzer musste er treten, haushalten mit seinen Kräften.

Als es auch diesseits des Sees anfing zu regnen, schlief er über dem Gedanken ein, dass er die Brücke hatte, aber nun musste er noch wissen, was sie trug…

Noch immer arbeitete das Holz des eichenen Kastens bei einem Wetterumschlag, ein Knacken und Krachen, als bersteten die jahrhundertealten Bretter, aber nicht dieses Geräusch weckte ihn, sondern das Zuschlagen der Haustür; er war im Durchzug gewesen.

Er meinte, ein paar Minuten geschlafen zu haben, und als er zur Pendüle schielte, war es halb sechs; er hatte sich an ihren Stundenschlag gewöhnt und nahm ihn nicht mehr wahr.

In den Pappeln war ein Rauschen, auf dem blechernen Vordach ein Klöppeln, die Wolken drückten düster auf den See; er schloss das Fenster.

Und dann sah er die Katze.

Sie sass auf der Türschwelle, als hätte sie sich nicht entschliessen können, ins Zimmer zu laufen, da er schlief oder aus weiser Vorsicht. Sie sah ihn aufmerksam an mit ihren grossen gelben Augen; ihre Schwanzspitze, die weiss war wie ihre linke Gesichtshälfte, war in leichter Bewegung.

Er richtete sich auf und rief, so verdutzt wie erleichtert, ihren Namen. Sie hatte plötzlich den Drang, sich mit der Pfote über das Gesicht zu wischen, eine verlegene Geste vielleicht oder um ihm zu zeigen, dass sie ausgeruht und wach war wie er und offen für alles, was da kommen mochte. Er lächelte, liess den Arm über das Sofa hängen und sagte: Komm schon, Mikro, so komm schon! Sie stellte die Ohren nach vorne, blieb sitzen und drehte den Kopf leicht zur Seite, aber sie beobachtete ihn weiter.

Ich verstehe, sagte er, erhob sich und ging ihr entgegen; auch sie erhob sich. Auf halbem Weg ging er vor ihr in die Knie, sie machte einen kleinen Hüpfer, rieb ihren Kopf an seinem Hosenbein und er kraulte ihr den Nacken.

Willkommen zu Hause, sagte er. Ich glaube, wir werden miteinander auskommen.

Er machte das, was er machen wollte, als der Körper seinem Willen nicht mehr gehorcht hatte.

Er trank Kaffee und las, was er sich notiert hatte. Es gab keine Zweifel mehr. Sie hatten mit Marthas Tod etwas zu tun. Als danach nichts weiter geschah, hatten sie sich beruhigt. Aber waren sie so abgebrüht und ihre Empfindlichkeit ging ihnen einfach wieder verloren? Er verräumte die Hefte, er war hungrig. Die Katze hatte sich den Sessel im Wohnzimmer, dem Sofa gegenüber, als Ruheplatz ausgesucht.

Sie hob kurz den Kopf, räkelte sich, bis sie bequem lag, und schloss halb die Augen.

Gebackener Fleischkäse, zwei Spiegeleier, zwei Scheiben Vollkornbrot, dazu ein Glas Most. Einmal stand er auf und ging zur Haustür. Er lächelte und trug die leeren Näpfe in die Küche.

Wie er sich den Mund abwischte, rülpste, fiel ihm ein, was noch fehlte: ihre Biografie. Das war es, was die Brücke trug.

Halb sieben, er war, gezwungenermassen, langsamer geworden. Er wählte die Nummer, die ihm Jean gegeben hatte.

Du hast Glück, gewöhnlich schliessen wir um halb sechs. Meine Schwiegertochter ist hier. Sie wird ab morgen den Laden führen. Meine Frau hat eine Lungenentzündung. Ist etwas nicht in Ordnung?

Etwas müde bin ich.

Du willst doch etwas von mir, sonst würdest du nicht anrufen! Hat Eugenie dich versetzt? Jean lachte scheinheilig bekümmert.

Ich habe Gesellschaft.

Ach ja?

Ich habe wieder eine Katze.

Na dann! Es scheint, du ruderst wieder im alten Fahrwasser.

Das tat er nicht, das wollte er nicht; es war anders. Martha konnte ihm niemand ersetzen. Und auch nicht Cornichon, seine Katze.

Ich hätte eine Frage und zugleich eine Bitte. Es betrifft den Kellner und seinen Freund.

Du bist nicht bloss hartnäckig, du bist stur.

Du weisst sicher etwas über sie. Sind sie aktenkundig?

Soweit ich mich erinnere, ja.

Das Fundament für die Brückenpfeiler war gelegt.

Ich würde gerne etwas über ihre Biografie erfahren.

Irgendetwas verheimlichst du mir. Ich merke es deiner Stimme an. Man muss dich machen lassen. Aber ich habe dich schon einmal gewarnt und du hast nicht auf mich gehört. Es endete nicht gut.

Wir könnten uns morgen um elf im «Bain» treffen. Es wird doch ein Leichtes sein für dich, Kopien zu beschaffen. Ich danke dir jetzt schon. Ich lade dich zu einem Glas ein. Und grüsse deine Frau von mir, ich wünsche ihr gute Besserung und dir einen schönen Abend.

Er legte rasch auf, wartete, das Telefon läutete auch nicht, als er auf dem Sofa sass und sich einen Fernsehfilm anschaute und nichts aufnahm.

Wir kennen doch unsere Pappenheimer, sagte er und liess seine Hand auf dem Rücken der Katze, die sich neben ihn gesetzt hatte; sie schnurrte mit halb geöffneten Augen.

Er schaltete den Fernseher aus und wusste nicht, was er tun sollte.

Er hatte zwei Flaschen Vully im Kühlschrank, und er wäre vielleicht schwach geworden, wenn das Telefon nicht geläutet hätte.

Er fuhr auf wie die Katze. Wir haben uns in Jean doch geirrt, sagte er.

Es war dann Eugenie, die sich Sorgen um ihn und auch um die Katze machte.

Es ist alles in Ordnung, beruhigte er sie, auch wenn es das nicht war.

Er fürchtete sich wieder davor, alle Lichter zu löschen und sich ins Bett zu legen.

Als hätte sie seine Gedanken erraten, sagte sie: Es ist vielleicht nicht gut, dass du alleine bist...

Ich werde mich daran gewöhnen, erwiderte er. Und dann fiel ihm ein, wie er sich gesagt hatte, sterben liesse sich überall. Ich muss lernen, mit der Angst umzugehen, sagte er.

Er durfte jederzeit zu ihr kommen, er war ihr dankbar und sagte ihr das auch; es war gut zu wissen, dass er nicht alleine sein musste.

Dann bis morgen Nachmittag, sagte er. Ich freue mich. Übrigens: Die Katze hat Appetit.

Er ging in die Küche, öffnete den Kühlschrank, zögerte und nahm dann die Milch für die Katze heraus.

Er wusste noch immer nicht, wie er die Zeit verbringen sollte; er konnte sich doch nicht schon ins Bett legen! Er lief durchs Haus, blieb hier und dort stehen und alles war an seinem gewohnten Platz. Sein Herz machte keine Kapriolen.

Er trat unter die Haustür. Das Gewölk hatte sich gehoben und der Wind sich gelegt; es regnete immer noch und der See trieb munter Wellen ans Ufer. Er sah die Lichter von Môtier blinken, als gäbe man ihm Zeichen, und einen Augenblick überlegte er, ob er hinüberfahren sollte.

34

Die Katze schlief. Eine Katze konnte jederzeit schlafen oder geduldig auf Beute lauern, sie genoss auch ihre Untätigkeit, sie hatte kein Zeitgefühl, und Gunten beneidete sie darum.

Er fragte sich, ob Conny und sein Freund bereits zu Hause waren, am Küchentisch sassen und das Geld zählten, das sie für den Schmuck bekommen hatten, eine Flasche Wein tranken, zu viel tranken, und sich an den vergnügten Tag erinnerten, den sie sich gemacht hatten. Und gestern hatte Conny seine Mutter beerdigt! Er stand wieder unter der Haustür und hörte dem Regen zu, und als er zu den Lichtern am anderen Seeufer blickte, war der Gedanke wieder da, der ihm am Küchentisch, während er gegessen hatte, flüchtig gekommen war.

Er zog die Lederjacke an, sah nach der Katze, die sich nicht gerührt hatte, verschloss die Haustür und ging zum Wagen, den er im Brunnengässli abgestellt hatte.

Er war nie gern nachts gefahren, schon gar nicht, wenn es regnete.

Er musste dann nicht einmal an der Kreuzung halten, als er nach Galmiz abbog. Hie und da war noch Licht in einem Fenster; ein stilles Dorf ohne Läden und Unterhaltung ausser dem «Kantonsschild», und das hatte noch geöffnet.

Er fluchte nach den ersten Schritten im Regen. Im 2CV hatte er immer einen Schirm gehabt – zwei, für den Fall, dass er den einen mal irgendwo stehen liess. Vergesslich war er also schon seit längerer Zeit.

Er hatte nicht erwartet, dass sie schon zu Hause waren. Das Licht aus der Küche fiel aufs Vogelbad, das nun voll Wasser war.

Er stand, halb verdeckt durch einen Forsythienbusch, unter der Dachschräge des Hauses, in dem die Frau wohnte, die ihn für einen von der Behörde gehalten hatte. Im Haus war es still, kein Licht brannte. Aus der Küche des Riegelhauses gegenüber drang auch kein Geräusch, obwohl sich die beiden nicht friedlich gegenübersassen. Kein Fensterknallen, kein lautes Wort, sie redeten beide gleichzeitig und gestikulierten. Sie stritten über etwas, so meinte Gunten, über das sie sich schon oft gestritten haben mussten, und sie ermüdeten dabei.

Plötzlich stand Pat auf, lief zum Holzschaft, nahm die Büchse herunter, die wie eine Trommel war, öffnete sie und schüttelte den Inhalt auf den Tisch. Auch das schien nicht neu in ihrem Streit. Conny rührte keinen der Geldscheine an, er schüttelte den Kopf, bückte sich, hob einen Geldschein auf und legte ihn zu den anderen und verschränkte die Arme. Pat schob die Scheine zu Conny und der sie wieder zurück, und das ging eine Weile so, bis plötzlich Pats Kopf hinunterfiel; er weinte.

Conny erhob sich und fuhr ihm über das Haar, und dann legte Pat ihm den Kopf an die Seite und Conny schaute zum Fenster, ins Dunkel hinaus. Gunten duckte sich unwillkürlich, obwohl Conny ihn unmöglich sehen konnte. Eine Weile geschah nichts. Pat beruhigte sich, Conny hob ihm den Kopf, lächelte, tat die Geldscheine in die Büchse, setzte den Deckel auf und stellte sie auf den Schaft zurück.

Gunten wartete gespannt, aber es geschah nichts weiter. Die beiden sassen da und schauten sich an, und dann lachten beide auf.

Der Zeitpunkt wäre nicht schlecht gewählt, überlegte Gunten.

Überrumpeln könnte er sie, perplex würden sie sein, wie er sich einfach zu ihnen setzte und seine Frage stellte.

Aus Erfahrung weiss ich, hatte Jean einmal gesagt, dass es darauf ankommt, wie man die Fragen stellt, um beiläufig aus den Antworten herauszuhören, was einer nicht sagen wollte.

Er zögerte vielleicht absichtlich, weil er den Zeitpunkt noch für verfrüht hielt, und auch, weil er die beiden nicht herausholen wollte aus dem Augenblick der Versöhnung. Und erst jetzt wurde ihm bewusst, dass er nie im Zorn über die beiden geredet hatte und, warum auch immer, plötzlich Zweifel hatte.

Das «Kantonsschild» hatte inzwischen geschlossen, aber der «Hecht» war noch offen, und diesmal zögerte er nicht. Schlafen würde er jetzt unmöglich können, auf dem Rücken liegen und auf seinen Herzschlag horchen.

Er stellte den Wagen unter der blühenden Kastanie ab.

Er hätte es sich noch anders überlegen und zu Hause ein Glas trinken können, aber vielleicht würde er in Gesellschaft das vage Gefühl einer Angst, das er sich nicht erklären konnte, loswerden. Aber da stand er schon auf der obersten Treppenstufe und drückte die eiserne Falle der verschnörkelten Holztür, die immer ein wenig klemmte.

Seit Marthas Tod war er nicht mehr hier gewesen. Er trat wie ein Fremder ein und war doch wie zu Hause. Es hatte sich nichts verändert, sogar Gandria, in Öl gemalt, hing noch an der Wand, nur sassen zwei Gäste am Stammtisch, die er so wenig kannte wie den, der mit Marthas Sohn an einem Tisch vor dem Buffet sass und eine Zeichnung erklärte, vielleicht einen Plan.

Gunten setzte sich an seinen angestammten Platz am Fenster.

Jetzt, wo er nach ein paar richtig gestellten Fragen die Wahrheit erfahren würde, war es richtig, dass er noch einmal hergekommen war. Auch wenn es weh tat, sich zu erinnern, er würde danach loslassen können.

Man hatte seinen Gruss erwidert. Die ältere Frau, die wohl aushilfsweise servierte, nahm einen Schirm aus dem eisernen Ständer und ging zur Tür. Viel war nicht zu tun. Die zwei am Stammtisch tranken Flaschenbier und schwiegen.

So verändert haben konnte er sich nicht, dass Roland ihn nicht erkannt hätte. Roland hatte angesetzt, der Haarschnitt war modisch kurz und sein rundliches Gesicht wie immer leicht gerötet; er hatte Zucker, wie Gunten einfiel. Neu war, dass er eine Krawatte trug; geblieben war ihm der Tick, die Unterlippe einzuziehen und das Kinn zu straffen.

Gunten hatte Zeit.

Rolands übergeschlagenes Bein wippte, dann schaute er sich plötzlich um und gab sich überrascht, als hätte er Gunten erst jetzt erkannt. Er ging zum Buffet, schenkte ein Glas Vully ein und brachte es Gunten.

Ich habe gehört, dass Sie krank gewesen sind, sagte er, und damit war sein Wegbleiben erklärt; er setzte sich wieder hin.

Das Glas beschlug sich. Gunten fuhr sich mit der Zungenspitze über die Lippen. Ein Glas würde gewiss nicht schaden. Er schaute halb zum Fenster hinaus, es regnete immer noch, und halb behielt er Roland im Auge. Sein Bein wippte, er liess sich Feuer geben für seine Zigarette, drehte das Papier zu sich und nickte.

Einmal schaute er länger zu Gunten hin, sein Bein kam zur Ruhe und in seinen Blick Nachdenklichkeit, so meinte Gunten, er überlegte und versuchte sich an etwas zu erinnern, und als Gunten unverhofft zu ihm schaute, zuckte seine Unterlippe. Er hielt Guntens Blick stand für eine kleine Weile, seine Überheblichkeit wich einer Unsicherheit, vielleicht war es schon etwas Angst, und dann war ein kleiner Ansatz eines Lächelns da. Er wandte sich wieder seinem Gegenüber zu und sein Bein wippte.

Er hatte doch nichts an sich, was Roland aus dem Gleichgewicht hätte bringen können. Er war hergekommen, um ein Glas zu trinken, als wäre nichts geschehen, er hatte Gesellschaft erwartet, daraus wurde aber nichts. Er hätte wirklich zu Hause ein Glas trinken können. Er hob das Glas und nahm einen schnellen Schluck, wo er sich doch vorgenommen hatte, genussvoll zu trinken, so, wie er es immer getan hatte, wenn Martha sich zu ihm setzte.

Er sah sich das Glas an, er fuhr mit der Zunge über die Lippen.

Er hatte nichts gegen ein Parfüm oder Rasierwasser, aber es hatte nichts an seinem Glas zu tun; es war ekelhaft, der Wein verlor den Geschmack. Es war ein Rasierwasser, er kannte den Geruch, nur hatte er die Marke vergessen, scharf und fruchtig zugleich, kaum wegzubringen: Langzeitwirkung. Es gab noch das dazu passende Deodorant.

Er wischte mit den Fingern das Glas ab, es half nicht; er musste sich die Hände waschen. Die Toilette lag im Gang gegenüber der Küche, es ging in einem, er musste Wasser lösen.

Die verfluchten Tabletten! Seitlich des Buffets, wo die Wein- und Schnapsflaschen aufgereiht waren, am Boden die leeren, blieb er kurz stehen. Den Flaschen nach waren nicht viele Gäste zu bewirten gewesen; die Flasche Bäzi, der gerne getrunken wurde, war noch fast voll.

Wie ist das gewesen? Er stand zwischen Küche und Toilette.

Zwei Flaschen Bäzi hatten im Keller gefehlt damals. Deswegen bringt man doch keinen um! Roland hatte erklärt, möglicherweise seien sie vor seiner Abreise aus dem Keller geholt worden. Aber damals lief die Wirtschaft schon nicht mehr so gut.

Nach der Küche war die Tür zum Keller. Gunten zögerte. Was hatte es jetzt noch für einen Sinn, einen Blick in den Keller zu werfen? Es tat schon so weh genug. Lösen wollte er sich… Und dann fiel ihm auf, dass der Schlüssel für die Kellertür abgezogen war.

Die Toilette liegt links, sagte Roland hinter ihm und liess die Tür zur Gaststube offen stehen. Das können Sie wohl nicht vergessen haben, so, wie Sie immer hier ein und aus gegangen sind.

Nein, entfuhr es Gunten, und es wird ja in Kürze kein Ein- und Ausgehen mehr geben. Nein? Sie sind jetzt fast dort angelangt, wo Sie immer schon hin wollten.

Roland war zu verdutzt, um zu antworten.

Seife war keine da, kaltes Wasser bloss, das half nicht, das Handtuch war seit längerer Zeit nicht gewechselt worden; nun war der Geruch auch im Taschentuch.

Er zahlte am Buffet.

Roland sah ihn spöttisch an, dann zum Glas und sagte: Es scheint, als fühlten Sie sich noch nicht wohl.

Es geht. Ich hätte eine Bitte wegen dem Bild, Gandria. Sie wissen, es gehörte meiner Schwester. Und da sich… er zögerte, seufzte, da sich hier in absehbarer Zeit etwas ändern wird, hätte ich das Bild gerne zurück.

Kein Problem, erwiderte Roland, ging ins Säli und nahm das Bild von der Wand. Nun war Gunten verdutzt.

Sie lächelten einander an, sie wünschten sich eine gute Nacht.

Gunten hielt das Bild die paar Schritte bis zum Auto unter seiner Jacke; es regnete sanft und gleichmässig.

Ein Küchenfenster vom «Bad Muntelier» stand offen. Gunten dachte an die Frau in Galmiz; als Nachbarin vom «Bad» hätte sie oft Grund, sich zu beschweren.

Ich habe Licht im Keller gesehen, hatte der Koch gesagt, und keiner ist doch da gewesen.

Er stellte das Bild, das Roland so schnell hatte loswerden wollen und damit auch ihn, aufs Küchenbuffet, und als er den leeren Milchnapf bemerkte, fiel ihm ein, dass er ja wieder eine Katze hatte. Er suchte das Haus ab, wie schon einmal an diesem Abend, umsonst; er war beunruhigt.

Ein Glas Vully, jetzt, obwohl es mitten in der Nacht war – was hatte ihm das jeweils ausgemacht? Er war niemandem Rechenschaft schuldig. Und dann erinnerte er sich an den Geruch des Rasierwassers, und das allein verdarb ihm die Lust.

In den gewohnten Abläufen, die er manchmal auch hasste, lag etwas Beruhigendes, sagte er sich, als er ins Bad ging.

Er zog dann den Bademantel über das Pyjama an; beides hatte noch einen leichten Spitalgeruch. Er würde beides morgen in die Wäsche geben, und das Taschentuch.

Er löschte das Küchenlicht und rief nach der Katze. Er setzte sich ins Wohnzimmer, stand aber gleich wieder auf und suchte wieder nach der Katze. Er spürte plötzlich die Müdigkeit und es wollte ihm nichts mehr einfallen zum vergangenen Tag und zu dem, was ihn erwartete, jeder Gedanke beinhaltete eine Frage und er war einfach zu erschöpft, nach einer Antwort zu suchen.

Er ging im Dunkeln ins Schlafzimmer, und als er den Bademantel über den Stuhl warf, sah er die Katze. Sie sass hinter dem Vorhang auf dem Fensterbrett und schaute in den Regen hinaus.

Sie hatte ihn gewiss schon längst bemerkt, ein Spiel mit ihm getrieben; sie musste wissen, ob er sich Sorgen machte.

Schlaumeier!, sagte er, hob den Vorhang, fuhr ihr über den Kopf und über den Rücken. Die Katze streckte sich, gähnte und rieb dann den Kopf an seinem Arm.

Er legte sich hin, er hörte dem Regen zu und dem See, er sah den Umriss der Katze am Fenster und das mit Lichtern bepunktete Seeufer gegenüber, und er nahm die Frage des Kochs vom «Bad Muntelier» mit in den Schlaf.

35

Gunten betrat die Gaststube des «Bain»; auf der Schwelle fiel das Lächeln von ihm ab. Es war zehn nach elf und er hatte geglaubt, Jean gut gelaunt beim zweiten Zweier anzutreffen, weil Gunten ihn eingeladen hatte. Er setzte sich ans Fenster. Der Wind hatte abgeflaut und die Wolken über dem See zerfetzt, es war sonnig geworden, kühler, worüber Gunten froh war.

Anne trat an den Tisch und wartete in ihrer schnippischen Art, dass er bestellte, obwohl sie nach all den Jahren hätte wissen sollen, was er gewöhnlich trank. Er bestellte ein Schlossgold.

Ach ja, sagte sie. Sie sind krank gewesen.

Anne war fünfundzwanzig, schmal im Gesicht und breit in den Hüften. Im August fuhr sie jeweils für drei Wochen nach Cattolica. Sie hatte das Haar schwarz gefärbt, aber sie blieb auch so eine Bauerntochter aus dem Seeland.

Vor einem Jahr war das «Bain» erweitert worden; immerhin hatte man die Gaststube im alten Stil erhalten. Es war vornehmer geworden, teurer, und viele Stammgäste blieben weg; in den flauen Zwischenzeiten wären sie willkommen gewesen.

Fast halb zwölf; Jean liess sich Zeit. Gunten überlegte wieder einmal, nicht mehr ins «Bain» zu gehen; aber was blieb noch übrig an gemütlichen Wirtschaften? Wie er den Blick vom See nahm, stand Jean neben ihm und so, wie er grinste, hatte er wohl schon einen Zweier getrunken. Das kam Gunten nur gelegen.

Salü!, sagte Jean, setzte sich und legte ein braunes Kuvert neben sich. Er habe noch in Kerzers zu tun gehabt, entschuldigte er sich.

Anne zog den Jupe lang und blieb drei Schritte vor dem Tisch stehen.

Einen Zweier, sagte Jean. Du solltest vielleicht heiraten, Anne. Mit der Zeit bist du dann ausgeruhter und lächelst sogar einmal.

Pah!, machte Anne, ging zum Buffet und liess sich Zeit.

Nun, bist du fündig geworden?, fragte Gunten.

Jean goss sein Glas halb voll. Der alte, gutmütige Aerni war im Archiv. Er wird Ende Jahr pensioniert. Er meinte, ich wolle wohl den Kontakt nicht verlieren. Ich weiss nicht, ob es richtig ist, was ich da mache. Du willst die Sache also wieder aufnehmen. Ich sehe den Zusammenhang nicht und mache mir so meine Gedanken.

Ich halte dich auf dem Laufenden!, beruhigte ihn Gunten.

Hat man die beiden nicht in dieser Sache befragt?

Es gab keinen Anlass dazu.

Aha.

Gunten, Martha ist tot und begraben. Ein Unfall. Wie ich weiss, gehst du nicht mehr jede Woche auf den Friedhof.

Das tat Gunten nicht mehr. Was brachte es, wenn er vor ihrem Grabstein stand? Es tat weh. Zudem waren über das Jahr weitere Steine hinzugekommen, es bekümmerte ihn, ganz zu schweigen vom Alter der Verstorbenen; sein Jahrgang war gefragt.

Du hast deine Erinnerungen, sagte Jean. Und die kann dir keiner nehmen. Du hast Eugenie. Und eine Katze hast du auch wieder. Mir scheint, du öffnest dich wieder.

Du hast ja Recht, aber trotzdem...

Trotzdem! Jean schob das Kuvert über den Tisch. Du hältst mich auf dem Laufenden, das ist Bedingung.

Das tu ich doch immer! Du hast das Wissen und ich das Gespür.

Du wirst es vertraulich behandeln. Willst du das Kuvert nicht öffnen?

Ich brauche dazu Ruhe. Übrigens, wenn einer hier in unserer Gegend stirbt, ein Alleinstehender und zu Hause, wird dann die Wohnung versiegelt?

Nur wenn es die Angehörigen verlangen. Er lachte auf. Die guten Sachen sind ja meistens schon vorher weggetragen worden.

Aha!

Woran denkst du?

Gunten zögerte. Sagte ich nicht einmal, dass man nichts mitnehmen kann?

Lass uns ein Glas trinken, beendete Jean das Thema. Machst du mit? Man weiss nie, wann es das letzte ist. Ein Glas wird dich sicher nicht umwerfen.

Gunten seufzte und hob die Hand. Diesmal lächelte Anne, ein wenig spöttisch und auch nachdenklich.

36

Er war betroffen, als er die Protokolle, die eigentlich Lebensläufe waren, gelesen hatte. Er lehnte sich zurück und blickte über die Brille hinweg auf den See, der so klein war, dass sich ein Ausflug mit dem Schiff kaum lohnte. Er hatte der Katze ihren Napf gefüllt gehabt, sich hingesetzt, gelesen und darüber vergessen, sich selber etwas zum Essen zu machen. Die Katze hatte sich auf ihrem Sessel zusammengerollt und sah ihn reglos an.

Über dem Mont Vully hing eine lang gezogene, graue Wolke mit weissen Rändern. Kein Vogellaut, kein Spaziergänger; es war still, als überlegte sich der Tag nach einem Atemholen, wie es nun weitergehen sollte.

Gunten nahm die Brille ab und schob sie ins lederne Etui. Und jetzt?, fragte er.

Die Katze hob den Kopf, nur um ihn auf eine andere Pfote zu legen, eine bequemere Stellung, und blickte ihn unverwandt an.

Du hast Recht, Mikro, legen wir uns erst einmal hin. Danach gehe ich zu Eugenie etwas essen. Sie wäre unglücklich, wenn ich keinen Hunger hätte.

Gegen halb drei stand er dann mit einer leichten Jacke über dem Arm unter der Haustür. Über dem Mont Vully hing noch immer die Wolke, sie war länger geworden und kam nicht vom Fleck, der Wind fehlte, sie vergrösserte sich unmerklich, als wollte sie die Sonne aufhalten. Es braucht Bewegung, damit etwas geschieht, dachte er und schloss die Tür, nachdem sich die Katze ihrerseits für Bewegung entschlossen hatte. Sie lief dem Uferweg entlang, markierte mit zitterndem Schwanz einen Holzpfosten und lief in den Nachbargarten.

Gunten lächelte. Es brauchte jeder sein überschaubares Revier, in dem er sich wohl fühlte. Und als er zum anderen Seeufer schaute, wurde ihm bewusst, dass er auch daran war, sein Revier neu abzustecken. Er fuhr die Strecke nach Kerzers über Galmiz, aufmerksam wie seit langer Zeit nicht mehr. Pats Moped stand am Gartenzaun. Das Küchenfenster war geschlossen, obwohl es noch ein heiterer Tag geworden war. Gunten fragte sich, wie ein junger Bursche, der keine Arbeit und keine besonderen Interessen hatte, den Tag verbrachte.

Er musste sie beide am Tisch haben, um mit ihnen zu reden, wo auch immer.

Er wusste nicht, ob der Einfall gut war, als er vor dem Wollladen in Kerzers hielt, aber Blumen wuchsen wohl jede Menge in Eugenies Garten.

Bernadette fand seine Idee gut, sie war ganz aus dem Häuschen, dass ein Mann einen Gutschein für Wolle wollte.

Vielleicht, überlegte er, kauft Eugenie damit die Wolle, mit dem sie ihm einen Pullover stricken will.

Er wünschte einen schönen Tag, ging hinüber zum «Löwen» und die Stufen hoch und musste kurz stehen bleiben, bevor er eintrat. Er setzte sich an den Tisch neben der Tür, an dem er mit Eugenie gesessen hatte.

Beth rieb hinter dem Buffet Gläser trocken, am Stammtisch unterhielten sich zwei Rentner darüber, wie eine Granitmauer hochzuziehen war.

Conny, in schwarzer Hose, weissem Hemd mit schwarzer Fliege, hatte seinen Gruss ohne aufzublicken abgenommen. Er sass am Fenster, einen Kaffee vor sich, und las den «Murtenbieter». Fast unmerklich wandte er sich Gunten zu und erhob sich; er liess sich nicht anmerken, dass er Gunten erkannt hatte.

Vielleicht war es die Vorsicht, die Gunten an ihm auffiel, und eine leise Furcht. Er bestellte ein Schlossgold, nahm ein Salamibrot aus dem Körbchen und verlangte ein Messer; er würde es nicht mehr lange durchstehen, ohne etwas im Magen zu haben.

Conny setzte sich wieder hin, und bevor er umblätterte, blickte er nachdenklich zu Gunten, und Gunten lächelte, deutete aufs Salamibrot, und jetzt merkte Conny, dass er das Messer vergessen hatte.

Es ist beruhigend, sagte Gunten, dass auch Jüngere vergesslich sind.

Conny lächelte, nahm Tasse und Zeitung und lief zur Küche.

Gunten hätte wortlos den Kopf aus Nickel hinlegen und Connys Reaktion abwarten können. Er wollte ihn aber nicht aufschrecken und mundtot machen, zudem war hier der falsche Ort. Er hätte gewiss ins Schwarze getroffen und alles vermasselt; harte Fronten auf beiden Seiten hätten ein Gespräch verunmöglicht. Ins Gespräch mussten sie kommen. Er würde Fragen so stellen, wie Jean es getan hätte, um beiläufig die richtigen Antworten zu bekommen. Es hatte mit Hinterlistigkeit zu tun; Gunten war es gewöhnt, unverdeckte Fragen zu stellen, um eine ehrliche Antwort zu bekommen.

Und überhaupt wollte er sie beide sich gegenüber haben.

Allmählich lief ihm die Zeit davon, Eugenie wartete, er war hungrig, das Fläschchen leer. Conny sass wieder über der Zeitung, las aber nicht, als hätte sich das gespannte Verharren Guntens auf ihn übertragen.

Conny erhob sich sogleich, als Gunten zahlen wollte.

Gunten liess dann die Jacke auf der Bank liegen und er war noch nicht bei der Tür zur Strasse, als Conny ihm mit der Jacke hinterherlief; er hatte es erwartet.

Von wegen vergesslich, sagte Conny, jetzt sind wir quitt.

Das war die Gelegenheit, Conny bot sie ihm unbewusst an. Meinen Sie?, fragte er.

Connys Haltung war plötzlich Abwehr.

Man sagte mir, Ihre Mutter sei kürzlich gestorben. Das tut mir Leid. Der Tod der Mutter nimmt einen immer sehr mit.

Conny machte zwei Schritte zur Gaststube, überlegte es sich anders und erwiderte: Sie war sehr krank. Ich möchte nicht darüber reden.

Das verstehe ich, sagte Gunten. Vor einem Jahr, im April, wenn ich mich nicht irre, machten Sie auch einen sehr mitgenommenen Eindruck. Damals ist auch eine Frau gestorben. Es stand in der Zeitung. Sie haben sie gekannt?

Conny hob die Schultern. War da nicht ein Zögern gewesen, hielt er nicht den Atem an?

Ich kann mir das nicht erklären. Vielleicht erklären Sie mir, ob es da einen Zusammenhang gibt?

Ich weiss nicht, wovon Sie reden.

Er hält sich gut, dachte Gunten. In schon fataler Gelassenheit wartet er ab, was auf ihn zukommt.

Sie verkehren im «Hecht» in Muntelier?

Er dachte darüber nach, und Gunten spürte, dass er noch über etwas anderes nachdachte.

Früher ja, sagte er. Mein Freund hatte einmal Probleme. Seither gehen wir nicht mehr hin. Aber was soll das alles? Ich verstehe nicht, was Sie von uns wollen.

Sie haben hin und wieder Probleme mit ihm, antwortete Gunten, und dabei dachte er: Von uns, hat er gesagt! Heute ist Donnerstag, fuhr er weiter, der flauste Wochentag, meint Beth. Da können Sie früher Feierabend machen. Vielleicht können wir uns danach unterhalten? Sie, Ihr Freund und ich.

Ich wüsste keinen Grund.

Vielleicht können Sie sich einen vorstellen?

Er kam nicht weiter, er hatte nicht die berufsbedingte Erfahrung von Jean. Er musste es darauf ankommen lassen, so, wie er es mit Jean hatte darauf ankommen lassen, als es um die Berichte gegangen war.

So um sieben heute Abend könnte ich in Galmiz vorbeischauen. Es macht mir keine Mühe. Sie liegen an meinem Weg…

Und was soll das bringen?

Wir könnten uns über Schmuck unterhalten?, schlug Gunten vor.

Er riss die Tür auf, stolperte fast auf der Treppe, er lief zu hastig die Steigung hoch zum Wagen, sodass er stehen bleiben musste, seine Brust verengte sich. Er wartete eine Weile. Nichts geschah. Er fuhr los und es geschah auch nichts, als er nach Murten abbog. Ob er doch noch alles vermasselt hatte? Es ist die Neugier, sagte er sich, die einen Menschen antreibt, im Guten wie im Schlechten.

37

Links neben dem Restaurant «Du Port», schräg der Kirche mit den gotischen Fenstern gegenüber und einem Rebhang, lag ihr Haus; parken konnte er auf dem Platz vor der Anlegestelle.

Darauf ist noch niemand gekommen, sagte sie, als er ihr den Gutschein für die Wolle gab, und verzieh ihm sein Zuspätkommen.

Er habe sich hinlegen müssen, sagte er. Sie standen in der Küche, die modern eingerichtet war, gedeckt hatte Eugenie aber in der Pergola; nur die Platte mit Aufschnitt und Brot war hinauszutragen.

Später gerne, sagte er, als sie ihn fragte, ob er sich das Haus anschauen wolle. Ich falle um vor Hunger.

Das Haus war Ende des neunzehnten Jahrhunderts erbaut worden, zweistöckig, mit Erkern, und erst kürzlich renoviert worden.

Haben wir alles?, fragte sie, als sie sich zu ihm in die Pergola setzte. Ein Nachbar besorgte ihr den Garten. Mir wäre es zu viel. Du bedienst dich doch selber? Der Garten reichte bis ans Ufer und man hatte nur so weit Hand angelegt, um ihn vor Verwilderung zu bewahren. Ihm gefiel er.

Niederstämmige Platanen säumten das Ufer, der See lag ruhig, Insekten schwirrten und von der Kirche schlug es vier. Er nahm sich ein zweites Mal Aufschnitt und Käse, dazu Mineralwasser.

Wir müssen noch öfters nach Eguisheim fahren, sagte er.

Sie verstand nicht, was er meinte.

In der Küche fehlen noch ein paar Terrinen, die grösseren.
Der Vorschlag gefiel ihr. Hin und wieder legten sie das
Besteck ab, lehnten sich zurück und lächelten, mit einbezo-
gen in die Landschaft, von der Gunten sagte, sie sei ihm ein
Gefäss. Lange hatte er sich nicht mehr so wohl gefühlt. Ich
danke dir, sagte er.

Sie nickte und verstand, wie er es meinte.

Ein Ausflugsboot legte an, als sie Kaffee einschenkte. Die
Ausflügler liefen als Horde hoch, als gelte es, den Ort zu
erobern.

Damit war für einen Augenblick ihr Wohlgefühl gestört.

Er erhob sich, nahm die Jacke vom Stuhl und das braune
Kuvert aus der Innentasche. Ich möchte gerne, dass du das
liest, sagte er.

Sie sah ihn irritiert an.

Es geht um Conny und seinen Freund. Bitte! Ich sehe mich
inzwischen ein wenig im Garten um.

Verlaufen hätte sich einer können, wenn die Sträucher
und Blumen dicht gestanden und ihn überragt hätten. In
kaum wahrnehmbaren Windungen führte ein schmaler, über-
wachsener Weg hindurch, dem er geduldig folgte, und er
nahm überrascht auf, was da alles wuchs und schon blühte
und noch zum Blühen kommen würde.

Wie er wieder am Ausgangspunkt stand, erinnerte es ihn
an Eguisheim.

Das war der Anfang gewesen.

Er liess ihr Zeit. Er nahm den Weg ein zweites Mal auf
und fand ans Seeufer und zu einer Bank unter einer Platane.

Er setzte sich, er schaute zum anderen Ufer, und so sehr
er sich auch sträubte, es war alles wieder in seinem Kopf.

Er blickte kurz über die Schulter zu ihr.

Sie las, die Arme angewinkelt und den Kopf auf die Hände gestützt.

38

Ziniker, Konrad, Jahrgang 1956, ist das jüngste von insgesamt vier Kindern. Der Bruder Sebastian starb 1974 durch die Folgen von Alkoholmissbrauch. Die Ehe der Eltern war bereits am Zerbrechen, als Konrad zur Welt kam. Die Mutter konnte oder wollte die Kinder nicht betreuen; sie wuchsen in verwahrlosten Verhältnissen auf. So kam Konrad mit vier Jahren in ein Kinderheim in Zofingen. Er blieb dort für die nächsten acht Jahre, getrennt von den ins selbe Heim eingewiesenen Geschwistern. Die Mutter hielt keinen Kontakt, der Vater besuchte sie einmal im Monat.

Im Heim wie auch in der Primarschule fiel er höchstens durch seine Fügsamkeit auf; er schien ausser Stande, eine Position zu wahren oder einen Anspruch durchzusetzen. Dies war bequem für seine Umgebung, niemand hat es beunruhigt.

Konrad hat Zofingen in guter Erinnerung: Er fühlte sich dort daheim.

1968 nahm der Vater, der sich 1962 hatte scheiden lassen und nun mit einer Freundin zusammenlebte, Konrad für den Rest der Schulzeit nach Basel. Der Entschluss des Vaters war gewiss gut gemeint, richtete aber nur Schaden an. Konrad verlor das feste Lebensprogramm des Heims sowie alle dortigen Bezugspersonen. Man habe ihn einfach ins Wasser geworfen und abgewartet, ob er schwimmen könne, meinte er selber. Der Vater arbeitete in der chemischen Industrie, die Freundin als Verkäuferin bei der Migros. Sie hatten weder die Zeit noch die Fähigkeit, dem Jungen zu helfen. Konrad liess drastisch in der Schule nach, begann zu trinken und hatte mit fünfzehn seinen ersten schweren Rausch; er beging kleine Diebstähle.

Mit dem Diebesgut erkaufte er sich Bekanntschaften und Anerkennung, wie seine Mutter es mit ihren Geschenken tat. Es machte die Sache nicht besser, als er mit vierzehn seine

Mutter wiedersah. Als die beiden sich gegenüberstanden, waren sie sich völlig fremd, und sie sollten sich auch weitgehend fremd bleiben.

Konrad wäre gerne Coiffeur geworden wie seine Schwester Sylvia oder Koch wie sein Bruder Egon. Der Beistand war dagegen. Ein Aufenthalt in Porrentruy zu Erlernung der französischen Sprache und ein paar Monate Hilfsarbeit in einem Baugeschäft machten klar: Konrad war überfordert und konnte mit Alkohol nicht haushalten.

1972 stimmten beide Eltern einer Einweisung ins Jugendheim Basel zu.

Man einigte sich auf eine Lehre als Bäcker/Konditor. Das entsprach nicht seinen Wünschen, aber er fügte sich wie gewohnt, wenn sein Gegenüber nicht nachgab. Er kam mit der Arbeit nicht zurecht, gab die Lehre auf und trieb sich herum, bis er von der Polizei aufgegriffen wurde.

Nach einer Verurteilung wegen Diebstahl kam er ins Jugendheim auf dem Tessenberg.

Er schloss dort seine Lehre mit einer guten Note ab. Zu seinen Eltern unterhielt er nur wenig Kontakt. 1977 wurde er entlassen, worauf er auf die Einladung seiner Mutter und gegen den Ratschlag des Betreuers zu ihr nach Ins zog.

Sie war nach Ins, ihrem Heimatort, gezogen, weil sie unter dem Klima in Basel litt. Sie hatte schon damals mit gesundheitlichen Problemen zu kämpfen und war zeitweise bettlägerig. Er gab ihr den Lohn nach Abzug von Fr. 300.– pro Woche ab und fand das richtig so, weil es seiner Mutter wirtschaftlich eher schlecht ging.

Der Vater nahm Konrad offenbar übel, dass er den Kontakt zu seiner Mutter suchte, und ging auf Distanz. Aus dieser Zeit stammt ein aussereheliches Kind, der Sohn Arthur; Konrad hat ihn nie gesehen.

172

Der Versuch, in Bern in seinem Beruf zu arbeiten, scheiterte. Er traf überall auf vollautomatisierte Betriebe, in denen er sich völlig fehl am Platz fühlte. Er hatte doch ein Handwerk erlernt und nicht Bäckerei-Maschinist. So wechselte er ins Gastgewerbe, wo er zufrieden war, und seine Arbeitgeber waren zufrieden mit ihm. Dafür klappte es nicht mit dem Zusammenwohnen mit seiner Mutter. Sie hintertrieb mit Erfolg jeden Versuch ihrer drei noch lebenden Kinder, mehr Kontakt zueinander zu haben. Sie machte stets einen Unterschied zwischen einem guten Kind und zwei schlechten Kindern; das gute war dasjenige, das ihr gerade Gesellschaft leistete. Konrad vermisste immer wieder Geld. Er war überzeugt, dass nur seine Mutter dieses Geld genommen haben konnte. Schliesslich zog Konrad aus. Soweit er sehen konnte, tat seiner Mutter vor allem der Verlust der Zusatzeinnahmen weh. Seine Sachen musste er mit Hilfe der Polizei bei der Mutter abholen; sie hätte sie sonst nicht hergegeben.

Konrad zog nach Basel um, auch um seinem Vater näher zu sein, vielleicht liesse er ihn bei sich wohnen; aber die Umstände hatten sich nicht geändert. Er fand sofort Arbeit als Kellner, aber vorerst keine Unterkunft, schliesslich fand er Aufnahme im Jugendheim. Der Leiter war der einzige Mensch, der ihm je geholfen hat, uneigennützig. Basel schien ihm diesmal auch sonst Glück zu bringen, sowohl im Beruf als auch im Privatleben.

Er lernte seine Frau kennen, heiratete 1986, aber dann erwiesen sich Beruf und Ehe als unvereinbar. Seine Frau duldete sein Charmieren beim Service nicht. Er wechselte in die chemische Industrie, was die Ehe nicht rettete; der Dreischichtenbetrieb gab ihr den Rest. Ab 1990 war Konrad wieder allein, mietete eine Dachwohnung, stattete sie mit viel Lie-

be und einer grossen Weinsammlung aus und bevölkerte sie nach Möglichkeit mit Gästen. Er finanzierte einer Freundin die Wirtefachschule. Im Wesentlichen war er trotz alldem alleine.

Er trank an den Wochenenden bereits sehr viel, unter der Woche zwar weniger, aber auch schon zu viel.

Einmal besuchte ihn seine Mutter, weil sie für einen Kuraufenthalt Geld brauchte. Von einer späteren Rückgabe des Geldes sprach niemand. Das sollte auch für jene Fälle gelten, in welchen Konrad ihr Geld in einem Kuvert schickte, jedes Mal ein- oder zweihundert Franken. Sie hatte diese Form der Überweisung ausdrücklich gewünscht, weil so niemand etwas davon erfuhr.

1994 starb sein Bruder Egon. Nach der Beerdigung, an welcher die Mutter nicht teilgenommen hatte, kam es bei ihr zu Hause zu hässlichen Szenen. Sie lobte den früher verstorbenen Sebastian und kritisierte den eben bestatteten Egon. Konrad fand das alles unschön und sie verlangte den Schmuck zurück, den sie ihm geschenkt hatte.

Er trank nun auch wochentags immer häufiger Alkohol.

Doch dieser Todesfall leitete für Konrad eine fast glückliche Zeit ein. Er hatte Erika, die Frau seines verstorbenen Bruders, immer gern gehabt. Er half ihr nach Egons Tod. Als sich herausstellte, dass sie an einem nicht operablen Krebs litt, zog Konrad zu ihr. Sie wollten für die Zeit, die Erika noch blieb, zusammen sein. Der Kontakt zum Vater war wieder gut, jener zu seiner Mutter beschränkte sich auf Dienstleistungen. Zur Beerdigung von Erika kam niemand aus der Familie. Er verlor mit dieser Frau, die er über Monate gepflegt hatte, alles: seine Liebe, jeden Sinn im Leben, im Frühjahr 1997 auch die Wohnung, die auf sie gelautet hatte. Von dem Geld, das ihm sein Arbeitgeber aus seinem Pensionskassenanspruch auszahlte, beglich er die Spitalkosten und Steuerrechnungen für seine tote Freundin. Danach trank er noch mehr.

Völlig ratlos bat er seine Schwester um Hilfe. Sie wies ihn ab, verschaffte ihm aber eine Stelle als Kellner im «Löwen» in Kerzers, nur hatte er keine Wohnung. Seine Mutter war einverstanden, ihn aufzunehmen, verlangte aber eine Sicherheit von Fr. 4000.– und ein Kostgeld von Fr. 700.– jeden Monat. Die Fr. 4000.– bezahlte er vom restlichen Geld der Pensionskasse.

Das Zusammenleben war schwierig. Nach kurzer Zeit erklärte ihm seine Mutter, dass er bleiben könne, sich aber abmelden müsse, andernfalls verliere sie die Zusatzleistung der Pro Senectute.

Auch in diesem Fall gab Konrad nach, er gab eine Briefkastenadresse an und meldete sich um. Einmal meinte sie, es wäre besser gewesen, wenn sie ihn seinerzeit wie geplant abgetrieben hätte. Sein Vater habe ja keine Ahnung, dass er effektiv nur einen Sohn habe.

Konrad wehrte sich nicht. Zufällig fand er dann das leer stehende Haus in Galmiz. Er verlangte die Fr. 4000.– zurück, bekam sie aber nicht. Sie bestritt nachdrücklich, je etwas von ihm bekommen zu haben, er möge ihr etwas Schriftliches zeigen. Das gab es nicht. Als er ihr mit der Polizei drohte, sagte sie, man würde ihr eher glauben als ihm.

Ab Frühjahr 1998 beliess er den Kontakt mit seiner Mutter bei gelegentlichen Telefonanrufen. Sie machte ihm jeweils Vorwürfe; als er sein Geld wiederum zurückforderte, bestritt sie, ihm etwas zu schulden, und drohte ihrerseits mit Strafanzeige.

Der Kontakt zum Vater war inzwischen auch wieder abgebrochen.

Er lernte vor einem einschlägigen Lokal in Bern Patrick Moor kennen, einen arbeitslosen Jüngling ohne festen Wohnsitz. Sie verstanden sich sogleich, und er machte ihm den Vorschlag, bei ihm in Galmiz zu wohnen. Vom Alkohol kam er nicht los. Er war von jeher kampfunfähig gewesen.

Moor, Patrick, Jahrgang 1981, ist ein Einzelkind. Ein unerwünschtes Kind. Seine Mutter war bei der Geburt vierundvierzig, sein Vater neunundvierzig. Der Vater arbeitete als selbstständiger Maler, die Mutter temporär in einer Wäscherei. Der Vater, alkoholgefährdet, war selten zu Hause und eher in einer Wirtschaft anzutreffen als auf der Arbeitsstelle. Die Mutter hielt sich einen um zwölf Jahre jüngeren Freund, den sie mit nach Hause brachte, wenn ihr Mann auswärts an der Arbeit war.

Mit neun Jahren wurde Patrick, der spürte, dass er nicht erwünscht war, erstmals straffällig; kleine Diebstähle in Warenhäusern.

Mit elf lief er von zu Hause weg und kehrte zwei Tage später reumütig zurück. Die Signale wurden von den Eltern nicht wahrgenommen, sie stritten sich darüber, wer von ihnen beiden nun verantwortlich sei für das Kind.

Patrick ging unregelmässig zur Schule, er war öfters unbeaufsichtigt und trieb sich auf der Strasse herum; er begann Alkohol zu trinken und zu rauchen. Die Mutter schrieb jeweils die Entschuldigung für die Schule.

Um Kontakte zu finanzieren und Freunde zu gewinnen, bestahl er seine Mutter, und sie verschwieg es ihrem Mann.

Nach dem Schulabschluss begann er eine Lehre als Gärtner, brach sie aber ebenso ab wie andere Lehren.

Mit fünfzehn hatte er seinen ersten Rausch.

Er finanzierte Runden in den Wirtschaften, die er aus Diebstählen finanzierte, redete grossspurig und wurde hin und wieder auch einmal gewalttätig.

1997 erhielt er einen Beistand, der rasch erkannte, welches Problembündel ihm gegenübersass. Er versuchte zu helfen in Sachen Alkoholentzug, Abschluss der Ausbildung zum Dachdecker.

*Patrick machte nicht mit. Ab Ende 1997 lebte er auf der
Strasse, übernachtete wenn möglich bei Bekannten, unterliess jeden Kontakt zu den Eltern und traf erstmals vor einem
einschlägigen Lokal in Bern den fünfundzwanzig Jahre älteren Konrad Ziniker; sie verstanden sich sogleich. Konrad
machte Patrick den Vorschlag, bei ihm in Galmiz zu wohnen.
Patrick finanzierte damals seinen Unterhalt mit Einbrüchen
und Hehlerei, wovon Konrad weder damals noch später
etwas wissen wollte. Patrick fuhr kurz nach Algerien mit der
Absicht, in die Fremdenlegion einzutreten, kam aber wieder
zurück, weil die Formalitäten zu lange gedauert hätten.*

*Er suchte dann zwar Kontaktpersonen wie Eltern und Bei-
stand auf, verschwand aber immer wieder, er war arbeitslos, und er begegnete zum zweiten Mal Konrad Ziniker, der
ihn bei sich aufnahm.*

39

Gunten hatte sich wieder zu ihr in die Pergola gesetzt.

Sie faltete die Blätter, schob sie ins Kuvert und schaute
hinaus in den Garten.

Nun?, fragte er ohne Ungeduld.

Murten und das Seeufer hatten klare Konturen bekommen, die Schatten im Garten waren länger geworden und die
Insekten aufsässig; die Wolke über dem Mont Vully konnte
die Sonne nicht aufhalten.

Sie legte ihm kurz die Hand auf den Arm und sagte:
Weisst du, mein Mann hatte einen Lehrling, und der war in
einer ähnlichen Situation wie die beiden. Mein Mann hatte
Geduld, er war nicht nachtragend, und wenn einer seinen
guten Willen zeigte, war alles vergessen. Der Junge hat keinen Willen gezeigt, sowohl die Geduld meines Mannes miss-
braucht als auch sein Vertrauen. Zu guter Letzt bestahl er ihn

noch und verkaufte das Material. Mein Mann wollte ihm dennoch helfen, also gab er ihm noch eine Chance. Und weisst du, was der Junge gesagt hat? Sie machte eine Pause. Es fiel ihr nicht sogleich ein, oder sie konnte nicht richtig formulieren, wie es der Junge gesagt hatte.

Er war nicht dumm, bemerkte sie, im Gegenteil… Jetzt fällt's mir wieder ein, er sagte: Die Art Hilfe, wie mein Mann sie verstehe, die zugleich Forderungen stelle, brauche er nicht. Was er brauche, seien Zuneigung und Aufmerksamkeit, dann ergebe sich alles von alleine.

Da hat er nicht ganz Unrecht, erwiderte Gunten. Und was hat dein Mann darauf getan?

Es war weiter nichts mehr zu tun in diesem Fall. Der Junge gab die Lehre auf.

Gunten dachte eine Weile nach, dann sagte er: Die beiden haben es, zusammengefasst, nicht leicht, aber keiner unternimmt etwas aus eigenem Antrieb, um es besser zu machen.

Und warum nicht?, fragte sie. Da müsste man zuerst einmal mit ihnen reden.

Das habe ich vor.

Ich würde da vorsichtig sein. Lass die Sache ruhen. Oder verständige die Polizei. Halten wir uns an die Zeit, die uns noch bleibt.

Das eine darf das andere nicht ausschliessen, meinte er. Es ist dir sicher aufgefallen, dass in ihrem Lebenslauf kein Ansatz vorhanden ist, dass sie einen Menschen umbringen könnten.

Du gibst nicht auf!

Das hatte Jean schon gesagt. Nein! Ich muss es einfach wissen, und dazu muss ich mit ihnen reden. Ich kann doch nicht Gerechtigkeit verlangen, Genugtuung, ihnen den Tod wünschen oder welche Strafe auch immer, wenn ich nicht weiss, ob sie Schuld haben. So finde ich keine Ruhe.

Wenn du es so siehst, dann hast du vielleicht Recht.

Sie schwiegen und schauten auf den See, der im aufkommenden Wind seine Glätte verlor.

Inzwischen war der Kaffee kalt geworden und der Wind beugte die Lupinen; das Wetter war eigentlich nicht unbeständig, es zeigte nur seine Launen.

Er bemerkte die Gänsehaut auf ihren Unterarmen und war aufs Neue überrascht, wie schön diese Haut noch war.

Sie lächelte, erhob sich und wollte den Kaffee aufwärmen. Aber wenn ich dich aufhalte...

Wieso?

Ein wenig glaube ich dich schon zu kennen. Diesen Blick hast du gehabt, als ich dich zu deinem Haus begleitet habe, nach dem Essen im «Schiff».

Er lachte. Da erwarte ich Offenheit und ich selber... Er erhob sich, ohne den Satz zu beenden und schob den Stuhl an den Tisch; sie wusste, wie er es meinte.

Sie begleitete ihn bis zur Tür, und sie blieb unter der Tür stehen, bis er abbiegen musste.

Jetzt fiel ihm ein, dass er wieder vergessen hatte, ihr die hundert Franken zurückzugeben, dass er sich nicht für ein andermal mit ihr verabredet und er nur oberflächlich auf ihre letzten Worte geachtet hatte, aber irgendwo waren sie in seinem Kopf.

40

Gunten wusste, was er wollte, aber er hatte keine Vorstellung davon, was ihn erwartete und wie er es angehen und seine Fragen stellen sollte.

Es war ihm den ganzen Nachmittag nichts eingefallen und es fiel ihm nichts ein, als er den Wagen vor ihrem Haus abstellte, und schon gar nicht mehr, als er durch den Vorgarten ging.

Was hatte Conny gesagt? Man habe ihn einfach ins Wasser geworfen und abgewartet, ob er schwimmen könne. Da hatte man genug damit zu tun, den Kopf über Wasser zu halten, da war keine Zeit für Fragen.

Abwarten würde er, schweigen, das würde sie zum Reden bringen.

Na also, den ersten Zug hatte er schon getan! Motorroller und Moped waren an den Zaun gelehnt und das Fenster stand offen. Er war dann doch überrascht, dass sie beide am Tisch sassen und anscheinend auf ihn warteten; auch Pat war angezogen.

Die Tür ist offen!, rief Conny.

Ob das ein guter Anfang war, würde sich zeigen.

Sie nahmen seinen Gruss ab, sie erhoben sich, sie waren höflich und nicht mehr ganz nüchtern, jedenfalls stand eine halb volle Flasche Merlot auf dem Tisch; ein drittes Glas war wohl für ihn bestimmt. Sie setzten sich, Gunten mit dem Rücken zum Fenster.

Conny füllte die Gläser.

Er würde schweigen, vorerst, aber vielleicht hatten sie sich das Gleiche überlegt. Nun kam es darauf an, wer die besseren Nerven hatte und seine Neugier und Ungeduld zügeln konnte.

Sie schauten einander an, ohne sich zu mustern, schwiegen und schauten aneinander vorbei, sie tranken und schauten sich an und wieder aneinander vorbei.

Die Küche war aufgeräumt, sauber; Gunten schämte sich, dass er etwas anderes erwartet hatte. Sie war spärlich eingerichtet, das Nötigste genügte ihnen wohl. Er blickte zur Trommel auf dem Schaft, in dem sie das Geld aufbewahrten, zu lange, denn beide wandten den Kopf.

Jetzt glaubte Gunten einen Anflug von Unsicherheit zu bemerken, eine mit Angst und Abwehr gepaarte Anspannung.

180

Sie schwiegen und tranken, Gunten legte die Hand über das Glas, als sie ihm nachschenken wollten, und nahm sie wieder weg. Ganz unbeschadet würde er das nicht überstehen, aber wenn es half, sie so zum Reden zu bringen.

Keine Anzeichen von Gewalttätigkeit.

Er schaute zum Fenster hinaus und zum Fenster gegenüber, aus dem ihm die Frau zugerufen hatte, dass er kommen solle, wenn etwas los sei.

Es blieb still in der Küche, im Dorf, einmal hob Pat den Kopf, aber er blickte an Gunten vorbei; eine Amsel sang.

Sind Sie ein Freund meiner Mutter gewesen?, fragte Conny.

Jetzt galt es, jetzt musste er schwimmen…

An der Beerdigung hab ich Sie nicht gesehen, aber dann im «Löwen».

Ich erinnere mich! Damit beliess es Gunten und er fragte sich, was denn Connys Mutter mit ihm zu tun haben sollte, mit der ganzen Sache.

Wenn Sie Ihnen was geschenkt hat, sagte Conny, Sie können es behalten – wenn sie es nicht schon vorher zurückgefordert hat.

Er verstummte mit einem nervösen Lachen.

Gunten spürte der Vibration des Tisches nach; Pat trat Conny ein zweites Mal.

Sie haben doch etwas von Schmuck gesagt, fuhr Conny fort.

Er wollte wohl die Angelegenheit, von der Gunten keinen Schimmer hatte, zu Ende bringen. Sie kamen irgendwie von der Richtung ab.

Er soll sagen, was er von uns will! Pat liess die ausgestreckte Hand auf den Tisch fallen. Was will er denn, was weiss er schon, nichts weiss er. Sag's ihm, Conny!

Conny kratzte sich am Ellenbogen und machte schmale Augen.

Ich hatte eine gute Freundin, sagte Gunten und dehnte die Worte. Über viele Jahre. Ich frage mich, ob es ein Unfall gewesen ist, der sie das Leben gekostet hat, oder ob man sie umgebracht hat. Und wie ihr zu dem Schmuck gekommen seid, den ihr in Basel verkauft habt. Mich wundert's, es hat anscheinend nichts gefehlt.

Sie starrten ihn eher erschrocken an als verblüfft, als hätten sie genau diese Fragen erwartet.

Ihr solltet es eigentlich wissen. Die zwei Flaschen Bäzi –

Was meint er denn?, unterbrach ihn Pat und sah dabei Conny an.

Gunten spürte plötzlich, dass sie aneinander vorbeiredeten. Sie verstanden nicht, was er ihnen zu verstehen geben wollte, so blieb die Antwort aus. Jean mit seinen gut gemeinten Ratschlägen, wie man Fragen stellt! So ging das nicht, sie kamen nicht vorwärts.

Wie seid ihr vorgegangen?, fragte Gunten, um zur Sache zu kommen. Hat sie euch überrascht?

Pat stiess Conny an. Sag's ihm, sag's ihm doch! Verdammtnochmal, wie lange soll das noch andauern? Ich halt das nicht mehr aus, ich steh's nicht durch, nicht mehr lange. So sag's ihm! Du schnorrst doch immer, du hast dich schon verschnorrt! Er hatte die Fäuste geballt, behielt sie aber auf dem Tisch; er zitterte am ganzen Leib.

Conny sagte nichts.

Pat beruhigte sich, zitterte aber noch, dann stiess er Conny in die Seite und schrie: Wenn er nicht angerufen hätte, würde sie jetzt noch leben. Warum hat er angerufen, warum musste er anrufen? Gunten verstand gar nichts mehr, sagte aber nichts.

Jetzt begleitete jeden Satz von Pat ein Schlag in Connys Seite, und Conny wehrte nur den ersten Schlag ab in seiner fatalen Wehrlosigkeit. Ich musste sie zum Schweigen bringen. So war's abgemacht. Wenn ich nach Schmuck und Geld suche und sie wacht auf und schreit, nehme ich ein Kissen. Pat wurde leiser. Was hat er sich dabei gedacht? Schiss hat er bekommen, ich könnte ihr was antun, und so musste ich das Kissen nehmen... Er fiel auf dem Stuhl zusammen.

Conny hatte dem nichts hinzuzufügen, er schaute auf seine Hände.

Jetzt starrte Gunten sie erschrocken und verblüfft an.

Hier ging es um Connys Mutter, zweifellos hatten sie sie umgebracht, genauer, Pat hatte sie, mit Connys Einverständnis, umgebracht und Conny hatte es noch zu verhindern versucht. Mit einem Kissen hatte er sie zur Ruhe bringen wollen und sie war an Herzversagen gestorben. Und sie hatten sie bestohlen, den Schmuck in Basel verkauft und sich einen vergnügten Tag gemacht. Unvorstellbar. Wussten sie dann, dass sie tot war? Was nun, wie weiter? Er war hergekommen, um Genaueres über die Umstände von Marthas Tod zu erfahren, und stattdessen gestanden sie ihm einen Mord. Was nun, verdammtnochmal, was nun? Er wusste jetzt etwas, das er nicht wissen durfte, und er wollte nichts davon wissen; es ging ihn nichts an. Es hatte keine Zweifel gegeben, dass die Frau an Herzversagen gestorben war.

Aufstehen hätte er müssen, zur Polizei fahren, zumindest Jean anrufen. Aber hätten sie ihn gehen oder telefonieren lassen? Deine Neugier hat dir schon einmal fast das Leben gekostet, hatte Jean gesagt.

Unmöglich, dazu wären sie nicht fähig, so, wie sie dasassen und ihn stumpf anstarrten, angetrunken und hilflos ergeben, als wüsste er, wie es nun weitergehen sollte. Als könnte er ihnen die Entscheidung abnehmen.

Einerlei, schienen ihre Blicke zu sagen, weitergehen musste es, sie konnten hier doch nicht sitzen bleiben und kein Wort sagen über das, was er eigentlich hatte erfahren wollen.

Und da sagte Gunten und hörte sich dabei selber zu: Ich wollte eigentlich von euch wissen, wie meine Freundin und Wirtin vom «Hecht» in Muntelier umgekommen ist. Letzten April, im Keller ihrer Wirtschaft. Wegen zwei Flaschen Bäzi?

Keine Bewegung am Tisch, kein Wort, kein Laut vom Dorf ausser der Amsel, die eine längere Pause eingelegt hatte.

Lass ihnen Zeit!, dachte Gunten.

Sie hielten Guntens Blick stand; sie schienen nicht verstehen zu wollen.

Keine Ausflüchte, dachte Gunten, kein Entrinnen, eine klare Antwort auf eine klare Frage, nur so und nicht anders!

Nein, nein!, sagte Pat und hob abwehrend die Arme.

Damit haben wir nichts zu tun!, fügte Conny hinzu.

Nein? Gunten spürte, wie holprig sein Herz schlug.

Sie lag schon vor der Treppe, die alte Frau, die Wirtin, sagte Conny.

Und sie war kalt und tot, fügte Pat hinzu.

Es traf ihn wie ein Hammerschlag.

Er erhob sich, er umrundete den Tisch und sie sassen da wie festgenagelt.

So redet schon, sagte Gunten und merkte nicht, dass er Pats Glas nahm, da seines leer war, und es in einem Zug leer trank. Erzählt mir, was in jener Nacht im April vorgefallen ist!

41

Er konnte sich vorstellen, warum er sie umgebracht haben könnte, er konnte es nicht glauben, aber zweifellos hatten die beiden auch in diesem Fall die Wahrheit gesagt.

Sie hatten ihre Höflichkeit nicht abgelegt, als sie ihn nicht zur Haustür begleiteten, sie waren einfach selber tief betroffen, zudem hatten sie zu viel getrunken. Auch unter anderen

Umständen hätte er nicht mithalten können; beängstigend, was sie vertrugen. Für ihn war das dritte Glas schon zu viel gewesen.

Er hätte nicht fahren dürfen, gewiss, aber es war ein Uhr früh gewesen, die Leute lagen im Bett und er wollte den Wagen nicht vor ihrem Haus stehen lassen.

Er begegnete dann keinem, Gott sei Dank. Die Frage, immer wieder dieselbe Frage machte ihn unaufmerksam, und sie begleitete ihn dem See entlang, für den er kein Auge und kein Gehör hatte, und in sein Haus.

Er hätte beinahe die Katze vergessen, er lief durchs Haus, rief nach ihr und schaute, da sie so klein war, auch unter die Schränke. Vielleicht hatte sie ihn verlassen?

Er zog sich aus, ging ins Bad und sah sich selber zu, ein wenig erstaunt, als er sich wie immer vorbereitete, um zu Bett zu gehen. Er hatte keine Ahnung davon, wie es nun weitergehen sollte. Schlaf würde er nicht finden. Er nahm sich in der Küche ein Glas Wasser, und als er damit ins Wohnzimmer ging, hörte er den See, den Wind in den Pappeln, er sah die Lichter am anderen Ufer, er sah die Katze und ging vor ihr in die Knie.

Wo immer du dein Versteck hast, sagte er versöhnlich, ich werde es nicht suchen.

Sie machte einen Hüpfer zur Seite, sie sah ihn aufmerksam und auch vorwurfsvoll an und machte, sobald er die Hand ausstreckte, wieder einen Hüpfer.

Er nickte, ging in die Küche und füllte ihre Näpfe.

Er sah es ihren Augen an, dass sie ihn durchschaute. Immerhin leistete sie ihm Gesellschaft, als er sich aufs Sofa setzte, aber sie hielt Distanz, beleidigt und etwas hochmütig.

Was meinst du zu der ganzen Angelegenheit, Mikro?, fragte er und nahm einen Schluck Wasser. Wir lassen zwei Mörder frei herumlaufen. Es ist fies, ich weiss, ich kann ihnen nicht helfen. Oder vielleicht doch? Ich benutze sie dazu, einen anderen Mord aufzuklären, damit ich die Rechnung begleichen kann. Aber wie kannst du eine Meinung dazu haben, wenn du nicht weisst, worum es eigentlich geht? Ich werd's dir erzählen. So wird mir auffallen, ob ich vielleicht etwas übersehen oder mich verhört habe, dann müsste ich meine Vorstellungen ändern.

Es ist eine Weile gegangen, bis sie sich gefasst haben, und ich bin einen Augenblick wütend geworden, als sie zuerst eine Flasche öffneten.

Wut ist kein guter Partner, wenn man Auskünfte bekommen will, hatte er sich gesagt. Er hatte ihnen Zeit gelassen, sich zu erinnern, und versucht, den bedrohenden Gedanken zu verdrängen, dass er mit Mördern an einem Tisch sass, die ihm Auskünfte über einen Mord, den sie nicht begangen hatten, geben würden.

Sie kannten rundum viele Wirtschaften, und Gunten musste zugeben, dass er selber nicht wenige kannte und frequentierte.

In den «Hecht» gingen sie nicht mehr, aber es gab Leute, die verkehrten neben anderen Wirtschaften auch im «Hecht»; gelegentlich machten Bemerkungen über dies und jenes die Runde, Geschwätz, vermischt mit Informationen.

Pat hatte die Informationen über die Tür zum Keller und Conny das Wissen.

An jenem Donnerstag im April wollte die Wirtin vom «Hecht» zu ihrer Schwester fahren, ihr Sohn mit seiner Frau nach Mexiko. Die Gelegenheit hätte nicht besser sein können, abgebrannt, wie sie waren.

Es war ein regnerischer Tag gewesen, und es regnete die Nacht durch und kein Schwein war unterwegs. Conny stellte so um zehn den Motorroller beim Friedhof ab, und sie näherten sich dem «Hecht» von der Rückseite; der angerostete Maschenzaun war kein Problem.

Kein Licht rundum, nur vom «Bad Muntelier», aber das störte nicht, kein Wagen weit und breit, kein Geräusch ausser dem des Regens.

Die Tür zum Keller, die eigentlich keine war, sondern aus zwei eisernen Flügeln bestand, die statt eines Schlosses eine raffinierte Verriegelung hatte, öffnete Conny problemlos.

Sie wussten nicht so genau, was sie wollten, sie waren patschnass und froh darüber, ins Trockene zu kommen.

Ein Leichtes war es, den einen eisernen Flügel anzuheben, und sie liessen ihn offen stehen, für alle Fälle. Ein wenig wunderten sie sich schon, dass Treppe und Kiesboden nass waren, aber sie schenkten dem keine weitere Beachtung.

Conny ging voraus mit der Lampe und gleich zum Regal, das sich rechts der Kellertreppe gegenüber einer unverputzten Mauer entlangzog.

Pat hing etwas zurück, aber es gab keinen Grund zur Besorgnis, das Nachbarhaus lag weit weg und im Dunkeln; sie konnten sich Zeit lassen.

Der Vorrat an Schnäpsen war schmal.

Sie hatten getrunken an diesem Abend, aber ihrem Empfinden nach waren sie nüchtern, jedenfalls meinten sie, ihre Sinne beisammen zu haben. Conny machte sich am Regal zu schaffen, als sie glaubten ein Geräusch im Haus gehört zu haben. Sie löschten die Lampen, sie warteten und hörten nur den Regen auf dem eisernen Blech.

Es wäre zu blöd gewesen, mit leeren Händen abhauen zu müssen.

Sie warteten ein paar Minuten und hörten nur das Klöppeln auf dem Blech. Und als Pat die Lampe wieder anknipste und eher aus Versehen zur Treppe leuchtete, sahen sie sie daliegen, die alte Frau, die Wirtin vom «Hecht», am Fuss der Treppe auf dem zementierten Absatz.

Conny leuchtete ihr in die Augen. Sie war tot, zweifellos, sie atmete nicht, regte sich nicht und ein wenig Blut war auf dem Boden.

Weg, nichts wie weg!, war ihr erster Gedanke gewesen. Auch wenn das Ganze nach einem Unfall aussah.

Wer von ihnen beiden die Idee gehabt hatte, im Haus nach Wertsachen zu suchen, daran erinnerten sie sich nicht mehr. Conny überlegte es sich dann doch anders, er holte seinen Freund auf der obersten Treppenstufe ein, der sich eben bückte, etwas auflas und in die Tasche steckte.

Nein, das hätten sie nicht gekonnt, das Haus zu durchsuchen, während eine Tote im Keller lag! Und jetzt fiel der Schrecken sie an und die Vorstellung, was geschähe, wenn man sie in dieser Situation überraschen würde. Fast wäre Pat auch die steinernen Stufen der Treppe hinuntergestürzt, als Conny ihn am Arm nahm; die Stufen waren nass, als hätte einer vor ihnen den gleichen Weg genommen.

Daran erinnerten sie sich später, und auch an den Geruch, der nicht zur Muffigkeit im Keller passte; aber da lag eine Tote, es war wohl ihr Parfüm.

Natürlich hätten sie Hilfe holen müssen, aber wozu, die Frau war tot, sie war die Treppe hinuntergestürzt, im Dunkeln, wen sollte das wundern, ein Unfall. Wieso hatte sie denn kein Licht gemacht? Es galt zu verschwinden.

Pat nahm den Bäzi, zwei Flaschen, dabei stiess er eine Weinflasche um, die zerschellte. Er hatte die Nerven verloren, da Conny die Treppe hochging. Er wollte dann nur das Licht anzünden, man würde darauf aufmerksam werden, früher oder später, und die Tote finden.

Auf Umwegen fuhren sie zurück, zogen den Vorhang in der Küche und waren enttäuscht über die Ausbeute: Zwei Flaschen Bäzi und einen Kopf aus Metall an einer silbernen Kette, den Pat auf der Treppe bemerkt und eingesteckt hatte.

Und noch immer sass ihnen der Schrecken in den Gliedern.

Den Kopf mitsamt der Kette und Goldschmuck, den Pat hinzugelegt und über dessen Herkunft Conny nichts hatte wissen wollen, verkauften sie dann Anfang Oktober in Basel.

Wie ihnen zumute gewesen war die nächsten Tage? Welch eine Frage! Bis sie dann in der Zeitung lasen, dass die Frau einem Unfall zum Opfer gefallen war.

Ich kann es mir vorstellen, alles, hatte Gunten gesagt und er hatte versucht, den Verdacht, der sich aufdrängte, weit hinten im Kopf zu lassen.

Er war dann einfach aufgestanden und zur Tür gegangen mit der Frage, die ihn bis in sein Haus begleitete: Wer denn sonst hätte sie umbringen wollen und warum? Was meinst du dazu?, fragte Gunten die Katze. Sie hatte sich hingelegt und ihm zugehört, geduldig, wie es nur Katzen können.

Ich hätte da schon einige Fragen zu meiner Frage, sagte Gunten.

Er spürte, wie sich die Anspannung löste und wie hundemüde er war.

Die Katze streckte sich und gähnte, beängstigend weit riss sie dazu den Mund auf, und Gunten lachte. Sie liess sich dann, beleidigt, nicht ins Schlafzimmer locken.

Er öffnete das Fenster, er legte sich hin und hörte dem See zu und wurde die Frage und die Fragen zu der Frage nicht los. Er hörte, wie die Katze das Trockenfutter frass, und er dachte über ihr Verhalten nach und wie sie ihre Beziehung gestalten sollten, wie die Beziehung zu Eugenie war im Vergleich zu Martha und ihre Beziehung zu ihren Söhnen – und damit war er wieder bei der Frage und den Fragen zu der Frage. Er richtete sich auf, schlug die Decke flach und sagte laut: Jetzt hör damit auf, du musst schlafen!

42

Viel später als sechs Uhr wachte er gewöhnlich nicht auf. Als er sich einmal mit Jean im «Bain» darüber unterhalten hatte, meinte Anne, das sei die senile Bettflucht.

Er musste sich nicht dazu zwingen, alles langsamer anzugehen, schon das Anziehen machte ihm nun ein wenig Mühe, zum Binden der Schuhe musste er sich hinsetzen, und die Tabletten, die den Blutdruck senkten, das Blut verdünnten, das Herz gleichmässig am Schlagen hielten, den Körper entwässerten und die Nieren vor dem Versagen hinderten, trugen zur Müdigkeit bei.

Er hatte der Katze die Näpfe gefüllt, sich an den Tisch gesetzt und gefrühstückt, und er wunderte sich, wie viel sie frass und doch so mager blieb.

Über sein Vorgehen wollte er nachdenken.

Er sah die Katze an, als könnte vor ihrer Seite ein Anstoss kommen; sie erwiderte seinen Blick und putzte sich dann das Gesicht.

Ich decke zwei Mörder!, fuhr es ihm wieder durch den Kopf. Mit fieser Absicht.

Er hatte den vagen Verdacht gehabt, dass sie Connys Mutter umgebracht haben könnten.

Albert, der Garagist, hatte ihm gesagt, Conny sei schon am Dienstag durcheinander gewesen, aber vom Tod seiner Mutter hatte er erst am Mittwoch erfahren. Danach hatten sie Schmuck verkauft.

Er hatte es sich vorstellen können und es nicht wahrhaben wollen. Absurd!

Was mit Martha geschehen war, beschäftigte ihn. Je mehr sich sein Verdacht bestätigt hatte, dass sie im Keller gewesen waren und Martha sie vielleicht überrascht hatte, desto eher musste er annehmen, dass sie sie, in Panik vielleicht, umgebracht hatten.

Die Brücke, die er aus ihrem Verhalten geschlagen hatte, führte von einem Mord zum anderen.

Herrgottnocheinmal, er bringt doch nicht seine Mutter um und geht in die Ferien! Und wie stellt es einer an, gleichzeitig an zwei Orten zu sein?

Das würde er ihm nicht zutrauen, trotz allem. Nein?

Pat hatte Connys Mutter umgebracht. Sie war aufgewacht, als Pat die Wohnung durchsuchte, und fing an zu schreien. Durch Connys Anruf war sie aufgewacht. Ein fataler Zufall hatte ihr das Leben gekostet –, der ihr eigentlich das Leben hätte retten sollen.

Wäre es ihm zuzutrauen? Ein Motiv hätte er gehabt.

Gunten fühlte sich plötzlich überfordert. Er hätte Jean eben doch ins Vertrauen ziehen müssen. Entweder hätte Jean etwas unternommen und die Angelegenheit wäre für ihn erledigt gewesen, oder Jean hätte sie mit der Bemerkung abgetan: Du und dein Gespür! Er hätte das Thema gewechselt, in Ruhe sein Glas austrinken und den Tag hinter sich bringen wollen.

Wenn man eine Sache anfängt, sagte sich Gunten immer, muss man sie auch zu Ende bringen.

Er brauchte die beiden, um den Mord an Martha aufzuklären. Danach konnte er mit Jean reden, beruhigte er sich. Ein paar Fragen hätte er ihm jetzt gerne gestellt.

So weit, so gut! Aber es brachte ihn nicht weiter, und so gut war es ganz und gar nicht.

Du hast dich ganz schön in etwas reingeritten, würde Jean sagen.

Ja, und fand er wieder hinaus? Es war fast so schlimm und verwerflich, einen Mörder zu decken, als hätte man die Tat selber begangen; er machte sich mitschuldig.

Lange würde er das nicht durchstehen, so, wie es die beiden wohl auch nicht mehr lange durchstanden. Vielleicht sollte er es darauf ankommen lassen? Einer der beiden würde sich stellen …

Die Katze putzte sich, auch um ihren Geruch loszuwerden, der ihre Beute warnte. Er schnitt die dritte Brotscheibe in mundgerechte Bissen, fügte sie wieder zu einem Ganzen zusammen, seufzte und wünschte, es wäre im Leben auch so einfach. Er kaute und schaute abwesend zur Katze und versuchte mit jedem Bissen sich über sein Vorgehen klar zu werden. Er fragte sich, wie und unter welchen Umständen er aus dieser Sache herauskommen würde, ohne grossen Schaden anzurichten und selber Schaden zu nehmen.

Er fror, als er vor das Haus trat, obwohl er die wärmere Jacke angezogen hatte. Der See war grau, lautlos, wie Wellblech, und so war auch der Himmel.

Sieben Uhr, zu früh, um Jean anzurufen, zu früh, um überhaupt etwas zu unternehmen. Er folgte der Katze, die dem Uferweg entlanglief, hin und wieder ein paar Schritte zurücklief, als wollte sie sich überzeugen, ob sie das, was sie bemerkt oder gerochen auch richtig interpretiert hatte. Als er den Motor startete, schlug Pat seine Zimmertür zu, setzte sich zu Conny, der zum Kaffee einen Bäzi trank, schaute ins Leere, dann zum Fenster, das offen stand, sprang auf und schlug es zu.

Conny hielt seine Tasse fest.

Pat nahm die halb volle Flasche Bäzi vom Buffet, ein Glas, setzte sich wieder. Sein Gesicht war verschwollen, seine Augen schmal und seine Finger zitterten, obwohl er die Hände auf dem Tisch hielt.

Conny liess die Tasse los.

Immerhin hatte Pat sich angezogen. Und jetzt?, fragte er.

Conny hob die Schultern.

Er hat uns reingelegt, der Alte, sagte Pat. Dich bringt wohl nichts aus der Ruhe? Reingelegt hat er uns. Er wird zur Polizei laufen. Aber vorher bring ich ihn um! Er goss das Glas ein zweites Mal voll.

Dann wären sie doch längst gekommen, uns zu holen, sagte Conny. Und sauf nicht so viel.

Sauf du selber nicht so viel!

Sie hatten bis vier Uhr früh getrunken und kein Wort mehr gewechselt, nachdem Pat gesagt hatte, es sei alles beschissen.

Gewöhnlich waren sie redselig und einer Meinung gewesen, wenn sie getrunken hatten und Pläne machten.

Ein Boot auf dem See.

Connys Mutter um den Schmuck und das Geld erleichtern. Was wollte sie noch damit in ihrem Alter?

Eine Bank überfallen.

Ein Haus kaufen auf dem Mont Vully und auf alle hinunterschauen würden sie …

Er hat uns nicht reingelegt, sagte Conny. Er will wissen, wer seine Freundin umgebracht hat.

Wenn du nicht geschnorrt hättest …

Du wolltest doch, dass ich schnorre!

Nicht so. So nicht! Er leerte sein Glas in einem Zug. Ich hau ab, sagte er und stand auf, riss die Jacke vom Haken und fluchte, als er sich in den Ärmeln verhedderte. Hast du gehört, verdammtnochmal, ich hau ab!

Und wo willst du hin? Im Kreis rumfahren?

Warum fragst du das? Du fragst doch sonst nicht mehr, wo ich hin will. Scheissegal, wo ich hingehe. Ich muss in Bewegung sein, sonst stelle ich was an. Er nahm die blecherne Trommel vom Schaft, zählte die Scheine ab und steckte seinen Anteil in die Gesässtasche. Unter der Tür sagte er: Ins Gefängnis bringt er uns! Jetzt lachte er abfällig. Was macht das schon aus? Was mach ich sonst als rumfahren? Im Gefängnis muss ich mich um nichts kümmern. Er schlug die Tür zu, setzte den Helm auf und nahm ihn wieder ab, als er Conny am Fenster sah. Was machst du schon? Wo ist der Unterschied?

Du kannst jetzt nicht abhauen!

Pat fuhr los, den Helm an der Lenkstange, immerhin hob er die Hand, machte dabei einen unfreiwilligen Schlenker, und Conny blieb noch am Fenster, als er Pat aus den Augen verloren hatte, und dachte darüber nach, was er gesagt hatte, während Gunten in Meyriez den Wagen wendete. Das Bezirksspital erinnerte ihn daran, dass er um neun beim Hausarzt zur Kontrolle sein musste. Noch blieb ihm weit über eine Stunde. Nach Galmiz konnte er fahren, ein paar Fragen waren noch offen oder wollte er bestätigt haben.

Jetzt sollten sie wach sein, nüchtern; um neun fing Connys Service an.

Er umfuhr Murten auf der Burgunderstrasse, etwas zu schnell, als könnte er etwas versäumen, auch weil die Strasse dazu verleitete, und als er der Siechenmatt entlangfuhr, blickte er zum Zug, der auf gleicher Höhe war und dieselbe Richtung hielt.

Als er wieder auf die Strasse schaute, erschrak er, hupte, bremste ab und hielt ganz rechts ans Strassenbord, da der Mopedfahrer ihn wohl nicht bemerkte oder betrunken war, jedenfalls blieb er auf dem Mittelstreifen.

Er erkannte ihn, er war es zweifellos, Pat auf seinem blauen Moped, den Helm an der Lenkstange.

43

Gunten stand mit zwei Rädern im Löwenzahn und überlegte noch, ob er Pat folgen sollte, aber da bog der in die Bernstrasse ab, Richtung Murten.

Zu spät, und doch zögerte er, als er den Wagen auf die Strasse gebracht hatte; ganz wohl war ihm nicht. Er fuhr langsam nach Galmiz.

Das Küchenfenster stand offen, was Gunten allmählich verwunderte, so laut, wie die beiden oft waren. Jetzt war er schon besorgt um zwei Mörder, herrgottnocheinmal! Conny sass am Tisch, eine Flasche Bäzi vor sich, und blickte nicht auf, als Gunten in den Garten trat. Wie klein ist doch Connys

Radius, dachte Gunten, von Galmiz nach Kerzers und über Murten einmal ein Ausflug nach Bern oder Basel, die Sauferei, ein Jammer. Als er zur Tür ging, musste er sich sagen, dass sein Radius bis anhin auch nicht viel grösser gewesen war und er nicht eben mässig getrunken hatte.

Sie würden sich zu verantworten haben für das, was sie angerichtet hatten, aber darüber hinaus musste man ihnen helfen.

Conny sah so überrascht wie erschrocken auf. Sie schon wieder!, sagte er und erhob sich. Sie sind alleine?

Darf ich hereinkommen?, fragte Gunten freundlich.

Conny nickte. Er sah müde aus, die Augen waren leicht blutunterlaufen, wässerig; er war angezogen, um zur Arbeit zu gehen, nur sich zu kämmen hatte er vergessen.

Sie setzten sich, Conny schob Gunten ein Glas hin.

Gunten schüttelte den Kopf. Zu früh für mich, sagte er. Er hat sich an einen Ort zurückgezogen, dachte Gunten, zu dem er keinen hinlassen will. Es muss schlimm sein für ihn, am Tod seiner Mutter schuld zu sein, wo er sie doch davor hatte bewahren wollen.

Als hätte Conny Guntens Gedanken gespürt, auf ein Zeichen gewartet, sagte er: Was haben wir uns nicht alles ausgedacht, um zu Geld zu kommen und abhauen zu können.

Gunten schwieg; ein falsches Wort, und Conny würde nichts mehr sagen.

Weisst du, fuhr Conny fort und merkte wohl nicht, dass er Gunten duzte, Pat und ich sind viel zusammen gewesen. Aber nicht ständig. Wir haben uns gut verstanden. Wir waren beide alleine. In der Familie hatten wir keinen Halt. Es war beschissen. Wir hocken gerne in den Bars. Da ist man nicht ganz so alleine, und doch hatten wir keinen, auf den wir uns hätten verlassen können. Wir hatten immer zu wenig Geld und immer die gleichen Probleme. Ich habe meine feste Anstellung und Pat lebt von der Unterstützung. Was soll's, mehr will ich nicht wissen. Wir waren Freunde. Wir haben uns voll akzeptiert. Wir sassen zusammen, tranken und spielten Karten, Elfer raus. Natürlich träumten wir davon, Geld zu haben. In Santa Domingo, in Mexiko, in Spanien oder auch nur in einem Haus über dem See. Das Geld wollten wir uns bei einem Banküberfall beschaffen, in einem Supermarkt. Aber das sind doch alles Utopien gewesen ohne konkrete Gedanken. Im Februar wurde uns das Geld wirklich knapp. Wir waren praktisch pleite, als wir im Keller des «Hechts» eingebrochen sind. Wir wollten nach Basel an die Mustermesse. Das war immer schön. Und im Oktober dann die Herbstmesse. Da hast du Wünsche! Und dann haben wir an meine Mutter gedacht. Die hatte Geld. Und Schmuck. Ich weiss nicht mehr, wer von uns beiden zuerst die Idee gehabt hat, sie zu bestehlen. Im Lauf der Zeit wurde die Idee immer konkreter. Wir haben Nacht für Nacht Pläne durchgesprochen. Es würde risikolos sein, sie zu bestehlen. Sie war krank, sie lag auch tagsüber im Bett; eine Nachbarin kümmerte sich manchmal um sie.

Ich könnt's tun, hat Pat gesagt. Natürlich haben wir auch darüber geredet, wie er sich verhalten sollte, falls sie aufwachen und zu schreien anfangen würde. Er sollte ihr den Mund zuhalten oder ein Kissen aufs Gesicht drücken. Ich konnte ja nicht hingehen, von wegen, wenn einer mich gesehen hätte...

Wir dachten, ihr einen Schlag auf den Kopf zu versetzen, tauge nicht. Sie könnte bluten. Wenn dabei etwas schief ging, würde man sofort merken, dass sie umgebracht worden war.

Ein Auto hielt und ein Mann trug einen Harass Mineralwasser zum Nachbarhaus. Harmlos, Gunten war beruhigt. Conny hatte nicht darauf geachtet, nichts würde ihn jetzt aufhalten...

Nein, die Idee, sie umzubringen, hatten wir nie. Konkret. Es bringt doch nicht einer seine Mutter um! Wir haben zwar

196

einmal gesagt, ein solcher Mensch habe es nicht verdient, weiterzuleben, nur um Leute auszunützen. Meine Mutter war Asthmatikerin. Wenn es schief ging, würde man nicht so schnell darauf kommen oder gar nicht. Im Grunde sind das nur so Ideen gewesen. Weisst du überhaupt, wie meine Mutter gewesen ist?

Gunten nickte bloss.

Sie hat mir mit der Polizei gedroht und mich aus der Wohnung geworfen und mir das Geld nicht geben wollen, das sie mir schuldete. Auch mein Vater wollte nichts mehr von mir wissen. Da sagten wir wohl, diese Frau könnte man umbringen. Aus dieser hirnwütigen Idee, sie zu bestehlen, ist dann eine ernste Sache geworden. Ich habe doch nie gedacht, dass Pat tun würde, worüber wir geschnorrt haben. Ja, ich habe an jenem Morgen bei meiner Mutter angerufen. Ich hatte plötzlich Angst. Bei anderen Plänen hatten wir auch nie von Gewalt geredet. Nur wenn wir zu viel getrunken hatten, dachten wir daran. Wenn sie sich wehrt, sollte er weglaufen. Sie hatte ihn ja nie zuvor gesehen. Wir haben so dahergeschwatzt, manchmal waren wir auch betrunken. Zubetoniert.

Conny stützte eine Weile den Kopf auf die Hände und schloss die Augen. Vielleicht haben wir ihren Tod in Kauf genommen? Weisst du, wir haben, auch ohne an Geldbeschaffung zu denken, über diesen und jenen aus unserer Familie geredet und gesagt, man könnte den einen oder anderen umbringen. Irgendwann haben wir gesagt, man sollte nun alle Vorgespräche vergessen. Als Pat sich auf den Weg gemacht hatte, dachten wir nicht daran, dass es Schwierigkeiten geben könnte. Wir haben es einfach verdrängt.

Wir haben zuerst gar nicht realisiert, dass meine Mutter tot ist.

Ich konnte nicht glauben, dass er sie umgebracht hatte. Ich wollte gleich hinfahren, aber Pat hielt mich davon ab. Als er dann sagte, das Telefon habe geläutet, sie sei aufgewacht und er habe ein Kissen nehmen müssen, habe ich ihm gesagt, dass ich angerufen hätte.

Kannst du dir vorstellen, wie uns nun zumute war? Ein Tag fürchterlicher als der andere. Obwohl keiner Verdacht geschöpft hat. Und inzwischen ist sie ja beerdigt. Vielleicht bist du im rechten Augenblick gekommen. Ich weiss nicht, wie's nun weitergehen soll.

Ich habe anderntags dann doch angerufen. Aber sie nahm ja häufig das Telefon nicht ab. Sie wollte, dass man unterwürfig zu ihr kam.

Vielleicht ist sie bei der Nachbarin, habe ich gedacht. Vielleicht hat sie noch gar nicht bemerkt, dass Geld und Schmuck fehlen. Ich hätte hingehen müssen, aber ich hatte Angst... allein schon die Vorstellung!

Pat wollte dann zur Messe. Da ging ich eben mit. Aber es war nicht wie im letzten Jahr. Wir begannen, uns Vorwürfe zu machen. Aber er hatte sie ja nicht absichtlich umgebracht, er war in Panik geraten. Und ich bin schuld daran. Wie kann einer damit leben? Damit lässt sich nicht leben, so nicht.

Jetzt sah er auf und Gunten in die Augen. Vielleicht bin ich mit ihrem Tod ganz einverstanden gewesen? Sonst hätte ich doch anders reagiert. Was nützen uns da alle Vorwürfe? Wir sind Freunde gewesen! Was meinst du zu allem?

Gunten meinte, dass sie sich anzeigen müssten und dann zur Rechenschaft gezogen würden, aber das sagte er nicht, und er musste sich zugestehen, dass er es nicht sagte, weil er noch Fragen hatte, die mit Marthas Unfall zu tun hatten.

Conny hob das Glas und stellte es wieder zurück. Du denkst sicher, ich will mich rechtfertigen? Und wenn es so ist?

Gunten musste jetzt einen Schnaps haben, er fühlte sich hilflos und elend.

Ich werde versuchen, mit Pat zu reden. Er schafft's auch nicht alleine. Wenn er zurück ist...

Gunten dachte daran, dass er Pat um ein Haar umgefahren hätte. Er fühlte sich zu allem hin noch mies.

Plötzlich nahm Conny ihn am Arm. Du bist doch noch aus einem anderen Grund gekommen, nein?

Das bin ich tatsächlich, erwiderte Gunten und schaute dabei Conny nicht in die Augen; er hätte noch einen Schnaps gebraucht und sich damit mehr geschadet als geholfen und nichts verändert.

Wegen deiner toten Freundin?

Gunten nickte.

Es geht um Recht und Gerechtigkeit, wollte er sagen, aber er liess es, blanker Hohn, und Conny durchschaute ihn. Jetzt begann er sich selber schon zu rechtfertigen. Er wurde da mehr und mehr in etwas hineingezogen, was mit seiner Angelegenheit nichts zu tun hatte. Nein? Er war überfordert. Er konnte Conny sagen, dass er ihm helfen würde, aber er wusste nicht, wie seine Hilfe aussehen müsste, und das sagte er ihm auch.

Conny starrte vor sich hin. Nach einer Weile sah er auf und sagte: Es kommt der Moment, da ist jeder mit sich allein.

Was sollte Gunten darauf antworten? Er stemmte sich am Tisch hoch, er rückte den Stuhl und schob das Glas zur Flasche, er legte auf dem Weg zur Tür kurz die Hand auf Connys Schulter, und er hatte die Tür schon fast hinter sich zugezogen, als Conny rief: Komm zurück, wenn du Fragen hast wegen deiner Freundin…

Endlich!, hörte Gunten fast gleichzeitig die Frau rufen. Sie stand hinter ihren ausgebreiteten Kissen und Decken. Endlich geschieht etwas! Es hat lange gedauert.

Gunten ging ins Haus zurück und schlug die Tür zu; er hätte sie umbringen können.

Gunten schloss das Fenster, setzte sich wieder Conny gegenüber und schenkte die Gläser halb voll. Sie leerten sie wortlos, und dann sagte Gunten: Jetzt lassen wir die Flasche stehen und du beantwortest meine Fragen. Sie sei tot und kalt gewesen, hat Pat gesagt. Aber war sie auch kalt?

Als ich Pat nachgelaufen bin, um ihn davon abzuhalten, nach Geld und Wertsachen zu suchen, rutschte ich auf der nassen Treppe aus, und als ich Halt suchte, berührte ich ihren Arm. Sie war tot, aber nicht kalt.

Gunten blickte zum Fenster des Nachbarhauses; die Frau hatte den Vorhang zugezogen.

Pat hat auch gesagt, es sei ein Geruch im Keller gewesen, der nicht in einen Keller gehöre. Ist dir dieser Geruch auch aufgefallen?

Conny kratzte sich den Ellenbogen.

Was war das für ein Geruch?

Ich bin mir nicht sicher, vielleicht weil es eben so roch, wie es gar nicht riechen sollte in einem Keller. Ich rasiere mich am Morgen, ich brauche ein Rasierwasser, und bevor ich zur Arbeit gehe ein paar Spritzer Deodorant. Aber bis zum Abend hält das nicht hin, und weil ich schwitze, benütze ich's nochmals am Nachmittag.

Gunten beugte sich vor. Es lag eine Frau im Keller, wenn auch nicht lange. Frauen gebrauchen gewöhnlich ein Parfüm. Aber meine Freundin benützte nie eines.

Der Geruch war da, beharrte Conny.

Definiere ihn!

Was?

Rasierwasser, Deodorant, Parfüm?

Ein Rasierwasser, jedenfalls meines, hat einen scharfen Geruch. Der Geruch im Keller war milder, wie ein Deodorant.

Und du irrst dich nicht?

Wir hatten alle Sinne beisammen! In einem solchen Fall muss man das doch!

Gunten schielte nach der Flasche und schob sie energisch weiter von sich. Der Zementboden bei der Treppe war nass, die Stufen waren nass, es roch nach einem Deodorant, die Frau war tot, aber nicht kalt, den Kopf aus Nickel fand Pat auf einer oberen Stufe, das Licht brannte nicht, ihr meint, ein Geräusch gehört zu haben und habt eine Flasche umgestossen.

Conny nickte.

Gunten erhob sich und wollte Conny die Hand geben. Conny zögerte, dann streifte ein Lächeln seine Mundwinkel und Gunten sagte: Gespräche hinterlassen keine Spuren, die man sichern kann. Zeugen nützen nichts, wo Gespräche unter vier Augen geführt werden.

Conny nahm Guntens Hand.

Gunten öffnete das Fenster. Die Frau räumte das Bettzeug ab, sie schaute auf Gunten hinunter und sagte auch nichts, als er aus dem Haus kam und in seinen Wagen stieg.

44

Gewöhnlich bist du zu früh, unterhältst dich mit Frau Kamber am Empfang und hast keine Schnapsfahne.

Sie waren seit Jahren befreundet, Gunten und sein Hausarzt.

Gunten widersprach nicht, nickte schuldbewusst, Wilfried seufzte, schob die Brille auf die Stirn und las das Patientenblatt, das er auswendig kannte, aber das gab der Konsultation den Ernst und das richtige Gewicht. Er war ein schwerer Mann, Ende fünfzig, kahl, mit hoher Stirn, und seine tiefblauen Augen hatten über die Jahre an Glanz verloren.

Gunten schwieg weiter, schaute an seinem Freund vorbei, fasziniert wie jedes Mal von seinem Schreibtisch, der wie nach einem Erdbeben aussah. Wilfried sammelte Versteinerungen. Und wie versteinert war sein Gesicht, als er aufsah.

Wenn du so weitermachst, mein Lieber, bringst du dich um. Man sagte dir doch im Spital: Keinen Alkohol, nicht einen Tropfen!

Weisst du, Wilfi, erwiderte Gunten, es würde zu weit führen, wenn ich dir erzählte, warum ich schwach geworden bin. Es sitzen einige Leute im Wartezimmer. Ich erzähl's dir später. Ich werde zukünftig Acht geben.

Im September wirst du siebzig, allmählich solltest du ausgelernt haben. Du hast noch ein paar schöne Jahre vor dir, wenn du dich von dem fern hältst, was dir schadet.

Man hat nie ausgelernt, das weisst du als Arzt am besten. Und jetzt miss mir den Blutdruck, bitte!

Wilfried seufzte, aber ganz hoffnungslos war es nicht mit seinem Freund, hin und wieder musste man nur energisch mit ihm sein.

Der obere ist etwas zu hoch, der untere ist in Ordnung. Du nimmst doch die Medikamente! Und du weisst, zusammen mit Alkohol, ach, was rede ich, mach dich oben frei.

Gunten gehorchte. Wilfried sagte: Keine übertriebenen Anstrengungen, keinen Ärger, keinen Alkohol, die Sonne meiden und jeden Tag eine halbe Stunde zügig laufen. Bevor Gunten etwas erwidern konnte, fügte er hinzu: Mit offenem Mund atmen! Gunten hasste es, wenn man an ihm herumfingerte, aber er wollte siebzig werden, so Gott es auch wollte, und er fügte sich.

Wilfried klopfte ihm den Rücken ab.

Gut, sagte er. Aber du musst zulegen. Ernährst du dich richtig?

Gunten dachte an Eugenie, nickte und lächelte, und als er sich das Hemd über den Kopf zog, war er in Gedanken wieder bei den Antworten, die ihm Conny gegeben hatte, er hörte Wilfried halb zu, nickte – aber es waren immer dieselben Ratschläge –, er knöpfte das Hemd zu und sagte: Dann bis nächstes Mal!

Wilfried hielt länger seine Hand, sah Gunten bekümmert und misstrauisch an und sagte: Du hast dich doch nicht wieder in etwas reinmanövriert?

Sehe ich so aus?

Wilfried zuckte mit den Schultern, liess Guntens Hand los und sagte: Du würdest es mir eh nicht sagen.

Sie verabschiedeten sich freundschaftlich, Gunten versprach, auf sich Acht zu geben, und liess sich von Frau Kamber einen Termin geben.

Er trat hinaus unter den wolkenlosen, in der morgendlichen Sonne tief gespannten Himmel, atmete ein paar Mal durch und dachte, dass er nun Jean noch ein paar Fragen stellen musste.

Er parkte den Wagen jeweils so, dass er nur ein paar Schritte gehen musste, das war schlecht, Bewegung musste er haben, Wilfried hatte Recht, und es war eine Gelegenheit dazu nach einem Blick auf die Uhr. Um zehn sass Jean gewöhnlich im «Bain».

Er würde am Nachmittag mit Eugenie einen Spaziergang machen, am anderen Seeufer.

Er liess den Wagen beim Berntor stehen und spazierte hinunter zum «Bain», ein guter Anfang; auf dem Rückweg würde Jean ihn hochfahren.

Viertel nach zehn und Jean war nicht da. Er stand noch ratlos herum, als Anne sagte, Jean sei kurz hier gewesen, schlecht gelaunt und nach Kerzers gefahren. Seine Schwiegertochter war nach Thun gefahren; ihr Vater war erkrankt.

Gunten seufzte, nahm den Weg zum Berntor hinauf unter die Füsse und musste alle zwanzig Schritte stehen bleiben. Einmal fluchte er darüber, dass ein Mensch plötzlich seine Gewohnheiten änderte, aber es war ja der Zufall gewesen – und für den war keiner verantwortlich zu machen.

Als er über Murten hinaus und durch die Neubausiedlung fuhr und dann hinunter zum See, als Abwechslung auf dem Weg nach Kerzers, musste er sich wieder sagen, wie klein sein Radius trotzdem war, aber er war ja dabei, ihn auszudehnen.

Auf der Höhe des Friedhofs von Muntelier fiel ihm ein, was Conny erzählt hatte, und dann war er auch schon beim verwilderten Garten mit dem halb eingerissenen Maschenzaun auf der Hinterseite des «Hecht». Und dann sah er Rolands Volvo im Schatten der Kastanie stehen; sein Entschluss war spontan.

Die Wirtschaft war leer, ungelüftet, das Radio auf den Regionalsender eingestellt.

Gunten setzte sich an seinen gewohnten Platz. Jean würde ihm nicht davonlaufen und mit Eugenie hatte er keine feste Zeit abgemacht. Eine Wespe war daran, sich zu betäuben in ihren Versuchen, durchs Fenster ins Freie zu kommen; Gunten öffnete einen Fensterflügel und wedelte ihr mit der Hand den Weg.

Vier Tische waren für je zwei Personen zum Mittagessen gedeckt, es roch nach Lauchgemüse und Gunten erinnerte sich, dass zu Marthas Zeiten alle Tische gedeckt waren, sogar im Säli, und der Stammtisch bis auf den letzten Platz besetzt war.

Die Wespe setzte alles daran, wieder ins Innere zu kommen.

Gunten wedelte kurz mit der Hand, seufzte über seinen aussichtslosen Versuch, und dann bemerkte er Roland, der am Buffet stand und lächelte.

Die Wespe flog nun gegen den andern Fensterflügel.

Auch ein Mensch rennt mit offenen Augen und wachen Sinnen zuweilen in sein Unglück, sagte Gunten, nur weiss er um die Folgen, denn er plant und hat ein Ziel.

Roland verlor sein Lächeln nicht, in seinen Blick kam eine abwartende Aufmerksamkeit. Nehmen Sie wieder Ihre alten Gewohnheiten auf?, fragte er.

Man könnte so sagen, und der «Hecht» liegt gerade an meinem Weg.

Roland hatte die Hemdsärmel hochgekrempelt, er fuhr sich mit der Hand über die Stirn, dann über die Halbschürze und wollte ein Glas Vully einschenken.

Ein Bier wäre mir lieber, sagte Gunten, alkoholfrei.

Elfi kommt erst auf die Mittagszeit, entschuldigte sich Roland und suchte nach dem Bier; er hätte ebenso gut Auskunft über die Kartoffelpreise geben können.

Lassen Sie nur, sagte Gunten, ich schenke mir selber ein. Und im gleichen Atemzug: Wie geht's Ihrer Frau?

Roland wippte mit dem linken Fuss, unentschlossen, ob er weggehen oder bleiben und darauf warten sollte, was noch alles kam. Er hob den Arm und deutete zur gebräunten Decke. Sie hat eine Menge Schreibarbeiten.

Aha, sagte Gunten.

Verena, Rolands Frau, war acht Jahre jünger und einen halben Kopf grösser, Tochter eines in Konkurs gegangenen Gemüsehändlers; sie war ihrer Mutter wie aus dem Gesicht geschnitten und hatte auch ihren Charakter geerbt. Sie hörte nicht hin, wenn die Gäste sie Vreni riefen. Sie stand unwillig hinter dem Buffet und schaute schnippisch über die Gäste hinweg. Sie verloren dadurch Gäste, und nach einer Auseinandersetzung zeigte sie sich nur noch in der Wirtschaft, wenn es unbedingt nötig war. Sie war eine schlanke Frau, die Haare hatte sie rötlich blond gefärbt, die Augenbrauen ausgezupft und nachgemalt. Es gelang ihr meistens, andere ins Unrecht zu setzen, auch wenn sie Recht hatten; sie duldete keinen Widerspruch.

Anfangs hatten die Gäste gesagt, Roland brauche eine starke Frau.

Sie sagten auch, sie würde dann schon herunterkommen von ihrem hohen Ross. Sie meinte immer, es sei mehr aus dem Betrieb zu holen, aber das «Bad Muntelier» gegenüber war eine zu grosse Konkurrenz.

Nach einer Fehlgeburt blieben sie kinderlos; Verena schien nicht sehr betrübt darüber. Sie war keine Wirtsfrau, aber sie war geschickt darin, die Wirtschaft dekorativ zu machen, nur passte es nicht in diese Wirtschaft, die Gäste kamen, um miteinander zu reden und weil die Preise niedriger waren als anderswo.

Sie muss die Idee gehabt haben, dachte Gunten, die Idee mit dem Abriss und dem Neubau, und ihren Mann unter Druck gesetzt haben.

Sie wollte wohl nicht bis ans Lebensende den Geruch der Wirtschaft in der Haut haben und jeden Abend die Kleider auslüften müssen.

Roland hatte nicht bloss zugelegt, er war fett geworden, von einer vorgetäuschten behäbigen Ausgeglichenheit. Sein Gesicht war röter als am letzten Abend und er schwitzte, er dünstete aus, das Hemd hatte Flecken unter den Armen, und er benutzte ein Deodorant; es half, aber nur mässig.

Ein Rasierwasser hat einen scharfen Geruch, hatte Conny gesagt. Der Geruch im Keller war milder.

Gunten benutzte nur Niveacreme.

Und Conny hatte auch gesagt: Bis zum Abend hält es nicht an, ich schwitze stark, darum benutze ich es nochmals am späteren Nachmittag.

Ruhig!, sagte Gunten und blickte sich um.

Na ja, erwiderte Roland, wir lassen es ausplempern. Wir haben eigentlich nur noch offen wegen den alten Stammgästen, wie Sie einer sind.

Sehr anständig, sagte Gunten. Er wischte das Glas ab, schenkte sich ein und setzte einen schönen Schaumkragen; er trank in kleinen Schlucken und schaute dabei Roland an.

Es schien alles gesagt zu sein, Roland fuhr sich über die Stirn und meinte, es sei viel zu warm für diese Jahreszeit.

Nicht ungewöhnlich, antwortete Gunten und schnupperte einem Hauch von Rolands Deodorant nach, als er sich abrupt vom Tisch abwandte.

Roland ging hinter das Buffet, für kurze Zeit in die Küche, er kam zurück in die Wirtschaft, um etwas umzustellen, was er eben umgestellt hatte, und dann schenkte er sich ein Bier ein.

Die Wespe hatte alleine den Weg ins Freie gefunden; Gunten schloss das Fenster. Wann hören Sie hier auf?, fragte er.

Roland trank das Bier. Es wird Oktober, meinte er dann.

Die Tür ging bis zum Anschlag auf und Alfons, ein schwerer Mann in Guntens Alter, stolperte über die Schwelle. Er liess die Tür ins Schloss fallen und ging mit einem Kopfnicken zum Stammtisch. Alfons war taubstumm, konnte einem aber von den Lippen ablesen. Letzten Herbst hatte er auf einen Zettel geschrieben – was er tat, wenn er etwas für wichtig hielt –, er gebe die Fischerei auf, der See sei verdreckt. Das war schon für Cornichon traurig gewesen; stundenlang hatte sie vergeblich am Ufer gesessen. Mikro war wohl kein Fischer; so würde sie nicht enttäuscht werden können.

Roland brachte Alfons den «Murtenbieter» und eine Flasche Bier. Alfons wischte den Flaschenhals ab, leerte sie zur Hälfte in einem Zug, rülpste ungeniert und schlug die Zeitung auf.

Anscheinend hatte Roland alles vorbereitet in der Küche, aufzuräumen gab es auch nichts, so zapfte er sich noch ein Bier und setzte sich damit zu Alfons, der nicht aufblickte.

Bei dem Wetter braucht man nicht in Urlaub zu fahren, meinte Gunten.

Roland nickte.

Sie nehmen wohl noch ein paar Tage Urlaub?

Roland hob die Schultern.

Ich würde gerne reisen, aber das Herz und der Kreislauf lassen das nicht mehr zu. Und dann bin ich zu alt dafür. In Ihrem Alter steht einem noch alles offen!

Roland hob leicht die Arme.

Sie wissen ja, ich bin rund um den Erdball gefahren, mit dem Schiff. Ich habe überall Station gemacht. Jetzt lebe ich von den Erinnerungen. Nur die Staaten kenne ich nicht. Mexiko. Ich kenne eigentlich viele Länder nicht aus eigener Erfahrung. Er richtete sich abrupt auf. Sie waren doch in Mexiko, jetzt fällt's mir ein.

Letztes Jahr, erwiderte Roland und richtete sich auch auf.

Ich habe einmal einen Fernsehfilm über Mexiko gesehen. Gunten seufzte. Der lange Flug, die Umtriebe, und das alleine! Sie waren mit Ihrer Frau dort. Jetzt erinnere ich mich. Hat sie die Reise nicht bei irgendeinem Preisausschreiben gewonnen?

Roland erhob sich, nahm das halb volle Glas mit hinter das Buffet und stellte es in den Spültrog.

Es wird ja viel geredet, sagte Gunten.

Es stimmt schon, erwiderte Roland.

Und, wie hat's Ihnen gefallen?

Mühsam, aber sehr schön. Interessant. Der Zeigefinger seiner rechten Hand klopfte auf den Rand des Spültroges.

Und die Wirtschaft haben Sie geschlossen gehabt. Er seufzte. Jeder musste seine Gewohnheiten ändern, auch ich, damals. Martha, ich meine Ihre Mutter, wollte doch zu ihrer Schwester ins Emmental. Am selben Tag, als Sie abreisten. Das war gut überlegt.

So ist es. Jetzt war seine ganze Hand in Bewegung.

Und dann der schreckliche Unfall Ihrer Mutter, sagte Gunten und liess die Worte im Raum stehen. Ein schlimmer Zufall. Wenn Sie einen Tag später abgereist wären … Er seufzte. Für den Zufall kann man einen nicht verantwortlich machen.

Nein, sagte Roland und schaute mit bekümmertem Blick an Gunten vorbei.

Vielleicht beteilige ich mich auch einmal an einem Preisausschreiben.

Tun Sie, was Sie nicht lassen können!, sagte Roland.

Gunten lächelte. Mach ich. Und jetzt bringen Sie mir noch ein kleines Bier. Und da fiel sein Blick auf Alfons, der vor der offenen Zeitung sass, aber nicht las, und sie anscheinend schon länger beobachtete.

Gunten nickte ihm zu, nickte Roland zu und setzte seinem Bier einen schönen Kragen. Das Radio lief, Roland ordnete die Flaschen anders auf dem Buffet, über ihnen waren schnelle Schritte zu hören, Rolands Frau, wer sonst, die Standuhr, deren tannenzapfartigen Gewichte Martha jeweils am Abend, bevor sie zu Bett ging, hochgezogen hatte, schlug elf, und in den Kurznachrichten wurde über den Unfall eines jungen Mannes mit einem Moped berichtet, kurz nach Meyriez auf der Kreuzung Burgunderstrasse/Länggasse, einer übersichtlichen Kreuzung, wie Gunten wusste. Der Fahrer wurde schwer verletzt; er trug keinen Helm.

Pat, gottverdammich, Pat!, entfuhr es Gunten.

Er schaute zu Roland, der einen nassen Lappen auswrang, und ihre Blicke trafen sich und blieben ineinander hängen.

Kennen Sie ihn?, fragte Roland.

Kennen Sie ihn? Er verkehrte doch hier mit seinem Freund.

Ich wüsste es nicht, erwiderte Roland nach kurzem Zögern, warf den Lappen hin, wusch die Hände und sagte: Mexiko ist übrigens ein heisses Pflaster. Um nochmals darauf zurückzukommen. Er sah Gunten aufmerksam an. Falls Sie Pläne haben: Sie sollten es wissen.

Für einen Augenblick sass Gunten da, als hätte er einen Schlag in den Magen bekommen und er winkte Roland. Er zahlte, er hatte jede Aufmerksamkeit verloren, er liess das Wechselgeld liegen, was Roland so verdutzte wie beunruhigte, er lief durch die Wirtschaft und liess die Tür ins Schloss fallen.

209

Was hat er denn?, fragte Roland gleichmütig und blickte zum Fischer, der keine Miene verzog, bloss nickte und den Blick nicht von Roland nahm.

Was jetzt?, fragte sich Gunten, als er losfuhr. Wie weiter? Er hätte umkehren sollen, Pat folgen, ihn zwingen, wie auch immer, nicht weiterzufahren. Er hätte ihm anbieten können mitzufahren, wohin er auch gewollt hätte.

Er fühlte sich mitschuldig.

45

Gunten sah sogleich, als er von der Murtenstrasse in die Burgstatt abbog, Jeans Mercedes vor dem «Löwen». Einerseits kam ihm das gelegen, Jean würde bei einem Zweier zugänglicher sein, andererseits wäre es ihm lieber gewesen, wenn er mit Conny alleine hätte reden können.

Er vergass für einen Augenblick, dass Ungeduld ein schlechter Partner war; er rammte leicht die Hausmauer, als er einparkte.

Er war erleichtert, dass Jean nicht da war; er stand wohl im Laden.

Conny war daran, vor dem Buffet auf einem Tablar Besteck und Servietten auszulegen. An einem Fenster sassen zwei ältere Ehepaare, am Stammtisch ein Maler, es war angenehm kühl, die Gäste unterhielten sich angemessen und das Radio war leise eingestellt.

Er musste es ihm sagen, aber wie?

Als hätte er Guntens Blick gespürt, wandte er sich um; in seinen Augen war alles Elend und die hilflose Frage, warum es so elend war.

Conny wusste schon, was mit Pat passiert war. Natürlich, das Radio!

Bei schlechten Nachrichten sind sie schnell, sagte Gunten, als würde das alles leichter machen. Es tut mir Leid, fügte er hinzu.

Er wollte abhauen, sagte Conny. Dabei weiss er nicht, wo er hin will. Er hat viele Ziele. Er will immer alles schon können, bevor er es erlernt hat. Was mache ich jetzt? Er wird reden! Jetzt fiel ihm ein, dass Gunten Gast war, und er fragte: Was willst du trinken? Ich offeriere dir etwas.

Er hat nicht vergessen, dass er mich duzt, dachte Gunten. Er hätte jetzt nichts trinken können, räusperte sich. Conny stand da und straffte sein Hemd, immer wieder. Jean hatte Recht gehabt, als er gesagt hatte, er solle die ganze Sache ruhen lassen.

Er war Pat nicht nachgefahren. Das konnte er Conny nicht sagen …

Was willst du mir noch sagen?, fragte Conny.

Gunten erhob sich, als ginge das, was er zu sagen hatte, nicht im Sitzen. Er hatte kein Recht zu urteilen, aber die Möglichkeit, ihnen den Weg zu zeigen. Und so sagte er Conny das, worüber er nachgedacht hatte. So liesse sich vielleicht die Sache abschliessen. Wir sind nicht verantwortlich für das, was der Zufall anrichten kann. So müssen wir auch nicht Rechenschaft darüber ablegen. Aber für unsere Taten müssen wir uns verantworten, mit allen Konsequenzen.

Ich werde darüber nachdenken, erwiderte Conny. Wenn du nichts trinken willst –, ich muss die Tische decken. Er wandte sich ab, kehrte nach zwei Schritten zurück und sagte: Danke. Und er fügte hinzu: Pat ist schwer verletzt. Ich habe im Spital angerufen.

Der Maler wollte zahlen.

Gunten war bei der Tür, als Conny sagte: Pat hat immer gesagt: Wenn nichts mehr geht und nichts mehr hilft, Augen zu und mit hundert drauflos. Ich kann das nicht. Was mach ich jetzt?

211

Das weiss ich nicht. Gunten wusste es wirklich nicht. Er nickte bloss, einen schönen Tag konnte er ja nicht wünschen. Auf den Sandsteinstufen stiess er fast mit Jean zusammen.

Was ist denn los mit dir?, fragte dieser. Wie schaust du aus? Der Kreislauf? Mach mir keinen Kummer.

Gunten hielt sich am Geländer fest. Ich hab dich nicht bemerkt.

Es ist zu warm für diese Jahreszeit.

Das hatte schon jemand diesen Morgen bemerkt; allmählich wurde alles wieder klar, auch in seinem Kopf.

Gehen wir hinein, du musst dich setzen!, sagte Jean und nahm Gunten am Arm. So komm schon! Mein Gott, bist du bockig!

Lass meinen Arm los, sagte Gunten, als sie auf der Strasse standen.

Sie gingen die Burgmatt hoch, schwenkten zur reformierten Kirche ab, setzten sich in den Schatten einer mächtigen Linde und schauten auf den Dorfplatz hinunter. Gunten dachte, dass es nun der Augenblick wäre, Jean alles zu erzählen. Und da sagte Jean: Du hast einen neuen Wagen!

Woher weisst du das?

Ganz einfach, ich tanke dort, wo du tankst.

Aha, erwiderte Gunten. So einfach glitt man wieder in die Alltäglichkeit, die man Leben nannte und an der man hing. Der Himmel hatte sich geweitet mit der vorgerückten Sonne, die Geschäftigkeit rundum war die von gestern, Jean wollte keinen Kummer haben, die Kirchenglocke schlug halb zwölf und Gunten wusste, was zu tun war, aber nicht, wie es weitergehen würde. Zu gegebener Zeit würde er Jean alles erzählen. Er streckte die Beine, atmete ein paar Mal tief durch, er fühlte sich besser, es war alles so leicht überschaubar und normal von hier oben und in seinem Kopf überlagerten, kreuzten und stritten sich die Gedanken und einer hatte irgendetwas mit dem Wetter zu tun.

Jean hatte ebenfalls die Beine von sich gestreckt und die Hände über dem Bauch gefaltet. Am Montag kommt meine Frau nach Hause, sagte er. Definitiv. Er schien sich eher darüber zu freuen, dass er dann nicht mehr im Laden stehen musste.

Übrigens, sagte Gunten, hat man den Keller damals genau angeschaut? Nach Marthas Unfall.

Jean zog die Beine an. Fängst du schon wieder damit an!

Gab es Scherben? Ich meine, Scherben einer Weinflasche in einem Gestell.

Jean rieb sich das Kinn, das immer so glatt rasiert war, und so glatt waren für ihn auch die Umstände von Marthas Unfall. Nein!

Es hat sein Gutes und sein Schlechtes, wenn einer gründlich Ordnung macht, meinte Gunten.

Jean schnaufte durch die Nase. Da solltest du mal die Meinung meiner Frau hören.

Und ist einem ein besonderer Geruch aufgefallen? Dem jungen Schnösel vielleicht?

Ein Keller, in dem Wein gelagert wird, riecht wie … na eben so. Und der junge Schnösel hält sich an das, was er überprüfen kann, und nicht an Gerüche. Was soll das alles?

Unbeeindruckt fragte Gunten weiter: Martha fand zwischen neun und zehn den Tod, nein?

In der Zeit.

Gunten zog die Jacke aus, da er schwitzte, und das brachte ihn dem Gedanken, der mit dem Wetter zu tun hatte, näher, und da sagte Jean: Nun hätte ich eine Frage: Warum stand dein Wagen in Galmiz heute Morgen?

Das war die Gelegenheit, Jean alles zu erzählen.

Ausgerechnet vor dem Haus, in dem Conny und sein sauberer Freund wohnen. Was willst du eigentlich?

Gunten suchte nach einer glaubwürdigen Ausrede. Wenn sein Verdacht unbegründet war, würde er bloss Unheil anrichten. Warum aber lag der Kopf aus Nickel auf einer oberen Treppenstufe? Griff sich Martha im Sturz vor Schreck an den Hals? Absurd! Und warum waren die Scherben weggeräumt worden? Er bringt doch nicht seine Mutter um! Und trotzdem...! Später, wenn er Bescheid wusste, würde er mit Jean reden. Basta. Er war schon so weit, dass er sich durch das, was er wusste, mitschuldig fühlte.

Ich habe Gemüse eingekauft, sagte Gunten.

Und darum stand dein Wagen dort?

So musste ich nur ums Eck laufen. Eugenie kauft beim dortigen Bauern ihr Gemüse. Und da ich heute zu ihr fahre, dachte ich, ich nehme ihr das gleich ab.

Aha! Jean schien nicht ganz überzeugt.

Gunten machte ihn auf ein paar Leute vor dem Laden aufmerksam.

Sie werden wohl warten können, sagte Jean missmutig, aber er erhob sich. Sie werden wohl lesen können. Er machte einen unzufriedenen und nachdenklichen Eindruck.

Als sie auf der Höhe des «Löwen» waren, entfernten sich die Leute, aus Ungeduld oder Unentschlossenheit.

Kommst du nun mit auf ein Glas?

Ich habe mit Eugenie abgemacht, erwiderte Gunten, was gelogen war. Ein andermal gerne, fügte er hinzu. Übrigens habe ich heute Morgen im «Bain» auf dich gewartet.

Na schön. Jean schien versöhnt. Er hielt Gunten am Arm zurück. Wenn ich dir irgendwie helfen kann... na, du weisst schon. Salü, und mach mir keinen Kummer.

Ich komme vielleicht darauf zurück.

Jean lief über die Strasse; auf den Stufen zum «Löwen» hob er, ohne sich umzublicken, die Hand.

Gunten wartete, bis die Tür hinter ihm ins Schloss fiel.

46

Sie freute sich und schien nicht allzu überrascht. Komm ins Haus, sagte sie und liess ihn an sich vorbei. Ich hab dich halb erwartet. Ich sitze im Garten.

Sie trug eine beige Hose, eine weisse Bluse mit V-Ausschnitt, in dem eine Goldkette mit Halbmonden hing, und sie hatte die Haare kurz geschnitten; ihm gefiel's. Er freute sich, dass er willkommen war, unangemeldet, zugleich dachte er, dass sie Acht geben mussten, sich nicht im Selbstverständlichen und Alltäglichen zu verfangen.

Ich bring mich selber mit, sagte er, hob etwas verlegen die leeren Hände, folgte ihr durch die Küche und die paar Stufen hinunter in den Garten.

Fein, sagte sie und machte eine weit ausholende Geste über ihr Land und zum See, als wollte sie ihm alles zum Geschenk machen.

Ich dachte, es wäre schade, bei diesem Wetter alleine zu bleiben, sagte er.

Schön, dass du dich so spontan entschlossen hast.

Es ist gewöhnlich nicht meine Art, meinte er.

Sie setzten sich in den Schatten der Pergola. Sie hatte eine Patience angefangen, die er nicht kannte, und er wollte sie danach fragen, als sie sagte: Es ist schon fast zu warm für diese Jahreszeit. Etwas Regen würde nicht schaden…

Er nickte, es gab viel zu giessen, wenn sie es mit der Kanne tat, die sie jeweils in der Regentonne füllte, und da war er plötzlich, der Gedanke, der ihm entfallen war und mit dem Wetter zu tun hatte.

Sie wäre niemals bei diesem Sauwetter zu ihrer Schwester gefahren!, entfuhr es ihm.

Sie blickte ihn irritiert an.

Martha! Es hat an jenem Donnerstag im April vor einem Jahr geschüttet wie aus Kübeln. Es hat bis über das Wochenende geregnet. Es war zuvor auch viel zu warm gewesen. Nie und nimmer reiste sie bei solchem Wetter!

Wie kommst du jetzt darauf?

Zum dritten Mal habe ich heute nun gehört, es sei zu warm für diese Jahreszeit. Und du wünschst dir Regen... Das hat mich erinnert.

Dich beschäftigt noch immer ihr Unfall!

Ich meine, ich komme den Umständen näher.

Er berichtete ihr, was er alles in Erfahrung gebracht hatte, aber er verschwieg, dass Pat mit Connys Einverständnis dessen Mutter bestohlen und umgebracht hatte, und sie setzten sich nach ihren Vermutungen mit dem schlimmen Verdacht auseinander, der sich aus ihnen ergab.

Eugenie begriff allmählich die Zusammenhänge, und als sie den Verdacht begründet hatten, war sie entsetzt.

Unmöglich!, sagte sie. Das kann ich fast nicht glauben.

Nein?

Es bringt doch einer nicht seine Mutter um!

Vielleicht hätte er ihr doch von Conny und Pat erzählen müssen. Stattdessen sagte er: Er hatte ein Motiv.

Trotzdem, es ist seine Mutter!

Er schwieg, sie dachte darüber nach und ein Lächeln der Erleichterung huschte über ihr Gesicht. Er ist an jenem Tag nach Mexiko verreist, mit seiner Frau. Er kann doch nicht gleichzeitig an zwei Orten sein!

Aber am gleichen Tag an zwei verschiedenen Orten.

Wie soll er das angestellt haben?

Das müssen wir herausfinden. Er hat übrigens auch gewusst, dass seine Mutter bei derart schlechtem Wetter nicht zu ihrer Schwester fahren würde. Aber vielleicht war er nicht ganz sicher...

...und hat Marthas Schwester angerufen, ergänzte sie.

So könnte es gewesen sein. Er hätte zwar seine Mutter anrufen und auflegen können, wenn sie sich gemeldet hätte.

Sie hätte ja einen späteren Zug nehmen können. Er konnte ja nicht jede Viertelstunde anrufen und auflegen, sie hätte den Hörer nicht mehr abgenommen. Es leuchtet ein, dass er ihre Schwester angerufen hat. Sie wird ihm gesagt haben, Martha komme nicht bei diesem scheusslichen Wetter.

Und wenn sie tatsächlich zu Hause geblieben ist...

... kommen wir der Sache näher, ergänzte nun er.

Sie sagte weder, er habe Hirngespinste, noch, er solle besser alles auf sich beruhen lassen. Stattdessen sagte sie: Du findest keine Ruhe und ich verstehe das. Aber irgendwie macht mir das Kummer.

Gunten lächelte. Wieder jemand, dem er keinen Kummer machen durfte.

Hat er dir nicht gedroht?, fragte sie.

Indirekt, erwiderte Gunten und nachdenklich geworden schwieg er eine Weile und schaute auf den See, der leicht gekräuselt war; der Wind schien zu wechseln und schob ein paar Wolken vor die Sonne.

Aus heiterem Himmel, sagte er. Als ich schon nicht mehr an Mexiko dachte. Ich hatte ihn bloss gefragt, ob er Pat kennen würde, er sagte nein und meinte, Mexiko sei ein heisses Pflaster – falls ich Pläne hätte.

Ist das nicht deutlich?, fragte sie erschrocken.

Er lachte, erhob sich, legte ihr die Hand auf den Arm und fragte, ob sie ein Telefonbuch des Kantons Bern habe.

Sehen wir nach, sagte sie, ein altes wohl, mein Mann brauchte es.

Weisst du, Gunten, das gefällt mir nicht! Er behielt seine Hand auf ihrem Arm, als sie zum Haus gingen.

Während sie die Nummer von Marthas Schwester heraussuchte, da er die Brille zu Hause vergessen hatte, sagte er: Vielleicht war es bloss eine Warnung, oder er hatte sich auch gar nichts dabei gedacht. Mexiko, jedenfalls die Stadt, von der aus sie auf Rundreise gingen, ist ein heisses Pflaster.

Martha hatte ihm einmal erzählt, dass ihre Schwester acht Jahre älter war, schwerhörig, mit der Lupe las, aber ein gutes Gedächtnis hatte.

Sie schniefte, als er sagte, er rufe wegen Martha an. Vielleicht erinnere sie sich noch an den Tag, als sie verunfallt sei. Hat sie damals angerufen, dass sie nicht kommen würde? Es hat geschüttet wie aus Kübeln.

Sie schnäuzte sich, Kirchenglocken läuteten zur Mittagsstunde, und er bat sie, lauter zu reden, und hörte ihr dann zu, ohne sie zu unterbrechen. Er bedankte sich und wünschte einen schönen Tag, legte auf, wandte sich Eugenie zu, die Salat rüstete, und sagte: Sie wusste, dass Martha nicht kommen würde. Aber er hat angerufen, du hast Recht gehabt, am späteren Nachmittag. Sie hat sich noch darüber gewundert. Er rief sonst nie an, um zu fragen, ob seine Mutter gut angekommen sei.

Und jetzt?, fragte sie.

Wir sollten herausfinden, bei welchem Preisausschreiben seine Frau die Reise nach Mexiko gewonnen hat und bei welchem Büro sie gebucht worden ist. Man wird uns gewiss das Abreisedatum und die Abreisezeit sagen können. Heute ist doch alles in Computern gespeichert.

Sie gab den Salat in ein Becken mit Wasser, rührte in einer Glasschüssel die Sauce an und fragte: Französisch, ist's dir recht?

Er war überrascht, überrumpelt, er sollte also zum Essen bleiben. Ist mir recht, sagte er.

Und setz dich hin, du stehst mir im Weg. Sie rührte die Sauce an und sagte: Es gibt in Murten das Reisebüro Alfa Tours. Aber jetzt essen wir erst einmal. Magst du die Forellen blau oder gebacken?

Es war ihm einerlei, er fürchtete sich vor den Gräten, seit ihm eine im Hals stecken geblieben war. Sie lachte: Bei Rosen macht der Geruch fahrlässig, beim Essen der Geschmack!, sagte sie. Ich zerlege dir den Fisch.

Sie zeigte ihm, wo Besteck und Teller waren, er deckte den Tisch in der Pergola und hatte dabei das Gefühl einer Zugehörigkeit, das ihm angenehm war. Ein Glas Wein aus eigenem Anbau durfte er sich zugestehen, da er ihn ja nicht auf leeren Magen trinken würde, so entkorkte er einen 97er, der einen schönen Abgang habe, wie sie sagte.

Inzwischen brutzelten die Forellen in heisser Butter, der Tisch war gedeckt, als sie sagte: Bernadette beteiligt sich seit Jahren an Preisausschreiben, aber gewonnen hat sie nie etwas.

Im Wünschen ist keine Erwartung und keine Enttäuschung, sagte er und brauchte die Worte, mit der seine Schwester erklärt hatte, warum sie nicht heiratete.

Er lief hinter ihr her, als sie den gebackenen Fisch hinaustrug und er die Salzkartoffeln, es roch gut und er erinnerte sich an eine längst vergessene Häuslichkeit. Er schenkte die Gläser ein und sie stiessen an auf ihr beider Wohl. Sie wechselten kaum ein Wort, als sie assen; sie waren zu oft alleine zu Tisch gesessen, aber das würde sich ändern.

47

Gunten hatte sich einfach überfordert, seit er aus dem Spital entlassen worden war, sich überschätzt und nicht auf die Anzeichen geachtet, so kam der Schwächeanfall aus heiterem Himmel.

Er fühlte sich trotz des leichten Essens plötzlich unwohl, es fiel ihr sogleich auf, auch wie sein Gesicht an Farbe verlor, und sie wollte, dass er sich für eine Weile hinlegte. Ihr Mann habe über Mittag immer ausgeruht.

Das war ihm nun doch zu intim bei der Vorstellung, auf dem Sofa hinzudösen, auf dem ihr Mann jeweils geruht hatte. Die paar Schritte zum Seeufer und zur dortigen Bank würden ihn wieder ins Lot bringen, meinte er.

Der Wind hatte tatsächlich gewechselt, alles war näher gerückt, die Häuser von Murten hätte einer zählen können; der Föhn machte ihm zu schaffen, sobald es zu regnen anfinge, würde er sich besser fühlen.

Sie hielt sich auf dem labyrinthischen Weg hinter ihm. Er winkte ab, lächelte, als sie sagte, sein Eigensinn erinnere sie an ihren Mann, so weit war er schon gegangen, da konnten sie auch ein wenig entlang dem Ufer gehen. Bewegung musste er doch haben. Sie folgten im Schatten von Trauerweiden einem Schilfgürtel, plötzlich blieb er stehen, atmete schwer, ein Schritt, und sie war bei ihm, und als er wieder zu sich fand, lag er auf dem honigfarbenen Biedermeiersofa, ein Kissen im Nacken und mit einem Puls von achtundvierzig.

Kunststück, sagte sie, dass dir so elend ist.

Keine Bemerkung zu seinem Eigensinn und kein Blitzen in ihren Augen, dass sie Recht gehabt hatte, aber viel Fürsorge, und als er leicht den Kopf hob, dankbar, ging sie aus dem Zimmer und liess die Tür offen stehen.

Stiche an den Wänden vom alten Stadtkern von Neuenburg, vom See, goldgerahmte Spiegel, altes Porzellan in Vitrinen, der Geruch nach Putzmittel, das Rollen des Sees, die sich blähenden Gardinen mit Rosenmustern und ein leise eingestelltes Radio.

Die Wolldecke fand er übertrieben, aber es war schön, umsorgt zu sein, und er schloss die Augen. Er hörte den Geräuschen nach und schob mit dem Gedanken, wie lange es her war, dass er mit einer Frau zusammengelebt hatte, wie sinnvoll ein solches Zusammenleben sein konnte und dass er auf dem Weg dazu war, alle anderen Gedanken zur Seite.

Kein Glockenschlag weckte ihn, nicht die Katze, die er gröblich vernachlässigte, nicht das Rollen des Sees, kein Unwohlsein mit erhöhtem Puls wie in jenen schlimmen Morgenstunden vor drei Wochen, sondern Eugenie, ohne dass sie ein Wort gesagt hätte.

Sie stand zwischen zwei Stühlen am Tisch, wohl schon länger, ihr Dasein und wie sie ihn betrachtete hatte ihn geweckt. Er richtete sich auf, gähnte, wie es seine Katze tat, wenn sie ihm sagen wollte, dass alles wieder in Ordnung war und es weitergehen konnte.

Eugenie sah ihn an, fraglos erleichtert, sie lächelte, aber er hatte das Gefühl, dass sie nicht bloss ins Zimmer gekommen war, um nach ihm zu sehen, da war noch etwas anderes ...

Sie setzte sich, er erhob sich und setzte sich ihr gegenüber an den Tisch, der sehr alt war, das Holz war gefurcht.

Der Himmel hatte sich überzogen, noch regnete es nicht; Eugenie hatte den Tisch in der Pergola abgeräumt und die Kissen von den Stühlen genommen. Er war überrascht, wie lange er geschlafen hatte, halb vier zeigte ihm eine Pendüle aus Glas und Messing, die kein Pendel hatte, sondern einen silbrigen Stängel mit vier silbrigen Kugeln. Von rechts nach links und zurück und wieder nach links drehte sich der Stängel mit den Kugeln und machte dazwischen einen kaum merklichen Halt – als überlegte sich das Uhrwerk, die fliehende Zeit aufzuhalten. Und Gunten fiel ein, wie er in Eguisheim im Kreis gelaufen war.

Ich mache dir doch Kummer, sagte er! Er spürte doch, dass etwas geschehen war, er sah es ihren Augen an, es hatte mit ihm und der ganzen vertrackten Geschichte zu tun.

Ich habe Bernadette angerufen, sagte sie. Sie kennt die Frau, die das Reisebüro Alfa Tours leitet. Sie wird für dich die Unterlagen heraussuchen. An Frau Hunziker musst du dich wenden. Worum es geht, sagst du ihr besser. Sie schliessen um fünf – aber du willst doch nicht gleich losfahren! Morgen ist bis Mittag geöffnet.

Sehr schön, erwiderte er, aber er merkte, dass es nicht das war, was sie ihm sagen wollte, so, wie sie zögerte. Vielleicht wartete sie darauf, dass er ihr zuvorkam und berichtete ...

Sie erhob sich. Gehen wir ein paar Schritte!

Der Föhn war zusammengebrochen, der Himmel streifig grau, wie hingepinselt, kein Regen. Sie gingen zum See, der ebenfalls grau war, setzten sich auf die Bank am Ufer, und sie sagte: Früher oder später wirst du es doch erfahren – wenn du es nicht schon weisst! Connys Freund ist mit seinem Moped schwer verunfallt.

Ich hab's im Radio gehört. Bei schlechten Nachrichten sind sie immer schnell. Das hatte er Conny schon gesagt.

Hier in der Gegend passiert wenig, sagte sie.

Es wird wohl bald etwas passieren!

Sie hob nur kurz die Augenbrauen.

Bernadette hat mir berichtet, dass zwei Beamte Conny im «Löwen» geholt haben.

Nein!, entfuhr es Gunten erschrocken.

Warum holen sie ihn mitten aus der Arbeit? Weisst du etwas darüber? Ich seh's dir doch an, Gunten. Irgendetwas stimmt nicht.

Er hat vielleicht geredet, erwiderte er langsam, Pat, meine ich. Und Conny hängt mit drin. Gunten wusste nicht, sollte er nun erleichtert sein. Sie liess ihm keine Zeit, darüber nachzudenken.

Und über was hat er geredet?

Er würde sie zur Mitwisserin machen. Wie verhielt sie sich dann? Er sann nach einer Ausflucht, er wedelte mit der Hand, später, wenn alles aufgeklärt war, würde er reden, wollte er sie vertrösten, er ging ein paar Schritte auf und ab, zwecklos, er hatte ihr ja schon berichtet, was er durch die beiden in Erfahrung gebracht hatte, und Eugenie hatte die Zusammenhänge begriffen, den Verdacht bestätigt.

Er war wieder auf ihrer Höhe, mit dem Rücken zum See, und sagte: Sie haben Connys Mutter bestohlen und dabei ist sie ums Leben gekommen.

Sie griff mit der Hand ans Herz.

Keine Ausflüchte mehr, keine Ausreden, er erzählte ihr, wie die beiden geplant hatten, Connys Mutter zu bestehlen, ohne Gewalt anzuwenden, und wie Connys Telefonanruf ihr den Tod gebracht hatte.

Durch einen vermaledeiten Zufall!, schloss Gunten.

Sie war so entsetzt wie in dem Augenblick, als sie ihren Verdacht begründet hatten, dass Roland seine Mutter umgebracht haben könnte.

Für den Zufall sind wir nicht verantwortlich, sagte Gunten und hängte dann das an, was er Conny im «Löwen» gesagt hatte.

Du solltest zur Polizei gehen, du musst... Sie schüttelte den Kopf; die Vorstellung war einfach unfassbar.

Unmöglich!

Er setzte sich wieder hin. Wenn die Polizei Conny geholt hat, sagte er, dann hat Pat geredet.

Wegen den paar lumpigen tausend Franken und ein wenig Schmuck!

Er musste ihr nicht sagen, dass schon für weniger getötet worden war.

Und jetzt?, fragte sie.

Wir warten ab, erwiderte er, zu aller Vorteil.

Da sie nicht widersprach, nahm er an, dass sie einverstanden war.

Jetzt bezog er sie schon wie selbstverständlich mit ein!

Morgen werden wir es aus der Zeitung erfahren. Danach handeln wir, das heisst, ich...

Worauf hast du dich da nur eingelassen!, unterbrach sie ihn, aber ohne Vorwurf.

Die Frage ist: Wie komme ich da wieder raus?

Sie nickte, sie schien über eine Lösung für sie beide nachzudenken, sie rieb sich die Finger, sie kam zu keiner Lösung, sie schaute abwesend auf den See und folgte der Fahrt eines Segelboots, das kaum vorwärts kam, und da sagte er: Auch wenn ich weiss, dass Pat Connys Mutter umgebracht hat: Ich kann es nicht beweisen. Ich muss mich auf ihre Offenheit verlassen. Die Beweise müssten die Polizei und die Gerichtsmedizin erbringen. Mit dem, was ich Conny im «Löwen» gesagt habe, wollte ich ihnen einen gangbaren Weg zeigen, eine Brücke bauen.

Sie dachte darüber nach, vielleicht war das die Lösung, jedenfalls nickte sie. Den Tod von Connys Mutter kann man nicht einfach übergehen, sagte sie.

So wenig wie Marthas Tod, fügte er hinzu. Einmal ganz abgesehen von der Gerechtigkeit.

Du willst dich nicht heraushalten, sagte sie. Ich würde an deiner Stelle wohl genauso handeln. Sie stimmte sich mit einem Nicken zu.

Ich kann mich nicht heraushalten, sagte Gunten. Ich darf das, was sie mir anvertraut haben, nicht preisgeben, bloss um aus der ganzen Geschichte herauszukommen. Ich meine, andererseits darf ich es verwenden, um Marthas Tod aufzuklären. Ich muss das alleine durchstehen und ich kann nur hoffen, wenn sie ein Geständnis ablegen, dass sie nicht darüber reden, was sie mir über ihren Einbruch im «Hecht» erzählt haben und wie sie Martha gefunden haben.

Er erhob sich.

Ich muss die Sache zu Ende bringen, viel Zeit bleibt mir nicht mehr.

Er lief ein paar Schritte dem See entlang, als wollte er zeigen, wie wenig Zeit ihm noch blieb, andererseits fand er tatsächlich keine Ruhe mehr, so, wie er vor ihr stehen blieb.

Morgen Nacht, sagte er, wenn ich die Auskünfte, die mir noch fehlen, von dieser Frau Hunziker habe, weiss ich mehr. Aber vielleicht ist danach unser Verdacht unbegründet.

Setz dich wieder, sagte sie, nahm ihn am Arm und zog ihn zu sich und dann neben sich. Halt still, fügte sie hinzu und griff nach seinem Handgelenk, wie sie es wohl bei ihrem Mann gemacht hatte, aber sie sagte es nicht.

Vierundsechzig, gut so. Aber das heisst nicht, dass du nicht jederzeit wieder einen Schwächeanfall haben kannst. Gib Acht auf dich! Halt dich an das, was dir dein Arzt sagt, und tu nichts, was du später bereuen müsstest.

Er nickte bloss.

Weisst du, ich hoffe, dass wir uns geirrt haben.

Das hoffte er auch.

Und nun erzählst du, was du morgen Nacht vorhast. Du kannst dich auf mich verlassen, Camill.

Er sah sie gross an. Martha hatte ihn jeweils mit Vornamen angeredet, wenn sie glücklich war oder sehr besorgt.

48

Der Himmel hatte alle Sterne versammelt, als Gunten, bei angelehntem Fenster, zu Bett ging, entgegen seiner Gewohnheit früh, aber die letzten Tage hatten ihm zugesetzt, und morgen musste er ausgeruht sein.

Der See war ruhig, der Regen für den kommenden Tag angesagt, was ihm eigentlich gelegen kam für das, was er vorhatte, aber Schlaf fand er nicht.

Die Katze, die sich freute, dass er zu Hause war, hatte sich zu seinen Füssen hingelegt, er spürte sie, aber sie wog nicht schwer, und er horchte ihrem Schnurren nach.

Gunten war noch bei der Garage vorbeigefahren und hatte gesagt, dass er den Wagen behalten werde. Albert hatte gelächelt und gemeint, er habe nichts anderes erwartet. Etwas mehr Komfort hast du doch verdient in deinem Alter.

Gegen sechs hatte er den Wagen im Brunnengässli abgestellt; da hatte der Himmel sich schon gelichtet; er war stehen geblieben und hatte ans andere Seeufer gesehen und beinahe wäre er umgekehrt; aber so vieles war noch zu bewältigen.

Ein Stern, der sich blinkend zwischen den anderen verirrt zu haben schien, war keiner, sondern ein Flugzeug, und Gunten dachte mit wehmütiger Sehnsucht und stillem Zorn, dass er nicht mehr weit würde reisen können, problemlos aber ans gegenüberliegende Ufer...

Er seufzte, drehte sich auf den Rücken, atmete gleichmässig und sein Herz schlug ohne zu holpern.

Absurd das alles!

Die Katze lag nun ruhig, schlief, der See blieb ruhig, er dachte an nichts oder nahm sich vor, an nichts zu denken, er hoffte so auf Schlaf und liess sich wieder von der Frage erwischen, ob er auch alles erledigt hatte.

Er hatte die Katze gefüttert, die vor dem Haus gewartet und für eine Weile so getan hatte, als sei er ein Fremder, und sich erst über Schweineherz und Leber hergemacht hatte, als er die Hefte nachtrug.

Nein, er hatte nichts vergessen, es würde alles nachprüfbar sein, sollte ihm etwas zustossen; er hatte noch hinzugefügt, was er morgen Abend vorhatte.

Inzwischen hatte sich die Katze geputzt, lief ins Wohnzimmer und kehrte in die Küche zurück, da Gunten ihr nicht gefolgt war, sie hüpfte einem Nachtfalter nach und Gunten war überrascht, wie beweglich und verspielt sie für ihr Alter noch war.

Er hatte sich eine Omelette gemacht, eine Tomate in Scheiben geschnitten und mit Vollkornbrot den Teller so sauber gewischt, das er ihn unabgewaschen hätte verräumen können.

Der Mensch braucht seine Gewohnheiten und eine gewisse Ordnung, hatte er zur Katze gesagt, sonst verliert er sich und verludert.

Die Katze schien einverstanden und liess sich auf den Schoss nehmen.

Und dann hatte ihn eben die Müdigkeit überfallen. Er hatte noch die Regionalnachrichten gehört, aber über Pat und Conny wurde nichts berichtet. Immerhin... Und jetzt fragte er, was er über Roland wusste – ja, was wusste er denn von ihm? Nicht viel mehr als über seine Frau.

Gut acht Jahre hatte Gunten im «Hecht» verkehrt, sich mit Martha angefreundet – Marth, wie die Gäste riefen, und ihr gefiel's.

Sie hatten sich aufeinander verlassen können, aber sie hätten nie geheiratet. Sie war beiläufig die starke Hand, jedenfalls achtete sie darauf, dass er sich richtig ernährte und nicht zu viel trank.

Manchmal meinte sie, Hopfen und Malz seien verloren und er würde nicht zur Vernunft kommen. Danach machte er sich seine Gedanken und meistens war er ja auch vernünftig. Sie hatten eine gute Beziehung gehabt, aber kein Verhältnis; es war ihnen egal, dass man sie belächelte.

Die kleinen Sünden, sagte sie jeweils, bestraft der Herrgott sofort.

Jetzt ging es um eine Todsünde.

Er hatte Roland, zugegeben, nie gemocht. Der hatte etwas Innenarchitektur betrieben (dabei hatte er seine Frau kennen gelernt), aber mit wenig Erfolg, und eher widerwillig hatte er im elterlichen Betrieb geholfen.

Das änderte sich, eigentlich von einem Tag auf den anderen, wie Martha erzählte, als er Verena heiratete.

Er war Gunten immer etwas zu smart gewesen, zu oberflächlich und geschwätzig, auf Vorteile aus, aber nicht unbedingt schlau genug, sie immer wahrzunehmen. Die Gäste wussten, so weich und unentschlossen er schien, er war unberechenbar und verlor lieber einen Gast, als seine Meinung zu ändern. Er war kein Diplomat, somit kein Wirt, den

Martha sich als Nachfolger wünschte, damit der Betrieb in der Familie blieb. Eine Enttäuschung war es auch, dass er keinen Nachwuchs hatte. Im Geheimen hatte Martha Babysachen gestrickt, aber davon wusste nur Gunten. Roland hielt sich an direkte Wege, vermied Abkürzungen und Umwege, bis – ja, bis er Verena kennen lernte.

Er zeigte sich plötzlich mehr in der Wirtschaft, er begann seiner Mutter dreinzureden, er stellte einen Koch ein, änderte die Speisekarte und setzte die Preise herauf. Er duldete seine Mutter nur noch als Aushilfe und verbot ihr schliesslich die Gaststube und den Umgang mit den Gästen, da sie sie gegen seine Frau und ihn aufhetzte.

Sie litt und hoffte, dass er zur Vernunft kommen würde, wenn sich Nachwuchs einstellte. Und sie hoffte umsonst.

Er hiess, als Innenarchitekt mit wenig Erfahrung, Verenas Vorschläge gut, und auf Umwegen, plötzlich, wurden Veränderungen vorgenommen in der Wirtschaft, wurde sie modernisiert, den gängigen Erwartungen angepasst, kurz, es war nicht mehr wie früher. Die ersten Gäste des Stammtischs blieben weg, die Tische im Säli waren zu Mittag nur noch zur Hälfte gedeckt, der eine und andere Verein blieb weg, die Qualität beim Essen liess nach, die Bedienung, und das Säli wurde nur noch für die Weihnachtsfeier der Gemeindeversammlung geöffnet.

Verena lief schnippisch um die Tische; sie legte es darauf an, dass es mit der Wirtschaft bergab ging, und Roland schien nichts einzuwenden zu haben.

Und es ging bergab.

Sie hatte das Ruder in der Hand, sie sass über der Gaststube über ihren Papieren und Plänen und schien zufrieden, dass der Lärmpegel von Monat zu Monat geringer wurde und sie oft schon um zehn schliessen konnten.

Martha sah als einzige Chance, den Betrieb halten zu können, dass sie das Wohnrecht auf Lebenszeit verbriefte und die Übersicht nicht ganz verlor. Er würde sicher noch zur Vernunft kommen, der Roland.

Sie hörte nicht hin, als gemunkelt wurde, der Sohn wolle die Wirtschaft verkaufen oder gar abreissen lassen, Wohnungen bauen, zumindest seine Frau habe die Absicht, die starke Hand. Und Roland schien einverstanden.

Eine Ungeheuerlichkeit! Martha hörte nicht hin oder weg und schwieg sich auch Gunten gegenüber aus. Für Ratschläge war sie nicht zugänglich, da war sie stur wie Gunten, und sie wollte das selber zu Ende bringen.

Ein Kind zu adoptieren, wie Martha es vorgeschlagen hatte, dazu war es nun zu spät.

Roland trug Anzüge vom Schneider, legte die Jacke nur ab, wenn er in die Wirtschaft herunterkam. Und so, wie er die Gäste nun begrüsste, merkte ein jeder, dass er nur noch geduldet war. Verena vermieste ihnen das Zusammensitzen und Martha versuchte, dem entgegenzuwirken, und hoffte, umsonst, und merkte allmählich, dass sie den beiden im Weg war.

Sie musste sich etwas einfallen lassen, und sie hatte die Idee, Zimmer mit Frühstück zu vermieten, um die Wirtschaft zu halten.

Nur über meine Leiche, wie sie Gunten einmal gesagt hatte, würde der «Hecht» verkauft werden können.

Das war's, dachte Gunten. Genügte das nicht, nein? Er trat unabsichtlich die Katze, sie murrte kurz und kuschelte sich zu seinen Füssen wieder zurecht.

Es verändert sich einer nicht, wenn er nicht dazu gewillt ist, dachte Gunten, aber wenn einer sein altes Leben ablegen kann wie einen unnütz gewordenen Mantel und profitieren kann, wird er noch so gerne dazu gewillt sein.

49

Er hatte wieder verschlafen, acht Uhr vorbei, er setzte sich mit einem Ruck auf, und sogleich war ihm schwindlig.

Die Katze sass vor dem Bett und sah ihn aufmerksam an. Cornichon hätte ihn mit einem Sprung auf die Brust geweckt. Mikro getraute sich wohl noch nicht, sie kannten sich zu wenig und wussten nicht, was der andere vertrug.

Er musste den Tag langsam angehen, er hatte Zeit und öfter war sie wie Klebstoff gewesen. Durch Eugenie hatte sich einiges geändert und er verlor seine Skepsis.

Die Katze bog zur Küche ab, während er den Weg zum Bad nahm, und er hätte nicht auflachen sollen, als sie verdutzt stehen blieb.

Er kraulte ihr den Nacken und sagte: Wir werden uns aufeinander abstimmen müssen und uns doch Freiheiten lassen.

Sie schien versöhnt, als er ihr den Napf mit Milch hinstellte.

Er rasierte sich, duschte, er füllte ein Glas mit Wasser und pickte die Tabletten von der Ablage auf, wie ein Vogel Körner aufpickte, und schluckte sie.

Die Frühnachrichten hatte er verpasst, aber die Zeitung steckte im Briefkasten und die Katze hockte neben der Tür. Er nahm sie unter den Arm und trug sie zu ihrem Türchen, aber sie lief wieder zur Eingangstür.

Gunten seufzte und öffnete ihr.

Es war ein herrlicher, übersonnter Tag, windstill. Er verstand ihre Ungeduld, sie lief sogleich entlang dem Uferweg und ihr Revier ab, er blickte zum Himmel und sagte: Er wird's schon richten!, wie Martha jeweils zum Himmel geblickt und gesagt hatte.

Er atmete ein paar Mal tief durch die Nase ein und den Mund aus; die Luft roch nach einem Wetterumsturz, er liess sich nicht täuschen, so lange, wie er schon am See wohnte.

Er lehnte sich über das Geländer und schaute ins Wasser und bemerkte keine Fische; auch der See roch anders, stumpf und etwas brackig. Er lief ein paar Schritte auf und ab und sah, wie die Katze einen Spatz aufscheuchte, er trödelte und er wusste auch, warum, und da fiel ihm ein, wie Eugenie gesagt hatte: Früher oder später wirst du es doch erfahren.

Während der Kaffee durchlief, schlug er den «Murtenbieter» auf.

Es hatte nichts Beruhigendes, als er den Bericht auf der dritten Seite fand.

Der Kellner Konrad Z. wurde an seinem Arbeitsplatz verhaftet, als er sich eben anschickte, Patrick M., der seit geraumer Zeit arbeitslos ist, im Spital zu besuchen. Die beiden sind befreundet und bewohnen in G. zusammen ein altes Bauernhaus. Patrick M. ist schwer mit seinem Moped verunfallt. Er schwebt nicht mehr in Lebensgefahr.

Konrad Z. gab an, keine Ahnung davon zu haben, wie sein Freund zu dem recht grossen Geldbetrag gekommen sein könnte, den er bei dem Unfall auf sich getragen hatte. Bei einer Hausdurchsuchung in G. wurde ein ebenso hoher Geldbetrag, wie Patrick M. ihn auf sich getragen hatte, sichergestellt sowie ein Goldring mit einem Brillanten. Der Ring gehörte, wie Konrad Z. aussagte, seiner Mutter. Sie habe ihn ihm kurz vor ihrem Tod geschenkt. Über das im Haus vorgefundene Geld wollte er keine Angaben machen. Er verwickelte sich in Widersprüche und der Verdacht entstand, dass die beiden Konrad Z.s Mutter bestohlen haben könnten.

Konrad Z. verweigerte danach jede weiteren Auskünfte und erklärte sich nur bereit, Angaben über den Ring und die grösseren Geldbeträge zu machen, wenn sein Freund mitreden könne.

Bei Erkundungen im Umfeld der verstorbenen Mutter von Konrad Z. wurden die Aussagen von einem Jungen und einem Gärtner zu Protokoll genommen. Sie hatten unabhängig von-

einander am Todestag gegen neun Uhr morgens einen Mann bemerkt, dessen Beschreibung auf Patrick M. passen könnte, der ziemlich forsch das Wohnhaus der Verstorbenen betreten und nach einer Viertelstunde ebenso forsch wieder verlassen hatte.

Konrad Z. war zu dieser Zeit an der Arbeit, was von Zeugen bestätigt wird. Er führte am Morgen ein Telefongespräch, verweigerte aber auch darüber jegliche Auskunft. Übrigens sagte eine Nachbarin der Verstorbenen, dass Konrad Z. seit vielen Monaten seine Mutter nicht mehr besucht habe.

Weitere Untersuchungen sind abzuwarten. Abzuklären ist auch, woher das Geld stammt. Gewiss werden nun die Umstände, die zu Frau Z.s Tod geführt haben, genauer abgeklärt werden müssen. Sie war asthmakrank, lebte alleine und es war bekannt, dass sie viel Bargeld und auch Schmuck zu Hause hatte. Nach der Aussage ihres Hausarztes starb sie an Herzversagen. Die Tote wurde erst nach ein paar Tagen von einer Nachbarin entdeckt. Der Fall scheint mysteriös.

Gunten goss sich eine Tasse Kaffee ein, gab Milch hinzu, liess ihn eine Weile stehen wie die Butterbrote, er seufzte, nahm einen Schluck und einen zweiten und er schmeckte ihm, und er musste zugeben, dass es ihm gelegen käme, wenn der Fall die nächsten vierundzwanzig Stunden mysteriös bleiben würde.

Dummkopf, warum hast du den Ring behalten!, dachte er und im nächsten Augenblick war er beschämt; er konnte sich vorstellen, warum Conny ihn nicht verkauft hatte.

Die Unruhe begleitete ihn vor das Haus und auf dem Weg ins Städtchen.

Er ging ohne Jacke, am Stock.

Die Zweigstelle von Alfa Tours befand sich gleich rechts nach dem Berntor in der Französischen Kirchgasse; ebenerdig betrat Gunten einen Raum, in dem es kühl war und nach Hochglanzprospekten roch. An der Theke stand eine Frau um die dreissig mit einem Lockenkopf und schmalen Händen, die einer älteren Frau eine Schiffsreise nach Korsika zusammenstellte. Gunten setzte sich, erschöpft vom Aufstieg zum Berntor, und langsam ging sein Atem ruhiger, immerhin...

Vor dem Hintergrund einer exotischen Pflanze sass eine Frau an einem Computer; sie war im mittleren Alter, trug dicke Brillengläser in einem roten Gestell und zupfte sich an ihrem Nackenhaar.

Er hatte richtig vermutet: Sie war Frau Hunziker. Gunten stellte sich vor, sie nickte, erinnerte sich, fragte, worum es gehe, und sah ihn dabei mit stark vergrösserten Augen etwas melancholisch an.

Irgendwie beschlich Gunten diese Melancholie auch zwischen den Gestellen mit Reiseangeboten in alle Welt.

Sein Anliegen sei vielleicht etwas ausgefallen, begann er.

Er wolle keine Reise buchen, nein, sondern Auskunft über eine Reise haben, die ein Bekannter von ihm letztes Jahr im April gemacht habe.

Eine neuntägige Rundreise durch Mexiko. Seine Frau habe sie in einem Preisausschreiben gewonnen.

Nein, nicht meine Frau, berichtigte Gunten, die Frau des Sohnes der Wirtin des «Hechts» in Muntelier. Er hat in kleinem Kreis einige Dias gezeigt und kommentiert, aber ich glaube, er hat sich in den Daten geirrt. Vielleicht haben Sie noch Unterlagen über die Reise und Sie können mir das Abreisedatum sagen. Alles andere ergibt sich dann von selbst. Der Wettbewerb sei unter anderem im «Murtenbieter» publiziert gewesen.

Die Frau dachte nach, zupfte sich am Nackenhaar, ihre Augen wurden etwas kleiner, sie zögerte, und dann sagte sie: Das ist alles? Als Gunten nickte, fügte sie hinzu: Dann wollen wir mal sehen.

Gunten musste zur Seite treten, da ein dicklicher Mann Aufmerksamkeit verlangte und sich an der Theke breit machte. Frau Hunziker tippte ihre Eingaben, schaute zu Gunten, schüttelte den Kopf. Nichts, sagte sie. Das ist gelöscht worden.

Gelöscht?, wiederholte Gunten und hatte ein blödes Gefühl im Magen.

Was nun, wie weiter, an wen sollte er sich wenden, an die Fluggesellschaft, aber welche? Es tut mir Leid, sagte Frau Hunziker. Sie stand nun auch an der Theke, da weitere Kunden gekommen waren. Gunten bedankte sich und er war schon fast unter der Tür, als Frau Hunziker rief: Einen Augenblick! Ich sehe mal in der Ablage nach. Vielleicht... Wenn sie später noch einmal hereinschauen oder warten wollen? Sie machte eine einladende Handbewegung. Gunten seufzte, setzte sich und verstand: Sie hatte erst die Kunden zu bedienen. Ein wenig zitterten seine Hände, als er sich auf den Stock abstützte. Er schloss die Augen, entspannte sich, er blätterte dann einen Prospekt einer Seniorenreise nach Norwegen durch und war eben in Hammerfest, als Frau Hunziker an der Theke stand, lächelte und mit ein paar Papierbogen wedelte.

Der Abflug war am 14. April, einem Freitag, sagte sie.

Sind Sie sicher?

Sie schob ihm einen der Bogen hin.

Abflug Zürich: Freitag, 14. April, 10.30 Uhr.

Ankunft Miami: Freitag, 14. April, 14.50 Uhr.

Abflug Miami: Freitag, 14. April, 17.10 Uhr.

Ankunft Mexico City: Freitag 14. April, 19.35 Uhr.

Am Donnerstag ist er aber schon in Muntelier losgefahren!, dachte Gunten. Er war eigentlich weniger überrascht, als er erwartet hatte, aber das dumpfe Gefühl im Magen verstärkte sich.

Wir haben sogar noch die Unterlagen des Wettbewerbs hier, sagte sie, schüttelte den Kopf und lächelte. Eigentlich ging es nur darum, ob einer in Zukunft regelmässig Ferien machen will.

Mit wem verreisen Sie in die Ferien?, las Gunten. Bitte sagen Sie uns, wie alt Sie sind. Was ist Ihre berufliche Tätigkeit? Und so weiter.

Sie haben Recht, sagte er.

Es sind immer die Falschen, die eine solche Reise gewinnen, sagte sie. Ich meine, dort, wo schon Geld liegt...

...kommt immer mehr hinzu und es reicht nicht. Es ist absurd, aber meistens so, leider. Er seufzte.

Sie werden es genossen haben, sagte Frau Hunziker. Unsereins ist es untersagt, an diesen Wettbewerben teilzunehmen.

Sie werden wohl in nächster Zeit keine Reisen mehr unternehmen, sagte Gunten so mehr zu sich.

Wie meinen Sie das?

Könnten Sie mir eine Kopie machen, bitte?, lenkte er ab.

Sie war nun etwas irritiert, und als er die Kopie zusammenfaltete, fragte er, ob sie eine Kaffeekasse hätten. Er wird sehr überrascht sein, wenn ich ihm die Daten gebe, mein Bekannter, sagte Gunten, gab einen Fünfliber ins Kässeli, und bevor er sich zur Tür wandte, fügte er hinzu, wenn er die Absicht habe, eine Reise zu machen, gelange er an sie.

Norwegen, der Norden überhaupt, es wäre etwas anderes, es könnte ihnen gefallen.

Die Gasse erwartete ihn mit blendender Helligkeit, er ging langsam im Schatten der Lauben, als jemand ihn anstiess; er blieb erschrocken stehen und da war Jean neben ihm und lachte. Wie sagst du immer: Das Leben besteht aus lauter Zufällen. Du bist zu Fuss!

Es ging gegen zehn Uhr, die Zeit, zu der Jean ins «Bain» ging, und er schien gut gelaunt, dass er Gunten getroffen hatte.

Sie bogen nach dem Rathaus in den schmalen Weg ab, der hinunter zum See führte und zum «Bain».

Du machst einen Rundgang für deine Gesundheit und gehst dabei noch beiläufig ins Reisebüro. Anscheinend genügen dir deine Rundgänge nicht?

Gunten fluchte still vor sich hin und überlegte, ob er umkehren sollte, aber das hätte Jean nur neugieriger gemacht. Er hatte den «Murtenbieter» gewiss schon gelesen. Norwegen, sagte Gunten, diesen Sommer vielleicht.

Mit Eugenie? Sie hat dich schön im Griff! Er grinste.

Warum nicht?, sagte Gunten und erwiderte Jeans Grinsen. Aber solltest du nicht hinter dem Ladentisch stehen?

Alles in Butter!, sagte Jean und meinte, alles könne nun wieder seinen gewohnten Gang nehmen, da seine Frau schon zurück sei.

Der Weg war gepflästert, links und rechts geduckte Häuser mit winzigen Vorgärten, der Geruch des Sees und nach Gewürzen, die an sonnigen Ecken wuchsen. Gunten atmete tief durch, es würde ihm schwer fallen, hier alles aufgeben zu müssen, nicht bloss weil ihm alles vertraut war und das wechselnde Licht jeweils die Landschaft veränderte und der Wind, die Gerüche ihm fehlen würden; er hatte Recht, wenn er sagte, die Landschaft habe mediterranen Charakter...

Auf ein Glas?

Meinetwegen, willigte Gunten ein; er hatte Zeit, viel Zeit, bis es einnachten würde. Aber ich nehme ein Bier, du weisst...

Vor dem «Bain» blieb Jean stehen. Was meinst du, was rauskommt, wenn die beiden reden? Du hast doch die Zeitung gelesen. Du hast dich so für sie interessiert. Warum eigentlich...

Wegen einem Kopf aus Nickel und einer Büchse Basler Leckerli. Die schulde ich dir übrigens noch.

Das verstehe ich nicht, sagte Jean.

Wie sagtest du, als du mich in der Rathausgasse oben erschreckt hast? Darüber werden sie wohl zuerst reden, über die Zufälle, und dann von der Verantwortung, so hoffe ich. Und jetzt, Jean, gehen wir ins «Bain» und mein Rundgang schliesst sich. Ich lade dich ein und wir reden wie eh über alte Zeiten.

50

Die Wolken verdichteten sich und doch schien Gunten, sie kämen nicht voran und über den See, die Katze bewegte sich träge, das Ticken der Pendüle hatte sich verlangsamt, das Ausflugsschiff hinterliess ein müdes Tuten und die Wellen, die es warf, breiteten sich nur zögerlich aus, das bisschen Wind hatte sich gelegt, der Tag sah sich selber zu und verspottete ihn, der da auf dem Sofa lag und sich hin und her drehte, sich erhob, ein paar Schritte tat und etwas umstellte, was er zuvor schon umgestellt hatte in zunehmender Unruhe.

Und dann begann es zu tröpfeln, leise, und die Tropfen setzten kleine Ringe in den See und er stand schon wieder auf, wo er sich eben hingelegt hatte, und setzte sich in der Küche wieder hin.

Die Zeit stand nicht still, seine Ungeduld verlangsamte alles.

Er hatte sich vorgenommen zu warten, bis die Pendüle neun schlug und es eingedunkelt hatte. Er war sich klar darüber, was er tun wollte, aber nicht, wohin es ihn führen würde, ihn und Marthas Sohn.

Er hatte durchgelesen, geprüft, was er in die Hefte eingetragen hatte, und keine Zweifel gefunden zu seinen Überlegungen.

Er hatte Eugenie angerufen, sie beruhigt, es sei alles in Ordnung, kein Schritt zurück, und er war dabei hin- und hergelaufen, so weit es das Kabel zuliess, er hatte ihren Rat befolgt und sich hingelegt.

Es half nicht.

Auch ein Fernet half nicht; das dumpfe Gefühl im Magen blieb.

Er hatte Jean, der ihn nach Hause hatte begleiten wollen, weil er besorgt gewesen war – Irgendetwas hast du vor! –, gesagt: Vielleicht kann man den Teufel mit dem Beelzebub austreiben.

Jean war kopfschüttelnd zurückgeblieben.

Er hatte nichts zu Mittag gegessen; er hätte keinen Bissen herunterbekommen.

Er hatte den Wein im Kühlschrank gelassen.

Dir ist nicht zu helfen, hatte Jean ihm nachgerufen.

Er setzte sich ans offene Fenster und sah, wie der Regen sanft und gleichmässig fiel.

Die Zeit verging, kein Zweifel, die Pendüle schlug halb sieben, die Katze war hereingekommen und schleckte sich ihr nasses Fell. Als er sich auf dem Sofa ausstreckte, sprang sie an seine Seite, er kraulte ihr den Nacken und sein Atem wurde ruhiger.

Sie dösten, und schon das feine Rauschen des Regens in den alten Pappeln brachte die Zeit ins Lot…

Gleichmässig rauschte der Regen im Laub der Pappeln, der See lag flach und gekräuselt, das ungewohnte Geräusch, das ihn aufgeschreckt hatte, kam aus dem Nebenzimmer. In Strümpfen lief er hinüber, und als er die Katze sah, die mit einem Fingerhut spielte, lachte er erleichtert auf.

Es war einer von Marthas Fingerhüten, den sie liegen gelassen und mit dem Cornichon gespielt und den sie unter dem Kasten vergessen hatte.

Er war hungrig, und wie er den Schlag der Pendüle hörte, schrak er wieder auf, Viertel nach acht. Er wärmte eine Büchse Ravioli und ass sie aus der Pfanne, er zog sich an, zerschnitt für die Katze ein halbes Schweineherz, er lief gegen die Zeit an und musste sich hinsetzen, zu Atem kommen; er hatte wohl zu schnell gegessen und das verstärkte das dumpfe Gefühl im Magen.

Angst ist ein schlechter Partner für mein Vorhaben, sagte er sich, sie macht unaufmerksam.

Er verabschiedete sich von der Katze, er zog die Lederjacke an, den Schirm liess er stehen. Er verschloss die Tür und war sich nicht mehr sicher, ob er sie verschlossen hatte, als er vom Brunnengässli in die Hauptstrasse abbog. Er merkte nicht, dass es kühl geworden war, so wenig, wie er den Regen spürte, als er die schwach erleuchteten Fenster des «Hecht» sah.

Kein anderer Wagen ausser Rolands Volvo stand unter der Kastanie.

Den vielen Wagen nach auf der anderen Seite war im «Bad» wohl wieder eine Gesellschaft.

Die Tür liess sich schwerer öffnen, meinte er. Er machte zwei Schritte in die Gaststube, zu spät, nun umzukehren, und er liess die Tür laut ins Schloss fallen.

Irgendetwas fehlte in der Stille, aber er wusste nicht gleich, was.

Über der Theke leuchtete die Bierreklame, die Hälfte der Kugellampen war gelöscht, und im farbsplittrigen Licht der Wappenscheibenlampe sassen Roland und der taubstumme Alfons am Stammtisch, als hätten sie auf ihn gewartet.

Die Tür zum Säli war zu wie die Tür ins Innere des Hauses; Gunten fühlte sich gefangen.

Er grüsste, Roland grüsste, Alfons nickte, trank die Bierflasche leer, rülpste ungeniert und stellte die Flasche vor Roland.

Roland trug eine Jacke, als wollte er noch ausgehen und wartete darauf, dass der letzte Gast endlich aufbrach. Gunten fror und schaute sich unentschlossen um.

Um zehn, sagte Roland, wir schliessen um zehn.

Das hiess doch, dass seine Frau im Haus war, nein?

Sie wollen doch nicht alleine an einem Tisch sitzen!, sagte Roland und erhob sich. Sie haben sicher einen Grund, warum sie hergekommen sind... Setzen Sie sich!

Er brachte Gunten ein Bier, alkoholfrei, und stellte einen doppelten Bäzi hinzu. Alfons leere Flasche liess er stehen.

Ein runder Tisch, Holz, mit vielen Kerben, der hundert Jahre alt war und noch hundert Jahre hätte hier stehen können. Sie sassen da und schwiegen, als überlegten sie sich, die Jacken auszuziehen, die Karten aufzunehmen und zu mischen und ein letztes Spiel zu spielen, einen Bieter, wie er oft an diesem schönen Tisch gespielt worden war.

Jetzt merkte Gunten, was fehlte: das gemächliche Ticken der Uhr.

Und alles war plötzlich wieder in seinem Kopf, er spürte den aufkommenden Zorn und blieb doch ruhig, als er sagte: Das habt ihr Martha noch zugestanden, dass sie abends die Gewichte der Standuhr hochziehen durfte.

Roland hob leicht die Schultern, Alfons schob ihm die leere Flasche zu, hieb mit der Faust auf den Tisch, wie er es tat, wenn Polizeistunde war und er noch ein Bier wollte.

Du hast genug gehabt, Alfons, sagte Roland gelassen, hob die Hand unter das Kinn, machte die Geste des Köpfens und sah dabei Gunten an. Nein, nicht ein Glas!, fügte er hinzu.

Alfons griff in die Jackentasche, wo er den Block hatte, auf den er jeweils schrieb, was er für wichtig fand, überlegte es sich anders, erhob sich, spuckte auf den Boden und lief, ohne irgendwo anzustossen, zur Tür und hinaus und liess sie offen stehen.

240

Die Sorte meint, sie habe mehr Rechte als andere, sagte Roland, hob sein Glas Bäzi, nickte Gunten zu. Gunten hob sein Bierglas; den Bäzi liess er stehen. Roland lächelte.

Ich habe das schon einmal gehört, sagte Gunten so mehr zu sich und behielt Roland im Augenwinkel. Der eine dieser Sorte liegt im Spital und der andere ist in Untersuchungshaft. Ich frage mich, ob sie etwas von dem Einbruch im «Hecht» erzählen.

Gunten machte eine kleine Pause.

Rolands Gesicht hatte sich gerötet, das war alles; er hatte sich unter Kontrolle.

Letztes Jahr wurde doch bei Ihnen eingebrochen, im April, sagte Gunten beiläufig und drehte das Bierglas. Da waren sie doch unterwegs nach Mexiko?

Roland richtete sich langsam auf, machte sich grösser mit durchgestrecktem Kreuz, seine Augen wurden schmal und sein übergeschlagenes Bein fing an zu wippen; er überlegte wohl, wie er reagieren sollte.

Ich könnte sie verklagen, erwiderte er nach einer Weile, oder einfach hinauswerfen.

Habe ich denn etwas gesagt, das Ihnen einen Grund gäbe, mich zu verklagen oder hinauszuwerfen? Roland nahm das wippende Bein vom anderen, zögerte, und plötzlich wusste Gunten, dass Roland ihn erwartet hatte, aber er hatte nicht mit einbezogen, dass er ihn überrumpeln würde. Er sah seinen Augen an, dass er gefährlich war durch seine zur Schau gestellte Beherrschtheit, hinterlistig. Es galt ruhig zu bleiben, es galt sich nicht anmerken zu lassen, dass er Angst hatte. Umkehren konnte er jetzt nicht mehr.

Keine Fragen nach Jeans Muster, keine Umwege diesmal…

Roland schwieg.

Ihre Mutter lag tot am Fuss der Kellertreppe, das trieb sie gleich wieder hinaus, die beiden Einbrecher, mit magerer

Beute: zwei Flaschen Bäzi und einem kleinen Kopf aus Nickel, den Martha um den Hals getragen hatte an einer silbernen Kette. Sie nahm ihn nie ab.

Roland schwieg immer noch.

Sie waren an diesem Donnerstag nicht unterwegs nach Mexiko, Sie waren hier. Sie konnten den Einbruch nicht melden, wo doch ihre Mutter tot im Keller lag, sie muss schon eine Weile tot gewesen sein, und die beiden Einbrecher hielten Sie unwissentlich gefangen. Der Kopf lag übrigens auf einer der oberen Treppenstufen. Und wenn einer den anderen nicht davon abgehalten hätte, das Haus nach Wertsachen zu durchsuchen, hätten sie Sie entdeckt. Sie sassen in der Patsche. Absurd, nicht, der Einbruch kam ihnen gelegen – und zugleich hätte er sie verraten.

Roland legte die Hände auf die Tischkanten, beugte sich leicht vor und sein Atem ging kürzer.

Gunten kannte diese Aufmerksamkeit, die sich unwillkürlich einstellte, wenn man der Wahrheit nahe kam.

Und warum das alles?, fragte er. Weil Sie und Ihre Frau die Mühe und die Geduld und die Langmütigkeit, die die Gäste Ihnen tagtäglich abforderten, überhatten, und den Geruch der Wirtschaft, der nicht von der Haut zu waschen war. Es gab doch eine einfache Lösung: den «Hecht» herunterwirtschaften, niederreissen und Appartements bauen, verwalten lassen und kassieren. Ich glaube nicht einmal, dass es Ihre Idee war, aber Sie waren empfänglich dafür. Sie konnten es sich vorstellen, immerhin sind Sie vierzig, in dem Alter ist gewöhnlich der Zug abgefahren, zudem wenn man mit einer Frau verheiratet ist, die plötzlich Ansprüche stellt. Wie oft haben Sie darüber nachgedacht, in Gedanken den Schritt getan?

Es gab ein Problem, fuhr Gunten weiter, da Roland weiterhin schwieg: Ihre Mutter hatte das Wohnrecht auf Lebenszeit!

Roland warf sich in den Stuhl zurück. Jetzt sagen Sie bloss noch, ich hätte meine Mutter umgebracht.

Gunten hatte zuwarten wollen, sich etwas Aufschub geben, da er sich vor der Gewissheit fürchtete, und er war dann doch überrascht wie ruhig er blieb, als er sagte: Sie haben Ihre Mutter umgebracht!

Er wartete darauf, dass Roland ein Wort dazu sagte, er wartete auf eine Geste, ein Signal, ein Nicken hätte schon genügt zu dieser fürchterlichen Beschuldigung...

Wenn einer ein Geständnis ablegen will, hatte Jean einmal gesagt, gibt er dir Signale, überführt zu werden, du musst sie nur bemerken und richtig deuten.

Rolands Gesicht hatte sich etwas mehr gerötet, das war alles.

Jean hatte hinzugefügt: Wenn seine Schuld nicht bewiesen ist, kann man ihn nicht verurteilen.

Er konnte die Beweise erbringen, nein?

Roland hielt Guntens Blick stand, lange, dann wandte er sich abrupt ab und erhob sich ebenso abrupt, beinahe hätte er den Stuhl umgerissen. Er verharrte einen Augenblick, er hatte Gunten den Rücken zugekehrt mit vorgesetztem Bein, als müsste er sich den nächsten Schritt überlegen. Er ging dann zur Tür, schloss sie, lehnte sich dagegen und sagte: Ich habe Sie halb erwartet, ich meine, ich habe halb erwartet, dass Sie Ihre Gewohnheit wieder aufnehmen. Man ist gerne zu Hause, man ist aber auch gerne unter Leuten. Sie sind einfach zu viel alleine... was geht einem da nicht alles durch den Kopf, wenn der Tag lang ist.

Jetzt lächelte er und stiess sich von der Tür ab. Man kann nicht gleichzeitig an zwei Orten sein, sagte er und trat an den Tisch, er nahm die Karten auf, er ging damit zum Buffet und räumte sie dort ordentlich ein, wo andere Karten lagen, Tafel und Kreidestifte. Er löschte die Lampen über den Tischen, die Bierreklame, er brachte eine fast volle Flasche Bäzi zum Tisch, setzte sich wieder hin und sagte: Das eine oder andere – man muss sich entscheiden. Er sah Gunten so aufmerksam an wie dann, als er bemerkt hatte, Mexiko sei ein heisses Pflaster. Roland war unberechenbar, es galt auf der Hut zu sein.

Die Gesellschaft im «Bad» war laut, dazu die Musik.

Trinken Sie aus, sagte Roland und hob aufmunternd sein Glas.

Gunten schob das Glas zur Seite. Da hatte Roland doch ganz nebenbei die Spielkarten verräumt. Unordnung ist ärgerlich, sagte er, und sie kann ebenso zum Verhängnis werden wie Ordentlichkeit.

Die haben Sie ganz unbewusst von ihrer Mutter übernommen. Es ist ein Fehler gewesen, die Scherben der Weinflasche zusammenzulesen, die die Einbrecher umgestossen haben, und sauber zu machen.

Roland dachte darüber nach, schob Gunten das Glas wieder hin und sagte: Trink deinen Bäzi!

Conny hatte ihn auch plötzlich geduzt, es war ein freundliches Du gewesen.

Man muss dich doch nicht dazu zwingen!

Er würde beim Sie bleiben, damit hielt er Distanz, aber es würde nicht helfen, vielleicht wenn er den Bäzi trank, er hätte ihn nötig gehabt; ein Glas würde nicht schaden.

Der Schnaps wärmte den Magen und rieselte das Rückgrat hinab.

Man kann nicht an zwei Orten sein, sagte Gunten und nahm die Kopie aus der Jackentasche, die Frau Hunziker ihm gemacht hatte, und schob sie über den Tisch. Und kommen Sie mir nicht damit, Sie hätten etwas vergessen gehabt. Es wird nicht schwer fallen herauszufinden, wo Sie und Ihre Frau die Zeit bis zum Abflug anderntags verbracht haben ...

Roland warf einen schrägen Blick aufs Blatt und seine Augenbrauen zogen sich über der Nase zusammen.

Das Original ist im Reisebüro.

244

Trink den Schnaps!, sagte Roland. Er war leise geworden und langsamer in seinen Bewegungen; er schob Gunten das Glas hin und verschüttete ein wenig. Es wäre mir neu, dass man dich dazu zwingen müsste. Sein Lachen hatte einen bösen Unterton.

Ein Glas noch würde er schaffen und er fragte sich, was Roland davon haben konnte, wenn er ihn betrunken machte. Er musste zu einem Ende kommen, rasch, und er sagte: Kann ich annehmen, dass Ihre Frau Bescheid wusste? Hat sie Sie angetrieben oder haben Sie beide geplant? Fast hätte er noch hinzugefügt: wie Conny und Pat. Er vertrug Alkohol nicht mehr, er begann zu schwitzen und fragte: Ist Ihre Frau zu Hause? Als ob das etwas geändert hätte.

Roland schüttelte den Kopf.

Natürlich, an jenem Abend war sie auch nicht hier. Sie haben sie nicht mitgenommen. Sie haben sie im Hotel zurückgelassen.

Es machte ihm plötzlich Angst, mit Roland alleine im Haus zu sein. Zu Ende musste er kommen...

Sie mieten sich einen Wagen, nehme ich an. Sie stellen ihn etwas ausserhalb von Muntelier ab, verstecken ihn sozusagen, während Ihr Volvo vor der Wirtschaft steht. Sie nähern sich von der Hinterseite dem «Hecht», durch den Garten. Es giesst wie aus Kübeln, was Ihnen gelegen kommt. Sie öffnen die Flügeltür, Sie kennen den Mechanismus. Zwischen neun und zehn zieht Ihre Mutter jeweils die Gewichte der Standuhr hoch in der Gaststube. Das weiss jeder, eine Marotte. An die Uhr lässt sie keinen. Ihre Wohnung liegt zum Garten hin. Sie geht die Treppe hinunter und entlang dem Gang zur Gaststube, dabei muss sie an der Kellertür vorbei.

Das ist die Gelegenheit, darauf haben Sie gewartet. Ich nehme an, in der Toilette, die Tür ist angelehnt. Sie ist, wie gesagt, eine ordentliche Frau. Sie will die Kellertür schlies-

245

sen, die nach innen schwenkt, sie steht auf dem Absatz und zögert, wie kommt es nur, dass die Tür offen steht, sie streckt den Arm aus und dann sind Sie hinter ihr. Ein Stoss, sie stürzt, es soll ja nach einem Unfall aussehen. Sie müssen sie im Nacken gepackt haben, so erklärt es sich, dass sie den Anhänger verliert, die Kette war jedenfalls gerissen. Sie müssen sich überzeugen, ob sie tot ist, fürchterlich, und Sie sie nicht die Treppe hochschleifen und den Sturz wiederholen müssen. Oder sie erschlagen. So stark sind Ihre Nerven nun auch nicht. Sie lebt noch, nur ist sie ohne Bewusstsein.

Sie ertrinkt in ihrem Blut, sozusagen, durch die Verletzungen.

Sie müssen einen Schnaps trinken. Sie zittern am ganzen Körper, sie trinken einen zweiten Schnaps und überzeugen sich wieder: Sie ist tot. Sie hören wie die Flügeltür zum Keller geöffnet wird, sie hören Stimmen, sie erstarren, was nun, Sie denken an Einbrecher und für einen Augenblick überlegen Sie. Das kommt Ihnen gelegen – und zugleich könnte es Ihr Verhängnis sein. Was nun? Hinauf, die Treppe hoch, weg nur und abwarten. Die Einbrecher lassen sich nicht viel Zeit, der Schreck fährt ihnen in die Glieder, als sie die Tote bemerken. Damit haben sie nicht gerechnet. Damit haben sie nichts zu tun. Man wird ihnen kaum glauben, Conny und Pat, die Sie kennen, Zeugen; verlässliche Zeugen? Trotz allem.

Sie warten, bis sie die Flügeltür schliessen. Sie sind plötzlich ruhiger. Sie müssen die Spuren verwischen, die Scherben der zerbrochenen Flasche wegräumen. Nicht ein Einbruch hat Ihre Mutter aufgeschreckt. Es ist ein simpler Unfall. Die Kellertür lassen Sie dann offen stehen.

So muss es doch gewesen sein, nein?

Roland schwieg und Gunten merkte plötzlich, dass er den dritten Bäzi getrunken hatte. Roland faltete die Kopie zusammen, noch einmal und weiter, bis es nicht mehr ging, er war grau im Gesicht; kein Zwinkern, er überdachte alles, konzentriert, es gab keine Ausflucht, er erhob sich langsam und steckte die klein gefaltete Kopie abwesend in die Jackentasche.

Ich bringe Sie jetzt nach Hause, sagte er leise, eine freundliche Drohung schwang mit. Ich habe einen Schirm. Sie könnten sich verlaufen oder den Tod holen.

Hilfe konnte Gunten nicht erwarten. Alfons war schon längst auf dem Heimweg. Losrennen, über die Strasse und ins «Bad», die Gesellschaft aufschrecken; er käme nicht einmal hier bis zur Tür.

Sie können nur hoffen, dass die beiden Einbrecher schweigen. Und sie werden schweigen, dachten Sie. Aber es beunruhigt Sie doch. Was, wenn sie doch einmal reden, die beiden, Conny und Pat?

Halt ein, mahnte sich Gunten, erzähl ihm nicht, was du über die beiden weisst!

Roland zog ihn am Arm hoch, hart. Auf geht's!, sagte er und mit der anderen Hand nahm er die halb volle Flasche Bäzi vom Tisch.

Wir schliessen um zehn, hatte Roland gesagt. Wie wollte er die Tür abschliessen, in der einen Hand die Flasche, mit der anderen hielt er Gunten am Arm, aber Roland hatte sich das auch überlegt, den Schirm stehen lassen und die Flasche in die Jackentasche gesteckt.

Er bot ihm keine Gelegenheit.

Es regnete gleichmässig, ein schöner Landregen, wie die Moosbauern ihn sich wünschten, dachte Gunten. Irrwitzig! Herrgottnocheinmal, er war doch nicht betrunken?

Sie liefen am «Bad» vorbei, die Musik dröhnte, ein Stampfen, die Gesellschaft vergnügte sich wohl mit einer Polonaise, sie würden ihn nicht hören, kein Mensch weit und breit, und als er hochschaute zu den erleuchteten Fenstern, stolperte er und wäre wohl hingefallen, wenn Roland ihn nicht gehalten hätte.

Wir wollen doch nicht, dass dir etwas passiert, sagte er.

Irgendetwas führte er im Schild, er begleitete ihn, der ihm auf die Schliche gekommen war, nicht aus Freundlichkeit nach Hause.

Sie bogen ins Brunnengässli ab, wo Alfons wohnte; die Lunge hätte er sich aus dem Leib schreien können. Halb zog und halb führte Roland ihn, Gunten wehrte sich ja nur, weil er stehen bleiben und zu Atem kommen musste, sein Herzschlag ging schnell, jede Anstrengung müsse er meiden, hatte Wilfi gesagt, schon Aufregung kann dir schaden. Roland hatte ein Einsehen, aber er liess die Hand nicht von Guntens Arm, als er sich ans Geländer lehnte. Wie frisch der See roch, der Regen war ganz erträglich, und wie weit weg waren die Lichter am anderen Ufer.

Irgendwo hatte er einmal gelesen, dass das Wasser die Stimme trägt.

Was nützte ihm das, keiner würde ihn hören. Norwegen dachte er.

Wenn er früher, sehr jung war er gewesen, in eine üble Situation geraten war, hatte er an etwas Schönes gedacht, die Situation war damit nicht gerettet, aber erträglicher. Norwegen!

Nimm einen Schluck!, sagte Roland und hielt ihm die Flasche hin, nachdem er selber einen Schluck getrunken hatte. Ich muss dich doch nicht zwingen!

Einen kleinen Schluck, gut, er würde ja gleich zu Hause sein, und er ahnte plötzlich, was Roland vorhatte, aber bevor er die Flasche wegschleudern konnte, hatte Roland sie ihm abgenommen.

Er kam bis zur Höhe seines Gartens, als Roland wieder an seiner Seite war. Das dumpfe Gefühl im Magen war weg, dafür ein umso schlimmeres im ganzen Körper, er begann zu zittern, er musste sich am Zaun festhalten, hinsetzen sollte er sich, fast flehte er darum, ins Haus zu kommen.

Nun liess Roland ihn los. Gunten suchte nach dem Schlüssel. Er hatte abgeschlossen gehabt, wie auch immer, es beruhigte ihn, er hatte seine Sinne noch beisammen, er machte Licht, Roland warf die Tür zu und fragte: Wo sitzt du gewöhnlich? Sie gingen in die Küche, und Gunten sah die Katze vor der offenen Wohnzimmertür hocken, als hätte sie ihn erwartet. Interessiert schaute sie zu, wie Gunten die Jacke auszog, Roland die Flasche auf den Tisch stellte und sich umblickte. Die Katze schien enttäuscht, dass sie nicht beachtet wurde, und lief ins Zimmer.

Wo hast du die Gläser?, fragte Roland.

Gunten hing über dem Tisch, sein Atem ging schnell, er schwitzte und hob die Hand und zeigte zum Buffet.

Roland betrachtete Gunten so interessiert wie zuvor die Katze, nur lief er nicht weg. Er wartete, bis Gunten sich beruhigt hatte. Er wählte ein Veltlinerweinglas, stellte es vor Gunten hin, goss es halb voll mit Bäzi, zögerte und schenkte es ganz voll. Er setzte sich und sagte: Du hast einen Schnaps nötig!

Gunten schüttelte den Kopf.

Trink!

Gunten legte die Unterarme auf den Tisch und ballte die Fäuste.

Kein Laut ausser dem gleichmässigen Rauschen des Regens im Laub der Pappeln, sein Atem. Im Wohnzimmer schlug die Pendüle halb elf.

Rolands übergeschlagenes Bein wippte. Wir haben Zeit, sagte er.

Betrunken wollte Roland ihn machen, aber wozu? Wusste er, dass Alkohol ihm verboten war – dass er ihn umbringen konnte? Der Kreislauf würde zusammenbrechen, das Herz stillstehen, ein Unfall, bedingt durch seine Unbeherrschtheit, die ihm Wilfi so oft vorgeworfen hatte. Er hat nichts dazu gelernt, er hätte es doch wissen müssen…

Nein!, sagte Gunten und hieb wie Alfons die Faust auf den Tisch, aber nicht weil er nichts mehr zu trinken bekam, ein letzter Widerstand. Irrwitzig das alles. Absurd ...

Roland stand plötzlich hinter ihm und packte ihn unter dem Kinn, er zog ihm den Kopf zurück und mit der anderen Hand hielt er ihm das Glas an den Mund.

Der Bäzi rann ihm zwischen die Lippen, über das Kinn, er versuchte zu speien, den Mund zu schliessen, auszuatmen, und Roland verstärkte den Druck. Gunten schluckte, um nicht zu ersticken, erschöpft. Das war das Ende oder der Anfang vom Ende, er hatte keine Kraft in den Armen und Atemnot, als Roland ihn losliess und das Glas wieder voll goss.

Muss ich dich denn zwingen?

Er trank langsam, verschüttete viel, und Roland schaute ihm gespannt zu. Er würde rasch betrunken sein, dann liess er locker, dieser Teufel. Was hatte er zu Jean gesagt: Den Teufel mit dem Beelzebub wolle er austreiben. Er schüttelte sich, ein wenig verlor alles seine Konturen. Roland füllte das Glas nach und schob es Gunten hin. Er würde es stehen lassen, er würde es darauf ankommen lassen. Norwegen, der Norden könnte ihm gefallen. Jean musste er anrufen. Eugenie.

Roland zwang ihn wie zuvor, den Bäzi zu trinken, setzte sich wieder hin und wartete.

Der Kreislauf brach nicht zusammen, das Herz blieb nicht stehen, mit dem Atmen hatte er Mühe, aber das merkte er schon nicht mehr, er war nur noch müde, hinlegen müsste er sich, diese Müdigkeit, und nicht einmal unangenehm, das wollte er doch, dieser Teufel, ihn so betrunken machen, dass er sich an nichts mehr würde erinnern, oder draufgehen, und nicht einmal die Andeutung einer Rechtfertigung für seine Tat ...

Roland war hinter ihm, als er zur Seite fiel und fing ihn auf. Er hielt ihn mit einer Hand unter dem Arm aufrecht, mit der anderen füllte er das Glas und warf es um und sah zu, wie sich der Schnaps einen Weg zur Tischkante suchte.

Er zog Gunten hoch, halb musste er ihn ziehen und tragen, halb erleichterte Gunten es ihm mit schleifenden Füssen aus der Küche und hinaus an den See und zu den paar Stufen zu kommen.

Roland drehte ihn mit dem Gesicht zum See und versetzte ihm einen sanften Stoss, und Gunten fiel die Treppe hinunter und in den Sand der kleinen Insel, die er Tasmanien nannte, nach der Australien vorgelagerten Insel, und er kam im seichten Wasser zur Ruhe und die Wellen strebten auseinander und verloren sich.

Epilog

Alles in allem hast du Glück gehabt, sagte Jean, ein ganz saumässiges Glück!

Das hatte Eugenie gesagt, das hatten ihm auch die Ärzte gesagt; das «saumässig» hatten sie weggelassen.

Zuerst das Herz, dann wärst du beinah ertrunken… Was kommt als Nächstes? Jean war wirklich besorgt, zugleich gab er sich Mühe, seinen allgemeinen Ärger nicht zu zeigen.

Sie sassen im Schatten einer Magnolie auf einer Holzbank, im leicht zum See abfallenden Garten des Bezirksspitals.

Es war einer dieser übersonnten Maitage, die ins Herz treffen und an denen man sich wünscht, die Zeit würde festkleben.

Wenn Alfons nicht wegen ein paar Flaschen Bier ins Dorf gelaufen wäre… Seine Sauferei hat dich vor dem Tod durch deine Sauferei gerettet.

Gunten erhob mit einem Wedeln der Hand Einspruch.

Ich weiss, dass er dich zum Saufen gezwungen hat, aber anfangs hat das natürlich anders ausgesehen.

Ich danke Gott für die Gewohnheitstrinker, sagte Gunten.

Gerettet hatte Gunten auch, dass der See ruhig lag und sein Kopf auf einem Stück Schwemmholz, während sein Körper im Wasser war.

Das Schwemmholz, ein Aststück eines Weidenbaums, hatte Jean in den Schopf gelegt. Damit du dich immer erinnerst, was passieren kann, wenn man stur ist!

Ich danke dir, Jean.

Bedanke dich bei Alfons.

Er würde Alfons ein grosses Dankeschön in seinen Block schreiben und ihm eine oder zwei Kisten Bier bringen, vielleicht auch nicht: Er wollte keinen zum Trinken animieren...

Kurz nach Mitternacht hatte Alfons ihn bemerkt, wie er da im seichten Wasser lag, so erzählte es ihm Jean, so erzählten es alle. Im ersten Augenblick hatte Alfons gedacht, er sei tot, ertrunken, zog ihn aber dennoch aus dem Wasser. Er hatte noch einen Puls, schwach, und Alfons lief los, um Hilfe zu holen, und rannte, das war ihm im Fleisch und Blut, zum «Hecht», wo er doch ein paar Flaschen Bier hatte holen wollen, wie so oft, trotz aller Widerwärtigkeit.

Es brannte auch Licht, aber wie sollte er mitteilen, was geschehen war? Er war zu zitterig, das Geschreibsel konnte weder Roland lesen noch der Gemeindearbeiter, der hocken geblieben war. Alfons deutete zum See, er brachte ein Gurgeln hervor, er fuhr sich mit der Hand unter dem Kinn durch, wie Roland es getan hatte, als er sagte, er habe genug getrunken.

Roland blieb wie versteinert sitzen.

Alfons lief zum Telefon, riss den Hörer von der Gabel und sah sein sinnloses Unterfangen ein. Allmählich begriff der Gemeindearbeiter, worum es ging, ahnte das Unheil zumindest und erhob sich. So nüchtern hatte er Alfons selten gesehen, er machte Schwimmbewegungen, liess sich, die Hand an der Gurgel, zusammenfallen, richtete sich wieder auf, lief zur Tür und winkte den beiden, sie sollten ihm folgen.

Was blieb Roland anderes übrig als hinterherzugehen?

Er half dann nicht, Gunten die paar Stufen hochzutragen und ins Haus und aufs Sofa zu legen. Er stand einfach da und sah zu, wie die beiden Gunten das nasse Zeug auszogen und ihn mit einer Decke warm hielten, so berichtete der Gemeindearbeiter, der sich über Rolands Verhalten verwunderte und ihm zuschrie, er solle den Notarzt anrufen. Was blieb Roland, der vor knapp zwei Stunden versucht hatte, Gunten umzubringen, anderes übrig?

Gunten war stark unterkühlt, er hatte eine Gehirnerschütterung, gequetschte Rippen, hinzu kam eine Lungenentzündung, und er hatte 2,8 Promille. Dank seiner ausserordentlich guten Konstitution habe er überlebt, sagte der Arzt.

Und warum das alles?, fragte Jean. Weil du eigensinnig bist und stur. Wenn du dich wenigstens jemandem mitgeteilt hättest! Warum hast du mir nichts erzählt?

Eugenie hatte er sich mitgeteilt; sie hatte auch gemeint, dass er eigensinnig und das Ganze nicht ungefährlich sei. Aber dass Roland versuchen würde, ihn umzubringen …

Du hättest mir nicht geglaubt, sagte Gunten.

Jean nahm den Blick von Gunten, schwieg, er schaute auf die spiegelnde Glätte des Sees, und er nickte ganz wenig.

Noch am selben Morgen wurde Roland zur Einvernahme geholt, mittags dem Untersuchungsrichter vorgeführt. Conny und Pat hatten geredet und das hatte ausgereicht. Roland bestritt die Tat, räumte aber ein, nach Hause zurückgekehrt zu sein in jener Nacht, wozu auch immer, um etwas zu holen, was er vergessen hatte, nur erinnerte er sich nicht mehr, was er vergessen hatte. Aber das nahm ihm keiner ab. Einen schönen Tag vor der Abreise nach Mexiko wollte er mit seiner Frau in Zürich verbringen. Es sei ihr Wunsch gewesen.

Seine Frau bestritt, über Rolands Absicht Bescheid gewusst zu haben.

Er habe seine Mutter, die auf dem Weg in die Gaststube war, um die Standuhr aufzuziehen, wohl erschreckt, und da sei sie einen Schritt zurückgewichen und gestürzt. Warum die Kellertür offen stand? Er konnte es nicht erklären. Ein Unfall? Oder hatte er sie umgebracht? Und wie kam der Anhänger auf die oberste Treppenstufe? Sie trug ihn an einer soliden Kette, den Kopf aus Nickel.

Er hat sie umgebracht, sagte Jean, sonst hätte er nicht versucht, dich umzubringen. Er hatte die Absicht, sie zu töten, und wenn ihm der Zufall die Tat abgenommen hat, so ist er doch schuldig.

Ein interessanter Fall für die Anklage, sagte Gunten.

Übrigens, sagte Jean, als man ihn aufforderte, alle seine Taschen zu leeren, bevor man ihn ins Untersuchungsgefängnis überführte, legte er ein mehrfach gefaltetes Stück Papier zu den anderen Sachen, ein winziges Päckchen, als Letztes, und für einen Augenblick schien er selber überrascht. Und weisst du, was es war?

Ich höre, sagte Gunten.

Die Kopie der Flugdaten vom 14. April letzten Jahres, dem Tag seiner tatsächlichen Abreise. Ein Freitag.

Sagtest du nicht immer, fragte Gunten, wenn einer ein Geständnis ablegen will, gibt er Signale, man muss sie nur richtig deuten.

Jean dachte darüber nach. Wieso trägt einer ein Beweisstück, das gegen ihn verwendet werden kann, mit sich herum?

Eben, sagte Gunten. Er hatte so viel anderes im Kopf. Er wird gewiss eine Erklärung dafür haben. Für die Zufälle im Leben können wir nicht verantwortlich gemacht werden, fügte er so mehr zu sich selbst hinzu, aber für unser Handeln.

Jean sah ihn verblüfft an. Genau das hat Conny angeblich gesagt, bevor er und Pat zugegeben haben, im «Hecht» eingebrochen zu sein, Martha aber schon tot dagelegen habe, und als sie noch erzählten, wie Connys Mutter ums Leben gekommen war... nun, da waren alle perplex. Ich sagte immer schon: Auf die Sorte Leute muss man ein Auge haben, und wenn du...

Ich will das nicht mehr hören, unterbrach ihn Gunten. Warte die Gerichtsverhandlung ab.

Sie blickten beide über die frisch gemähte Wiese und das fast schon schmerzliche Grün der Bäume hinweg, und Jean sagte: Ich habe dir die Zeitungsberichte mitgebracht. Aber mir scheint, du weisst schon alles. Er stiess ihn leicht in die Seite. Nein?

Gunten erwiderte seinen Blick, schaute dann auf die spiegelnde Glätte des Sees, und er nickte ganz wenig, wie Jean es zuvor getan hatte.

Ich weiss, was auf mich zukommt, sagte Gunten.

Dann ist es ja gut!, erwiderte Jean. Und nach einer Weile sagte er: Jetzt verstehe ich, was du damit gemeint hast: den Teufel mit dem Beelzebub austreiben. Ah, da kommt übrigens deine Freundin!

Eugenie umging ein paar Forsythienbüsche, sie kürzte den Weg über die Wiese ab, winkte, und Gunten hob die Hand und lächelte.

Na, ihr beiden!, sagte sie.

Bleib sitzen, Jean, du störst nicht, sagte Gunten.

Eugenie setzte sich neben Gunten, sie hielten ihn in ihrer Mitte.

Ich werde gelegentlich mein Haus verkaufen, sagte Gunten. Ich werde die Dinge mal von der anderen Seite aus betrachten, fügte er hinzu und legte seine Hand auf Eugenies Arm.